雨花忠魂

雨花英烈系列纪实文学

血色梅花

陈君起烈士传

杜怀超 著

江苏凤凰文艺出版社
JIANGSU PHOENIX LITERATURE AND ART PUBLISHING

图书在版编目（CIP）数据

血色梅花：陈君起烈士传 / 杜怀超著. -- 南京：
江苏凤凰文艺出版社，2020.11（2023.5重印）
（雨花忠魂. 雨花英烈系列纪实文学）
ISBN 978-7-5594-5100-2

Ⅰ. ①血… Ⅱ. ①杜… Ⅲ. ①纪实文学 – 中国 – 当代
Ⅳ. ① I25

中国版本图书馆 CIP 数据核字 (2020) 第 153692 号

血色梅花：陈君起烈士传

杜怀超 著

出版人 张在健
责任编辑 姜业雨 傅一岑
封面设计 马海云
责任印制 刘 巍
出版发行 江苏凤凰文艺出版社
南京市中央路 165 号，邮编：210009
网 址 http://www.jswenyi.com
印 刷 阳谷毕升印务有限公司
开 本 880 毫米 ×1230 毫米 1/32
印 张 6.375
字 数 166 千字
版 次 2020 年 11 月第 1 版
印 次 2023 年 5 月第 3 次印刷
书 号 ISBN 978-7-5594-5100-2
定 价 30.00 元

“雨花忠魂·雨花英烈系列纪实文学”丛书编委会名单

万里长空且为忠魂舞

中共江苏省委书记　娄勤俭

天地英雄气，千秋尚凛然。雨花台，这片深深浸染着英烈鲜血的山岗，曾见证了几代仁人志士信仰至上、慨然担当的英雄壮举，也铭记着无数革命先烈舍身为民、矢志兴邦的不朽事迹。在这里，彪炳日月、名垂青史的革命烈士就有 1519 人；也是在这里，还有更多鲜为人知的英烈故事，无法铭刻于碑文，没有见诸史册，像一粒粒晶莹的雨花石，深埋在雨花台殷红的泥土里。理想之光不灭，信念之光不灭。英烈们的背影虽然早已远逝，但他们的集体“影像”已定格在永恒的瞬间，那就是义无反顾、慷慨赴死，前赴后继、为国捐躯，用热血和生命铸就了信仰丰碑，在血与火的洗礼中撑起了民族脊梁，谱写出一部又一部壮怀激烈、气吞山河的“英雄交响曲”。

英雄是旗帜，革命英雄是民族的共同记忆。习近平总书记指出：“对中华民族的英雄，要心怀崇敬，浓墨重彩记录英雄、塑造英雄，让英雄在文艺作品中得到传扬，引导人民树立正确的历史观、民族观、国家观、文化观。”为缅怀英烈伟绩、弘扬崇高风范，培育和践行社会主义核心价值观，培养爱国主义、集体主义精神和社会主义道德风尚，江苏省委宣传部、江苏省作家协会组织创作了《雨花忠魂·雨花英烈系列纪实文学》丛书，以文字、文学、文化的形式，讲述英烈的感人故事，表现英烈的高尚情操，诠释英烈的不朽精神。这一个个闪亮耀眼的名字，如同一座座高耸入云的丰碑，始终矗立在一代代共产党人的灵魂深处。这套丛书，为更好地传承弘扬“雨花英烈精神”提供了生动教材，也为教育党员干部走进历史、追寻英烈，激励党员干部不忘初心、牢记使命，永葆革命本色提供了精神之“钙”。

英烈风骨犹存、感召后人；历史启迪心灵、照亮未来。牺牲在雨花台的我党早期领导人恽代英曾说：“我们吃尽苦中苦，而我们的后一代则可以享到福中福。为了最崇高的理想——共产主义，我们是舍得付出一切代价的。”可以告慰雨花英烈的是，经过七十余年的不懈奋斗，近代以后久经磨难的中华民族，迎来了从站起来、富起来到强起来的伟大飞跃，一幅国家富强、人民幸福、民族复兴的壮美图景正在祖国大地上全面展开。

与伟大祖国历史进程同步伐，江苏发展站到了新的起点上。深入贯彻习近平新时代中国特色社会主义思想，努力把习近平总书记为我们描绘的“强富美高”新江苏蓝图化为美好现实，推动高质量发展走在前列，迫切需要我们传承红色基因，用好红色资源，学习雨花英烈的崇高理想信念、高尚道德情操和为民牺牲的大无畏精神，不忘初心，砥砺前行。我们缅怀革命先烈，就要从前辈先贤身上汲取养分和力量，让他们曾经的牺牲和付出，成为今天前进的动力源泉，砥砺我们以永不懈怠的精神状态推进改革再深入、实践再创新、工作再抓实；我们讴歌革命先烈，就要用“雨花英烈精神”，激励全省人民更加主动担当新使命，意气风发创造新未来，不断开辟新时代中国特色社会主义在江苏实践的新境界。这，正是我们对革命先烈最好的礼敬与告慰。

沧海横流，英雄显本色；落花如雨，正气贯长虹。“万里长空且为忠魂舞”，“雨花英烈精神”必将长留在时光的长河和人民的记忆中。

是为序。

目 录

序

在革命烈士陈君起的一生里，有一样东西特别引人关注，就是她在狱中绘的那幅梅花图。

陈君起，原名陈墨云，又叫陈振，这个名字的改动，应该是出自她的个人意愿吧。她在“君”字的选择上，是否受到中国梅兰竹菊文化精髓的影响？由此可否猜测，在清末明初封建主义及帝国主义夹缝中，陈君起想做梅花一样的君子，走在近现代中国妇女独立解放的前列。

“陈君起”这个名字，似乎带有宿命感，或者说是她一生的暗示。

不管她个人是否意识到，她自身就是以一株梅花的高洁和独立精神，在革命的道路上逆风前行。

回到她的出生地——上海嘉定南翔镇。一个出身翰林之家的女孩子，养尊处优，待字闺中，过着公主般的生活，可谓花红柳绿、鸟语花香。这样的生活，尤其是在清朝晚期，已是难能可贵了。对于普通人家，别说富贵，就是过一种普通安宁的日子都是奢侈的。陈家大院，分明就是陈君起的安乐窝、避风港。只要她像姐姐陈竹梅那样按部就班、言听计从，待长发及腰，嫁给一个门当户对的少爷，人生也就算是光彩照人了。这也是前朝翰林陈巽倩对两个女儿的想法。

按照世俗的想法，这应该是一条很完美的人生之路。然而，陈君起却偏偏不在乎这一套，她不要那包办的婚姻，不要那按部就班的相夫教子的生活，她不要三从四德、三纲五常，她不愿躲在男人的肩膀下，过着仰人鼻息的生活。她要人生的独立、婚姻的自主和爱情的自由，还有学习文化知识和走上社会工作的渴望。

陈君起从众多女子里脱颖而出，她要反抗父母包办的婚姻，她要读书，她要求男女平等，女人也应该享有受教育的权利、工作的权利等。就这样，她冒天下之大不韪，从南翔镇一个水乡小镇，带着两只箱子逃离陈家大院，只身到上海，在表姐的帮助下进入务本女校读书。这在当时的南翔镇，是惊掉大牙的新闻，尤其是发生在前朝翰林之家，犹如晴空里的霹雳春雷。

陈君起从太史府第逃离的时候，那天是否飘起了雪花？当然，也许那天就不是一个隆冬季节。但是，以后离别的日子里，雪和陈君起是分不开了。

陈君起从上海务本女校毕业时，那天正飘着鹅毛大雪。一边是前路茫茫，一边是温暖的陈家大院。只要她愿意低头认错，陈巽倩就可能认了她，翰林之家的大门为她敞开着。可是，就在那个大雪纷飞的日子，陈君起跟着好同窗曾琮，拎着两只从家里带出来的羊皮箱子，两个人转身朝着南京的方向，扎进风雪中。这一走，山长水阔，这一走，生死两茫茫。

雪花阻止不了陈君起的脚步。在南京，她找到了工作，女人也可以和男人一样去上班。在南京，她拥有了自己独立的生活，还有自主的爱情，这些在当时都是破天荒的事情。就连同样读过务本女校的曾琮，都没有逃脱封建主义的传统藩篱。但是陈君起实现了个性独立、自我解放，完成了从一个封建女子到新时代女性的涅槃。

陈君起遇上第二场雪的时候，她正要走出曾家大院。那天的雪花似乎也是在为她送行。她以为找到了跟她一样接受新思想的曾科进，找到了志同道合的灵魂伴侣。没想到，他不但不能走出封建主义的窠臼，连自己的女人都无法去保护，甚至在女儿翔官最需要父爱、最需要保护的时候，竟然如此顺从、懦弱、逃避，这样的逆来顺受，连一句反抗的话都没有。

在陈君起看来，这样的曾家大院，与翰林之家的陈家大院没什么区别，封建传统的气息像囚笼一样困锁着她。她要挣脱，她要逃离，她要继续寻找自己想要的生活。这时候的陈君起已经不再是南翔镇的那个懵懂少女了，她拥有了知识、思想，拥有了独立前行的力量。她整理好两只羊皮箱子，牵着两个孩子曾谦、曾鼎乾的手，再背上一个叫曾丽的孩子，毅然决然地走出了曾家大院。雪花，淹没了她们的足迹。后来，陈君起来到了一个革命地点，那就是梅庵，位于东南大学院内一角的一个地方。梅庵，是梅花的庇佑所，也庇佑着梅花一样的陈君起。在反动军阀和帝国列强的压迫下，陈君起就像寒冬里的梅，不断经受着各种考验，直到从内心绽放出革命的芬芳来。

第一次被捕时，陈君起就在牢狱中，绘了一幅梅花图，遒劲的枝干，盛开的梅花。迎雪吐艳的梅花，铮铮傲骨，清雅高洁，那分明就是陈君起自身的写照。她在梅花图的旁边，写上“瘦梅虽老，犹鲜艳耐寒”。好一个“耐寒”，分明体现了革命者陈君起坚贞不屈的革命情操和坚韧不拔的革命意志。她的一生，虽然只有四十二个春秋，但是她留给世间的，是那永远报春的梅花精神。

陈君起，这位清末民初的女性，凭借着自身顽强的意志和信念，历经艰辛，拨开重重迷雾，挣脱旧社会的桎梏和泥潭，用自身的追求和奋斗，给中国广大妇女树起了一座自我解放独立的丰碑。

如果说陈君起的自我觉醒之路是从对婚姻命运的抗争开始的，那么她对自由、爱情的反抗，则是她早期的追求。后来的上海务本女校教育，则是真正奠定了她思想进步的基石。她从个体的身上，找到了群体的症结，找到了塑造独立、自主的近现代女性的光明大道；后来她参加革命工作，加入了中国共产党，投身社会历练，接触到了更为广阔丰富的社会人群，再加上婚姻的失败和自身的经历，也促使了陈君起思想上的不断成熟。

五四运动揭开了中国新民主主义革命的序幕，对中国社会进程产生了里程碑式的深远影响。这段时期里，马克思主义涌入中国，对中国一批先进的知识分子产生了强烈的吸引力，进而使他们确立了对马克思主义的信仰，转变成为马克思主义的传播者、追随者。陈君起积极宣传马克思主义，组织领导妇女参加各种运动。

陈君起成为马克思主义的信仰者和实践者，这是她思想上的第二次飞跃。她深知，女性的解放，不能只是纸上谈兵，或者说处于理论的研究和探讨，不能立足于呼喊和奔走；解放女性，不只是针对个体，而应该面向全社会的女性同胞。所以，必须唤醒全体沉睡的女同胞，号召她们审视并反省自我的独立解放和人生权利，从而在行动上、思想上激发广大妇女真正的觉醒。

因此，陈君起成为妇女运动等各种活动的积极倡导者和参与者，组建妇女问题研究会，参加各种请愿运动，上街游行、发传单，参加“五卅”惨案游行等。随着妇女运动的蓬勃开展，她加深了对中国社会形势以及妇女问题和中国革命之间紧密联系的认识，更加自觉地投身到广泛的社会活动和革命运动中去。

在星光暗淡的革命时局里，陈君起怀着对理想和信仰的忠贞，在早期革命道路中披荆斩棘，摸爬滚打，最终找到了革命的北斗星，把全国妇女解放作为自己的革命目标。她，不正是中国革命征途上的一枝梅花？在白雪皑皑的革命环境里，勇敢挣开命运的枷锁，寻求自由、幸福和光明；在国家、民族沉重危难的时刻挺身而出，迎难而上，用她一生的奋斗，展现出一个中国近现代知识女性的信仰和理想。

上海嘉定的典籍里写到，陈君起是嘉定历史上第一位加入中国共产党的革命者。她的革命生涯——那幅梅花图，就是她全部的心迹，就是她一个革命者远大理想和信念的见证。那幅梅花图，理应成为革命的传家宝，它让人们知道了什么是赤胆，什么是信仰。

陈君起，革命之花，短暂又永恒，无愧于中国梅花的精魂。

谨以文字，缅怀像陈君起一样的无数革命先烈。是你们，照亮了中国革命的漫漫征途；是你们，才使今天伟大的中华民族屹立于世界民族之林。

第一章
故乡南翔

第一节　有个古镇叫南翔

南翔镇，江南韵味十足的一个小镇，在西塘、南浔、同里等古镇声誉之外，是那样的普通和平常。当然，作为靠近大海的小镇，似乎在隐秘中包含着海洋开阔的属性，看似波澜不惊，内部却是激流。大多数人对南翔镇的了解，只是嘉定的一个古镇，目前靠近上海虹桥机场，也是上海市四大历史名镇之一。实际上对于嘉定的认知，还是从比邻的嘉兴认知的，因为南湖的一只游船从嘉兴出发，这是留在世人心中的一个红色历史烙印。嘉定南翔镇，历史上曾有“小小南翔赛苏城”之美誉。苏城，就是当今的江苏省苏州市，一个以园林著称的天堂。实际上这样的美誉，在上海大都市的光环下，已经逐渐隐退。

南翔镇，如果从上海嘉定革命历史上的第一位女烈士诞生地的角度说起，那么这个古镇就显得有些不同寻常了。她，就是革命女烈士陈君起（陈墨云）的故乡。它到底是一方什么样的水土？这确实令人好奇。南方柔软的小桥流水，滋润安逸的生活，按道理应该是风平浪静的。然而，在风云四起的清末民初，这个小小的南翔镇，竟然孕育出旧时代的叛逆者，革命的因子，一时间让这个小小的古镇惊起了一池春水，温婉平静的日子，荡起了一圈圈波澜。

据革命史料记载，南翔镇是上海郊区中国共产党活动较早的地区之一，早在1925年“五卅”运动前，南翔就有一批追求民主自由的有志青年，在马列主义思想和当时世界范围内的民主理论影响下，走上了革命道路。1926年，南翔成立了嘉定境内第一个共产主义青年团小组，革命先辈为了明天的新南翔，进行了长期的艰苦卓绝的奋斗，抛头颅，洒热血，在南翔镇的史册上留下了不朽的革命篇章。

镇志记载的南翔镇前身，是一座寺庙，而寺庙的形成，据说与一对飞来的白鹤有关。

时间推至中国南北朝梁武帝建国时期，那时的南翔镇本名叫槎溪，从字面上似乎可得出，荒凉稀疏的村落，在溪水纵横里散落着，这完全处于一种雏形的时态，人口自然很少。然而堪称神奇的是，某天一位荷锄的人，偶然在田地里挖到一块巨石，这块巨石与一般巨石不一样，当它刚露出地面，就从天边飞来一对白鹤，盘旋在石块的上空。万物之间总是充满着玄机。这巨石与白鹤似乎有了感应。农人离去后，白鹤就栖息在这块石头上。这事被一个叫德齐的和尚知道了，他认为这是佛地仙缘的征兆，石头所在的地方分明就是块佛地。于是，他决定在这块石头处建造寺庙。这个和尚很有意思，居然有此神秘的想法。我想当时的南翔镇人肯定有点诧异，至少认为这个德齐和尚有点另类。可是，就在大家议论纷纷时，他们惊奇地发现，其实德齐和尚也发现了，这对白鹤每天朝哪个方向飞翔，哪个方向的人就会来这里捐款。天长日久，直到寺院竣工后，那对仙鹤才振翅飞走。梁天监四年（505 年）寺院建成后，因鹤向南飞去的缘故，故取名白鹤南翔镇寺。这座南翔寺庙到了唐朝，达到鼎盛之时，寺庙面积扩大到一百八十亩。当然，这也和当时唐朝繁荣佛寺的兴起有关。宋绍定年间，因理宗赵昀赐“南翔寺”匾额，寺名遂更为南翔寺。康熙三十九年（1700 年），康熙皇帝又赐额“云翔寺”，故易名为云翔寺。

由此看出，这南翔寺确实不同寻常，几代皇帝都曾在此留笔。事实上也是这样。这一寺庙建成后，香火很是旺盛。人们从四面八方赶来，祈祷许愿。有的人因为寺庙就留下来，定居不走了。随着时间的推移，这里人越聚越多，形成了镇，取名就叫作南翔镇。

对于传奇故事，我们姑且不必考证。但是，至少从这里我们可以得知，南翔古镇，钟灵毓秀，绝非寻常之地。历史的发展也确实证明了人杰地灵这一点。

明代时期，南翔镇的经济繁荣程度，已经在嘉定县范围内独占鳌头。到了清初，镇上人口增速较快，各种粮食杂物水货等百货骈集，舟车拥挤纷繁，于是就有了“银南翔”之称。而到了宣统初期，自南街至沪宁铁路车站兴筑马路，士商侨寓纷至沓来，以棉花、土布、洋纱、米麦、蚕豆、鲜茧、竹木、油饼、水产、蔬菜为大宗贸易，同时镇上布庄林立，成为全县最大的商品集散地和土布业集散中心。

灵异的故事，修行的寺庙，这一切都为南翔做了最好的底色描摹。一个人，或者一个村庄一个镇，有了某种归宿感，就有了份宁静和祥和。如果从人文历史的角度考察南翔，依旧瑕不掩瑜，其文化之光同样辉映世人。有资料可查，从宋、明到清代，南翔镇出过贡生三十四人，举人三十五人，进士二十九人。作为江南一个普普通通的小镇，出过这么多出类拔萃的人才，足够让人震惊了。明代诗人、书画家李流芳，三十二岁中举人。他的诗文多写景酬赠之作，风格清新自然，他与唐时升、娄坚、程嘉燧合称“嘉定四先生”。清初嘉定的竹刻专家、权威，号东海道人的吴之璠，字鲁珍，早年师法“嘉定三朱”，多用深浮雕或透雕刻竹；晚年仿洛阳龙门浅浮雕，首创“薄地阳文”刻竹，层次多变，秀娟纤劲。此法一经问世，受到同行的纷纷赞誉，并为其他工艺所吸收，对雕刻艺术产生了广泛和深远的影响。据说乾隆皇帝曾多次对他的作品赋诗予以赞美。而精于竹刻木雕，原名冈祖、字宛若的陆俨少，作为中国现代国画大师，曾任浙江画院院长，也是南翔镇人。民国十六年（1927年），他考入无锡美术专科学校学习，同年从王同愈学习诗文、书法；次年，师从冯超然学画；擅画山水，兼作人物、花卉，尤善于发挥用笔效能，以笔尖、笔肚、笔根等的不同运用来表现自然山川的不同变化，代表作品有《朱砂冲哨口》《层峦暖翠》等，不胜枚举。

南翔的园林，在人文的熏陶下，也是独具魅力。南翔镇拥有的第宅园林中，宋代园林有一座，明清时代的园林有二十多座。这些园林与毗邻的苏州的拙政园、留园等园林风格相似，大概是水乡园林有相同的气息和血脉吧。让人啧啧赞叹的是，明代李流芳建的檀园，“经筑墙垣仅及肩，多穿洞壑注流泉”，一时间成为南翔胜景；通判闵士籍建的猗园（今称古猗园），此外还有计氏园（后改为来鹤园）、怡园、巢寄园、桐园等也都独具特色，吸引着古今世人。

为了更好地了解革命烈士陈君起的家乡，可再多花一点笔墨，停留在上海五大古典园林之一，一个叫古猗园的园子，据同行的本地朋友说，这个园子值得一观。

古猗园最初的名字叫猗园，建于明代嘉靖年间（1522—1566年），是当时任河南通判的闵士籍所建。园林名字出自《诗经·卫风·淇奥》，“绿竹猗猗”，为美盛貌；同时，融入三国时期竹林七贤嵇康的《琴赋》中的“微风余音，靡靡猗猗，余音袅袅”为一炉，这就是“猗园”名字的古意。后期经过明代嘉定竹刻名家朱三松的精心设计，以致有“十亩之园，五亩之宅”的胜景。清乾隆年间，更名为“古猗园”。

园林，数苏州。熟知的苏州园林如拙政园、留园等，这些园林都是家喻户晓。那么，同属江南，上海南翔镇的园林古猗园究竟会有何迥异之处？苏州的拙政园，每天要面对的是来自天南海北、前来一睹传说中园林风采的万千游客。喧嚣、热闹以及无止境的杂乱，成为园子内的景象。园林，原本是诗意之地，清幽、静寂之地，是曲径通幽之处，是“人闲桂花落”，是“明月松间照，清泉石上流”。但是苏州当今的园林，正逐渐失去其原本的内涵，与世俗离得很近。

南翔古猗园，与附近的豫园或苏州的园林确实不同，冷清、寂静成为底色。这对于一些喜欢清静的人来说，确实是个绝佳的处所。在寸土寸金的上海，找一修身养性的地方实属难事。然而，古猗园就是为了等待这样的一些人而存在。

明清时期的南翔经济发达，文化繁荣，私家园林多达二十余处，园林星罗棋布，甚是好看。古猗园在那时也不是最为突出的一个园林，但是它却作为南翔古镇唯一的一座园林存留至今，其主要根源，完全在于它那浓郁的济世情怀。这是很多园林都无法比拟的。苏州园林更多的是文人雅士、达官显宦归隐的一个避难所，这些人或者是拥有避世的隐者情怀，或者纯粹是有着文人雅士的内心操守。

古猗园内逸野堂前，长着两棵奇特遒劲的树，所谓的遒劲，指的是那枝丫，如龙蛇般，叫盘槐。盘槐姿态优美，形状如黄盖之伞。当然，也有人因为枝丫的盘曲，又名龙爪槐。这名字可要不得，因为只有皇家栽种的树木才可以拥有这样的名字。园子主人闵士籍私自栽种，今天看来，就是一个无足重轻的符号而已。然而，不幸的是，这事确实被好事的小人告发了。后来闵士籍吓得赶忙把这两棵树刨去，又花上重金贿赂公差，这才免于一场杀身之祸。这个园子内还有一处名字独特的现代亭子，因为这个亭子于“九一八”事变后建的，地点在竹枝山上，该亭名为缺角亭。南翔一群爱国志士，建该亭以志国耻，缺角亭，以其只缺东北一角，象征东北三省沦陷，另三只翘角塑以三只高举的拳头，彰显抗战到底、收复失地的壮志与决心。

当看到这个亭子时，人们对南翔镇内部孕育的革命之火应该是理解的。这样一个安静的小镇，能够走出伟大的革命女烈士陈君起，是完全有历史渊源的。南翔的水土是热血铸就的，在平静如镜的生活之下，有着岩浆一般的炽热。这样的词语不是随便赋予南翔镇的。想必这也是其他园林不能与古猗园相比的迥异之处吧。在今南翔镇的北面不远，大约一里的距离，有一座其貌不扬、再平常不过的土丘，就是槎山烽火墩，建于南宋建炎三年（1129 年）。它是南宋初年抗金名将韩世忠的遗存，也是上海地区现存极少的几处古代烽墩之一。因为它位于“白鹤翔云”“槎溪迤流”之地，故后人把该地取名为“鹤槎山”。由此可见，南翔自古就不乏精忠报国的仁人志士。

是南翔选择了陈君起，还是陈君起选择了南翔？答案无法确定。世间有很多事是无法说清的，它们就在隐蔽处纠缠着。不管怎样，在南翔镇厚重的人文历史熏陶下，在江南水乡的俊秀滋养下，在历史深处的槎山烽火以及古往今来的文人志士的淬火下，革命的种子早就潜移默化地孕育在陈君起的心中。

南翔镇，是个拥有深邃历史的小镇，也是一个地理开阔的小镇。因为历史厚重，它有了蓬勃的根系；因为开阔，它有了走向世界的胸襟。现在来看，南翔镇处于上海交通枢纽，有着得天独厚的区位优势，华东最大的铁路运输枢纽“南翔铁路编组站”，就在镇内。至于水路、陆路和航空，在上海大交通的辐射下，南翔镇有着无比优越的条件。然而，历史的列车开到清朝末期这一段，腐败、闭关守国以及卖国求荣已经成为大清王朝的顽症。苟延残喘或者保留最后的荣华富贵，已经成为当权者可怜的奢望。在西方列强的步步紧逼和洋枪大炮的威慑下，这个古老的东方文明古国，成为一块肥肉，正在诸多列强的贪婪中，遭到蹂躏与欺诈。更不能让人容忍的是，古老的华夏，不仅要遭受列强洋枪大炮的野蛮侵略，还要承受鸦片带来的精神上的侵略。位于中国东部的嘉定南翔，理所当然地成为中西方侵略的前沿阵地。

陈君起，就是在第一次鸦片战争后第三年出生了，伴着城池的陷落、家园的毁弃、田园的荒芜和西方的烧杀抢掠，来到了这个世界。

第二节　父亲是个翰林

陈君起后来之所以走上革命道路，从大的方面说，是南翔镇的人文思想在她心灵深处起到了潜移默化的影响；从小的方面说，家庭的影响使她在年少时就走上了叛逆之路。这个根源与一个人有关，他就是陈君起的父亲，清朝末期翰林陈巽倩。后来因为陈君起反抗父母包办婚姻以及封建残余思想的毒害，他们之间再无父女之情。当然，这是后话。

陈巽倩（1864—1927 年），姓陈，名栩，号巽倩，以号行世。作为南翔镇土生土长的人，祖祖辈辈，都老实本分地蛰居于南翔镇。谁能想到，农家子弟陈巽倩，光绪二十一年（1895 年）进士，曾任翰林院编修。民国初年，出任嘉定县军政分府总司令，又在齐卢之战后为南翔灾后重建积极奔走，出力尤大。他热心于乡邦文献，曾任《嘉定县续志》总纂修，又重印《南翔镇志》，是嘉定县乃至上海地区有名的耆老。

陈巽倩后来官至翰林，应该说是南翔镇以及农家子弟做官的奇迹了。根据陈巽倩的祖上五代的共同记录，均是清白，唯独在陈巽倩这一代，靠读书入仕，确实很难得，有石破天惊之感，而且一路顺利抵达进士。这一路走来，实在不堪回首，由此令人不能不佩服陈巽倩的聪明过人之处。从唐宋开始实施的科举制度，从乡试到殿试，要经过多少关卡和陷阱，要杀出重围，这样才有机会出人头地。不敢说一路上过五关斩六将，至少也是如履薄冰，一个闪失，就不会有任何翻盘的机会。再说，陈家祖上几代清白。从这方面说，不能不佩服这个家族，在这样的教育情况和政治资本毫无背景之下，居然培养出陈巽倩；尤其是陈巽倩的个人智慧与努力。科举考试，应该说是寒门学子走入仕途，进入上流社会唯一的独木桥，否则还有什么办法可以改变家庭和命运呢？ 就是这座独木桥上，也是挤满了人，多少人都在意料之中落选了。 尤其是陈巽倩这种祖上五代以内似乎连秀才都没有而最后进士及第的，可谓是万里挑一、凤毛麟角，真是如俗话说的那样，天上掉馅饼。 这让陈家祖坟确确实实地冒了一缕青烟，想必这应该是清代科举考试中的奇闻吧。

家境普通的陈巽倩，据历史资料记录，他确实有过人的地方，实属奇才。 后来，陈君起作为嘉定第一个走上革命道路的人，也是有个中血脉原因的。 据说陈巽倩的特殊本领，是擅长作试帖诗。试贴诗是中国封建时代的一种诗体，常用于科举考试，也叫“赋得体”，以题前常冠以“赋得”二字得名。 起源于唐代，多为五言六韵或八韵排律，由“帖经”“试帖”影响而产生。 题目范围与用韵，原均较宽。少年时期的陈巽倩就已经名震南翔，甚至是整个嘉定乃至上海。 正是因为这个特殊的本领，造就了陈巽倩的翰林官职。 很多时候，一个人从人群中脱颖而出，跟自己有无跟其他人迥异的标识有关。

据记载，同治甲戌年（1874 年），陈巽倩到州参加会试，写了篇春阴诗，其中“杨柳楼台烟漠漠”句，主考官说“诗有画意”，就把陈巽倩的试卷放在了前面，言下之意陈巽倩答得好。 令人奇异的是，不仅主考官说陈巽倩的作品好，就连当时的江苏学政林天龄也深以为然，遂以陈巽倩的“诗古”而取入学，这真是遇到了贵人。后来一发不可收拾。 陈巽倩进入当湖书院学习后，参加各种科举考课，陈寿图、周保珪、陆增祥等老师皆将其取为第一。 不久，又以捐助的方式获得了贡生的资格。

何为贡生？ 就是科举时代挑选府、州、县生员（秀才）中成绩或资格优异者，升入京师的国子监读书的人。 也就是说，陈巽倩可以到京师国子监读书，另外一层含义就是把人才送到皇帝面前，清代贡生，别称“明经”。

陈巽倩就是考试的料，真是前无古人后无来者。 光绪十九年

（1893 年），陈巽倩参加顺天乡试，考中第十九名举人。光绪二十一年（1895 年），参加会试，考中第二百十二名；经殿试，为二甲第十九名进士，是这一年太仓州及下属四县唯一的进士。朝考后，列一等第十三名，钦点为翰林院庶吉士，散馆授翰林院编修，一下子从下里巴人升为阳春白雪，进入了殿堂，专门负责朝廷的日常事务。

陈巽倩供职翰林后，他在南翔的陈家园就随之改为太史第，也叫陈太史府。做到翰林的人家，他们的府邸常常被称为太史第，太史第的额匾此后就挂在了陈家园的门楣上。

陈巽倩这一路下来的奇遇，无不与他的试帖诗有关。这个试帖诗引起不少人的赞赏，还有人出于喜爱，竟然单独写信给朝廷中的好友，托其对陈巽倩加以照顾。翰林院编修陈曾佑就是其中的一位，对陈巽倩甚为推赏。

……敝门生陈巽倩庶常枬，品端学粹，惟家本清冷，新得馆选，榜下一切用度颇费筹画。因有友人画讬葵帅，拟到天津张罗。但缘人地生疏，非有多人相助难期济事。闻盐务纲总有酬应过客之例，务祈热律旁吹，俾伊得所集腋，则感荷高情，直同身受。恃爱奉渎，惟推情照拂为幸。伊硃卷尚未刊成，只能专用扇对，特此奉知。

由此，清朝科举时代的师生情谊可见一斑。在才华之外，他们的师门出身也很重要。否则，他的老师也不会单独书信吩咐其友关照。只是这些老师爱学生似乎有点过了。当然，另一方面说明陈巽倩的才学确实过人。有的老师为了要求好友对陈巽倩照顾，难免书信中夸大其词，说陈巽倩家境贫寒，这似乎有点不敢苟同。外面人知道陈家祖上五代没有出过秀才，家境没有什么达官显贵，但不代表他家穷困潦倒啊！相反，陈巽倩能够读书，且一直读到京城，绝非一般人家所能，没有强大的经济基础做后盾，怎么会读到京城？另外，陈巽倩能以报捐方式增添为贡生，这有点像今天的自费出国留学，这等经济力量非常的不可小觑，恐怕不是一般的小康人家了。陈家在南翔镇，据说是商贾人家，这等情况似乎与实际相符。至于做官后的官场交际活动颇多，经济紧张那都是后话了。

陈巽倩在翰林院编修任上之事迹后来就不甚详细了，时局的动荡，外来列强的侵略，迫使陈巽倩回到了上海。当然，官职也是理所当然地放弃了。

这个带有清朝血液的陈巽倩，在庚子年间从京城回到上海的时候，干了一件让人咂舌的事情。他居然带回一个皇宫里的女人，而且这个女人不是一般人，是当时皇帝的妃子。皇帝的女人他都敢带回来，陈巽倩真是胆大包天，一般人是万万不敢这样的。如果说陈巽倩没有女人，是另一种说法。其时，陈巽倩在京城做官时，在家乡南翔镇是有家室的，其夫人正在家带着两个女儿过日子呢。按照陈巽倩的说法，当时八国联军侵略北京，兵荒马乱中，一个年轻的妃子趁乱跟着他逃出了京城。这个女人跟陈巽倩回到南翔镇后，他就把她纳为妾，完全没有顾忌原配妻子的感受和两个孩子的看法，况且清朝时期纳妾也是正常的事。

对于陈巽倩，似乎还可以再赘述几句。陈君起父亲的封建思想以及自身的性格特征，还有所作所为，对于陈君起有着非同一般的意义，否则，陈君起也不会有反抗婚姻而离家出走等诸多事宜。

正如前文所说，陈巽倩是个传奇式的人物。因为挖掘陈家的五代，祖上历来就没有如此有文化的人物，并且在他这一辈，竟然官至翰林，真是破天荒的事情。在陈巽倩身上还有很多神奇之处。陈巽倩不只是擅长试诗帖，他还会武术。这对于本身是进士、翰林的他来说，不同寻常。清朝时期，状元有了武状元和文状元之分，历史上武状元不是很多。而陈巽倩在文化充盈之余，居然还是个会武之人。这也是他后来敢从北京皇宫的兵荒马乱中带走一个妃子的缘故。想必那个皇宫的妃子，也是看到了翰林陈巽倩还有过人的本领，心里有了安全依靠，才敢义无反顾地从封闭的深宫大院中，跟着书生陈巽倩跑出了紫禁城。

陈巽倩会武术，是有根有源的。因为陈巽倩的家乡就是武术之乡，南翔镇习武者众多，而且体格健壮。少年时期的陈巽倩就是武术爱好者，这也符合历史上对江南之地的记载。江南原本莽荒之地，尚武风气浓郁，直到后来传播来礼乐，书香人家才逐渐多起来，才由习武改为崇文，参加朝廷的科举考试，进士、状元日益增多。另一方面，朝廷常把不少文人或宦官流放江南，以示惩罚。他们多是舞文弄墨之人，文化根底深厚，随之江南一带，藏书楼、藏书家也逐渐增多。对当地人有很大影响的是，凡是取得功名如进士、举人、状元等人，深究一下，无不是书香人家，或者说家里至少是有藏书的习惯。家庭的文化氛围与后天的成才是分不开的。这以后，江南由蛮荒之地逐渐过渡为崇文之地。陈巽倩也许就是这其中的受益者，习文尚武兼而有之。

由于陈巽倩有了翰林的履历，还有武术的根基，他回到了上海后，也派上了大用场。逢上嘉定县自治公所宣布独立，沪军都督陈其美指挥长杨长汾（字镜谷，望仙桥人）来嘉定镇抚，在嘉定设军政分府办事处，有人推举陈巽倩任军政府分府总司令，掌握嘉定地区军政大权。陈巽倩真是能文能武，上任后立即在乡民中选择勇士数十名，即日训练成军。陈巽倩治军很严明，有很强的纪律性，得到了当地百姓的肯定和赞誉，为非常时期的嘉定地方治安做了很多工作，当时上海的《时报》就对嘉定军政分府的事迹有比较详细的报道：

嘉定军政分府示：如有本分府职员、军士，或地方无赖假冒本分府职员、军士，在外滋扰者，准各地方居民指诉，一经本分府查实，定以军法惩处。特示。

……嘉定南之南翔镇火车站旁，旧有厘捐局，二十日晨经军政分府出示晓谕，略谓：厘卡一项，最为商民之害，以后如有人向商民等收案捐款，准向本分府指名控诉，一经查实，定按军律严办云云。

从这些列举的告示内容上可以看出，陈巽倩治军治安均是出色的，有着独到之处。可以想象一个翰林，既能动笔，也能扛枪，真是让人刮目相看。更值得一说的是，陈巽倩招募的这批勇士，训练有素，身体素质棒，练成后都参加了北伐军，推翻清廷，这也是一件功劳。但遗憾的是，陈巽倩后来因为与民政长许苏民等人在工作中意见不合，新军改为团防，司令改称团长。民政长许苏民遂将新军解散，陈巽倩也因此不再担任军政分府的总司令，实则是许苏民变相地拿掉了陈巽倩的职权而已。

此后，陈巽倩也没有闲着，继续重操旧业，民国期间先后担任南翔商团会长，兼任南翔、黄渡、纪王、方泰的商团联合组成的商团联合会副会长，等等。只是那时的商会与今天的商会不一样，不是以经济为主，主要是协助政府维持社会秩序，保一方安宁。

陈巽倩是个奇特的人，有着武人的豪气，也有文人骨子里的柔情。这实在是很难得。他敢于一口气带出皇帝的妃子作为自己的女人，另一方面，他和其他江南人一样，骨子里是细腻的、诗意的。他在南翔镇一个叫凤翥楼的地方，收藏了不少名花奇石，尤其是泉石，品种不下上百种。要是逢上个节气，陈巽倩还会应景地开个赏菊会，邀请众多文人雅士前来品鉴，附庸风雅。这里面相当一部分的菊花都来自陈巽倩家，想必这个雅号，确实有着江南的血液。更让人大跌眼镜的，是那个从京城带回来的妃子。现在看来，陈巽倩也不是随便就带个妃子回家的。原来，那个妃子也不简单，操弄起京剧来，也是顾盼生姿、流光溢彩，这也是陈巽倩不顾生命危险，从京城一路带回来的原因吧。这妃子确实有着令人着迷和留恋的本领，与陈巽倩冥冥之中有缘分，令他倍加喜爱的是，妃子一唱起京剧，陈巽倩就在一旁操弄起胡琴，可谓琴瑟合奏、珠联璧合。陈巽倩曾题“摹拟入神”，又云：“化佛先生素擅皮簧，又为新剧大家，每一登场，扮演古今何等人物，无不形容毕肖，声吻宛然，洵神乎其技矣。爰缀数语，以志钦佩。”

陈巽倩还非常擅长书法。到了晚年，他每天都临摹柳公权的《圣教序》，而且在当地留下了许多他的墨迹。由于出身翰林，理所当然地要为家乡留下点痕迹，陈巽倩也在所不辞。比如秋霞圃碧梧轩，亦称“山光潭影馆”，后来毁于兵燹之灾。他在秋霞圃屏山堂还书有对联：“四季栽花，雅兴名园通曲径；十年树木，能支大厦有奇才。”还有法华乡的“承恩堂”，为诸生胡忠耕读的地方，宣统年间重建时，就由陈巽倩题额，等等。

他归乡后，热衷于家乡的文献整理、校对。民国十二至十三年（1923—1924 年），陈巽倩先后把乾隆时张承先纂辑的《槎溪里志》，嘉庆间程攸熙改订的《南翔镇志》，重新校勘，并以铅印本发行。

陈巽倩作为清末时期的翰林、满清遗老，身上复古的意味还是很浓厚的，他当时伙同洋人在哈同花园成立了一个学会，叫“广仓学会”，而且陈巽倩是“广仓耆老”之一，其中会员还包括冯煦、左孝同、朱福诜、缪荃孙、伊立勋、吴昌硕等人，这个有着二百五十位遗老宿儒组成的团体，在当时吹嘘一时，实际上哈同花园就是“复古的中心”，连康有为、章太炎等学者以及岑春煊等军阀都与其有着密切的关系。

陈巽倩在五四运动期间，做了一些有益于人民的事情，比如带头组织人员抵制日货。可是后来因为自身裹挟的“复古”思想，南翔等地在运动期间，全体罢市，然而陈巽倩却带领人在耍龙舟，庆祝歌舞升平。这是在为末代清朝涂脂抹粉吗？还是妄图复辟？这种举动严重引起革命者的怀疑和普通民众的强烈不满。

据说后来，陈巽倩在民国十六年（1927 年）时，被以“土豪劣绅”的名义逮捕。当时一同被捕的还有他的一个义子和一个儿子，不过他们后来先后被释放。再后来，陈巽倩以反革命、抢沙田、乱金融，又有“大吃白食”“包打官司”“欺凌孤寡”等罪名，被抓捕、枪决。陈巽倩的死，到底是历史误会还是什么原因，历史也没有定论。

当然，后来陈巽倩的这一切与叛逆、抗婚而离开家门的陈君起早无瓜葛了。实际上早在陈巽倩去京城之际，就没有瓜葛了。

陈巽倩北上求功名的时候，陈君起是跟着母亲和姐姐陈竹梅一起生活的，当时住在陈家花园。陈巽倩去读书做官时，把两个女儿留给了原配妻子。陈巽倩的妻子，是个贤惠勤劳的家庭妇女，任劳任怨，吃苦耐劳。即使后来陈巽倩从京城带来妃子，她也没有抗议。陈巽倩特地给两个女儿起了秀美古典的名字，这与他的文化素养有关，更与陈巽倩对两个女儿的人生规划有关。当父亲陈巽倩从京城回来时，陈君起也就是陈墨云，已经是个十五岁的大姑娘了。陈墨云是陈巽倩起的名字，陈君起是她自己改的。当她看到父亲带着一个女人回家，逃离家门的因子就萌生了。母亲的含辛茹苦，到最后换来的是父亲陈巽倩的背叛。陈君起并不是对清朝娶妻制度不满，而是对母亲多少年的付出，并没有得到她男人的珍惜和疼爱而充满怨恨。陈巽倩对婚姻家庭的态度，直接给陈君起带来颠覆性的伤害和影响。实际上也确实有影响，后来，陈君起在婚姻大事上确实一直不顺畅，这也许正是她认识到中国妇女面临的困境后，支撑着她立志为中国妇女代言的动力吧。

这一切是陈巽倩间接造成的，人们在陆俨少的自传里看到这样一段文字，是关于陈巽倩的。“学校前面不远，住着一位前清翰林，名陈巽倩。此人武断乡曲，动了民愤，后被枪决。他当时是南翔镇南市的一霸……”再加上陈巽倩拥妻纳妾，一股前清做派，以及后来的那位妃子给了陈墨云、陈竹梅一个同父异母的弟弟，这似乎就在冥冥之中使陈君起对这乡绅家庭的逃离埋下了因子，与过去的陈墨云决绝。

事实也正是如此。多年后，一个叫陈墨云，又名陈振的女子，彻底与旧传统、封建思想决裂，以陈君起之名，踏上了一条充满着荆棘坎坷，却也充满着自由快乐和光明的革命道路。

第三节　缠足与私塾

陈君起在回忆父亲陈巽倩的时候，总是感到迷惘。父亲对她来说，像雾像雨又像风，谜一样的父亲，她始终不能看透。虽说父亲是晚清的翰林，身受清朝传统的教育影响，但是他并不古板与守旧，这个表现在对女儿缠足的态度上。陈君起和姐姐陈竹梅都没有身受缠足之苦。要知道，当时能顶住压力不给女儿缠足，也是一件惊人的事件了。谁能挣脱传统的束缚？不缠足，也许真的意味着女儿难以嫁出去，但是陈巽倩没有要求他的两个女儿缠足。这让陈君起一度认为父亲是很开明的，同时也是很疼爱她们的。

拒绝缠足，在那个以小脚为美、适应男人讨好男人的经年传统背景下，是大逆不道，是对男人审美的严重挑衅。

古代人以三寸金莲为美。诸如大脚的女子，那是终生嫁不出去的。也就是说没有哪个男人敢娶这样的大脚女子。女子缠足，一般是从四五岁起便开始裹脚，直到成年骨骼定型后，才能将长长的裹脚布解开。只有极少数人终身缠裹。据考证，缠足兴起于北宋。清代的缠足之风蔓延至社会各阶层的女子，不论贫富贵贱，都纷纷缠足，应该说是对妇女生活的歧视和人身侮辱，其价值判断都是围着男人转，把三从四德发挥到了极致。女子的命运就完全寄托在男人的身上了，真是应了那句老话，“嫁鸡随鸡嫁狗随狗”。关键是有时候嫁给了鸡和狗，也难逃被遗弃的命运。

陈君起和她的姐姐陈竹梅都没有缠足，这确实让她们有点欣喜和惊诧。作为饱读史书、深钻“四书五经”、走南闯北的翰林陈巽倩，身上弥漫的是老学究老封建的一套三纲五常，在儿女成长教育和人生婚姻大事上，肯定有着自己的一番看法和理论。父母之命、媒婆之言等之类的思想，早就根深蒂固，他怎么会容忍自己的家庭出现反常，挑战几千年的中国传统礼数？更为严重的是，陈巽倩的身上，有着极深的封建伦理之气。

清代就有两个同样变态的男人对小脚极其狂恋，一个叫李渔，另一个叫方绚。李渔眼中女人的脚是这样的：瘦欲无形，越看越生怜惜，此用之在日者也；柔若无骨，愈亲愈耐抚摩，此用之在夜者也。方绚呢，研究女性的脚，论女人的小脚竟有五十八条，可谓极细。说小脚有五式：莲瓣、新月、和弓、竹萌、菱角，又说香莲有三贵：肥、软、秀。他为小脚命名十八种之多，说小脚有九品，说香莲的妙处在：三上三中三下，如肩上、手中、被下之类的。为了把女子锁在深闺，男人认为女子出则有车，脚无用也，所以裹起来放心。《女儿经》里说："为甚事，裹了足，不因好看如弓曲，恐她轻走出房门，千缠万裹来拘束。"

清朝，因为满族妇女不缠足，顺治元年（1644 年）孝庄皇后谕"有以缠足女子入宫者斩"。顺治二年（1645 年）下诏：此后百姓所生女子禁止缠足。后康熙、乾隆、道光等皇帝也多次颁旨禁止缠足，因受到汉族男子的抵制，非但没有得到限制，反而缠足之风更盛。

缠足的历史传统深矣。作为从中国传统文化里滋养出来并一步步走到翰林位置的陈巽倩也未能出淤泥而不染，再说其祖上五代均不是文化之人，那么缠足的习俗早就深入骨髓。而且，在陈巽倩的身上，复古的气味十分浓郁。

然而，意外的是，陈巽倩的两个女儿，竟然都没有缠足。作为普通百姓家的女子，不缠足还能理解，作为出身于翰林之家的陈氏姐妹，居然不缠足，不是对大户人家的嘲弄吗？这个中原委，是否与陈巽倩受到京城里的见闻影响有关？比如说皇帝三番五次下令禁止缠足，孝庄皇后也曾谕告把缠足入宫的推出去斩了。

陈君起出生于 1885 年，当时是 19 世纪末 20 世纪初，是中国近代史上风云变幻、波诡云谲的时期，帝国主义列强带着洋枪洋炮和鸦片，随时会对中国发起贪婪的侵略行动，另一方面，满清腐朽的政府，在闭关锁国、卖国求荣中苟延残喘着。旧中国，已经处于风雨飘摇的时期。同时，西方的文化不断侵略，维新派、改革派汹涌而入，一大批仁人志士从救亡图存的角度出发，爆发了百日维新运动，发出呼吁，要救中国，必须改变女子的地位，只有解放女性，解除缠足，获得现代文化知识，国家才会强大。他们认为，国家的贫弱，源于女人的不解放，如果女人也参与社会财富创造，怎能实现不了国富民强呢？

另外，陈巽倩是不是受到了康有为的影响？

对缠足痛恨的近代第一人，就是公车上书、坚持改革的维新派代表人物之一——康有为。康有为对缠足的痛恨由来已久。当他十岁的时候，听到妹妹顺介缠足的痛苦哀号时，他冲进房内多么想阻止这伤天害理的酷刑，但那时他没有权利，他只能眼看着妹妹的脚被折骨伤筋，妹妹昼夜号哭，夜不能寐。最后妹妹的脚屈而不伸，纤而不壮，扶床乃起，依壁而行。他知道缠足之行上悖天理，下违人道，但十岁的他无能为力，他只能捶胸呼喊：为什么素重教化、圣贤辈出的中国，无人禁止这惨无人道的敝俗呢？但从此以后，妹妹缠足对他的震动和伤害深深地刻在他的心里。

1883年，等到女儿康同薇五岁，也到了缠足的年龄时，对母亲和族人要给女儿同薇缠足一事，他坚决抵制。虽然母亲哀哀苦求说：你这是害女儿，女儿将来嫁不出去，怎么办？但他坚决要从自己开始，不再对女性实施这残忍的酷刑。既然他从道理上知道缠足有违生理和人道，束缚思想，摧残人格，是造成国家积弱积贫的原因之一，何不从他开始一改千年陋习，把妇女从形体的禁锢和陋习的束缚下解放出来呢？

他说：就是我的女儿一辈子不嫁人，我也不给她裹足！

于是，他的女儿和他弟弟的女儿都没有裹足。这需要多大的勇气与毅力，这需要多么强烈的使命感？这不仅仅是缠足一事，这是要解放女性，给女性自由；明明是不顾封建卫道士的贞节观，要破除对女性的迫害；明明是要与几千年的愚昧、专制做斗争；这确实是一次革命，一次创举。

更重要的是，康有为把解缠足当作一场社会运动持之以恒地坚持了下去。他和梁启超等人，率先对传统展开猛烈的抨击，尤其是戊戌变法期间，他们把报刊作为阵地，呼吁解放女性。

1898年戊戌变法时，康有为首先上《请禁妇女裹足折》，光绪皇帝批准了这一奏请，并下令执行，可惜随着戊戌变法的失败，这一御旨半途而废。

我们看到了一个敢于打破传统、敢于挑战中国传统和男权社会的康有为。但是，这对陈巽倩有无影响呢？按道理，作为京官的陈巽倩，至少耳濡目染着时代的气息，这些呼声想必他也是听到的，西学渐进已经轰轰烈烈的洋务运动，都将会对陈巽倩的思想认识产生震动和改变。

实际上，陈巽倩是远远不能跟康有为相提并论的。但在缠足上陈巽倩还是做到了，解放了自己女儿的天性，不必去忍受那非人的病态的囚徒般的炼狱，变态与畸形的审美。正是缠足的解放，给了陈君起后天行走世界的能力。

陈巽倩还做了一件了不起的事情，就是把两个女儿送进了私塾读书。关键是私塾，与一般的家庭授课不一样。一般有条件的人家子女读书启蒙，为了避免所谓的风化，都是请家庭教师，到家里来授课。女孩就请女教师授课，男孩子就请男教师授课。男女课程不一，女孩子一般授课是音乐、女红等，当然，更多的还是家庭教育的范畴，诸如相夫教子、侍候公婆、待人接物之类。私塾是一种集体授课的场所，就是说女孩子可以和男孩子一样，在大庭广众之下，和男性平起平坐，一样上学，一样上课。

陈巽倩把两个女儿送到私塾读书，接受文化的熏陶，识文断字，他这么做并不是以提升女儿的文化水准、培养她们后天的生存能力、提高她们的生活质量为目的的。

陈巽倩把儿女送到私塾教育，同时他还对小女儿陈君起格外疼爱，经常给她们讲外面的世界。当时陈巽倩正值进京赶考，参与了当时的“公车上书”，回来后，把所见所闻以及中日甲午战争等讲给她们听。尤其是“六君子”之一的谭嗣同的壮举，“我自横刀向天笑，去留肝胆两昆仑。”这豪迈的诗句，在陈君起的内心激起了巨大的波澜，她虽幼小，但是其中还是体悟到了一个人的气魄与精神。当然还有林林种种的信息，这些都在陈君起的心中开启了天窗。

这只是陈巽倩对小女儿的一种疼爱，其实他没有多想。他哪里知道，正是这些知识的灌输，对女儿的影响是深远和空前的，把她推向了中国女性最早的独立解放之路。

陈巽倩认为，女儿的一生终究是围绕家庭的，不可能担起社会的责任。因此，为了把小女儿留在身边，在姐姐陈竹梅出嫁后，陈巽倩特地在陈家花园的不远处，单独给小女儿建造了一座小楼，作为陈君起将来的嫁妆。

陈巽倩把儿女的教育当作一种筹码、一种投资。事实证明，这条路在陈竹梅身上是可行的，因为大女儿在他的规划和培养下，正如他所愿，后来顺理成章地嫁给了上海一个富裕人家，双方门当户对，这是令陈巽倩比较满意的结果。他想，小女儿陈君起也会按照自己规定的路线图，按照几千年的婚姻传统，过上和她姐姐一样的婚姻生活。当然，这都是陈巽倩的一厢情愿，实际上，后来陈君起的姐姐陈竹梅的婚姻也是走向失败的，与丈夫过早地就分开了。

光绪三十年，也就是 1904 年春，陈巽倩开始张罗着给自己的小女儿谋划婚事，却没想到居然遭到了十九岁的陈君起的坚决反抗。这成了当时南翔镇的一声惊雷，也在陈巽倩内心里，发生了一场空前绝后的地震。

陈君起在离开上海前往南京时，有过一段回忆。不管父亲处于何种目的，她都要感谢父亲陈巽倩当年的两个抉择：一个是不给她缠足，一个是让她进入私塾读书。尤其是读书这件事，使她有了接受教育的机会，和男性一样接受教育，这是十分难得的机会。虽然所学的知识，不外乎都是八股文、“四书五经”以及三纲五常之类的内容，但是让她学会了基本的认知，学到了很多文化知识。这跟其他同龄人相比，当别人沉浸在家庭角色的懵懂与思考之中时，而她，所要触摸的不只是生活，还有生活之外的世界，比如婚姻、理想、人生以及未来。这让她有了看世界的能力，让她敢于追求自己想要的人生，有了自己可以去把握的命运。她感觉到一个人的命运不是靠父母来安排的，她对自己的婚姻、将来，似乎有了一种崭新的意识和认知，模模糊糊的，至少不是眼前的生活，也不是姐姐那样的婚姻生活。有一种挑战和勇气似乎在体内慢慢孕育、萌发，似乎就要透出光亮来。她已经听到了社会轰轰烈烈的如潮水般涌动，还有一股前所未有的新鲜的空气，那是时代的召唤和进步的气息。她要冲破父亲编织的人生藩篱，她要为自己的人生做主。陈墨云，不，陈君起，一个挑战家庭迎接新时代的女子，就要脱颖而出、展翅高飞了。

陈巽倩万万没有想到，他的这种对子女的教育行为，换来的不是女儿按部就班、循规蹈矩的生活，而是唤醒了一种女性自我成长的意识。

第四节　逃离婚姻火坑

姐姐陈竹梅出嫁后，陈君起陷于一种紧迫的婚姻危机，令她惶惶不可终日。因为姐姐的出嫁，意味着自己的婚事也就提上了日程。这种包办的婚姻，女性就像一个木偶任人摆布。

随着时间的推移，陈君起已经不再是那个躲在妈妈怀里撒娇的黄毛丫头了，也不再是那个和姐姐一起没心没肺地疯玩的妹妹了。姐姐陈竹梅结婚后，她失落了好长时间。是对姐姐嫁人的惆怅，还是因为姐姐走后留下的巨大空白？都不是。但就是感觉空荡荡的。陈巽倩的家境还是殷实的，祖上几代都是生意人。这对于陈君起来说，她的生活应该是衣食无忧的，所以给她留下了大量思考的时间。在她的身边，当时还有一个同父异母的弟弟，但是由于年龄的差距，无法交流。当然，即使交流，她也是不开心的。陈君起说不上对父亲新娶的女人厌恶，也谈不上喜欢，看到了一个依附于男人的女人，有一种莫名的同情和悲悯。如果说要是有，那是他们刚从京城回来，在自己的父亲身边，居然多了一个新的女人。那女人确实很漂亮，就像画上的一样，这原本是皇宫里的贵人，神仙般的人物，如今走入了民间。这事让陈君起恍惚了一阵子，也对父亲陌生起来。因为那时候陈君起已经十五岁了，正是情窦初开的年龄，对爱情、婚姻之类的课题有了些懵懂的理解。父亲陈巽倩居然在母亲之外，又娶了一个女人，这让她有点诧异甚至迷糊。现在分享父亲感情的，不只是母亲、姐姐和她，又多了一位素不相识的女人，当然还有一个陌生的弟弟。

陈君起有点讨厌父亲了。按道理这应该迁怒于那个女人，但是她始终恨不起来。看着过期的妃子，变成父亲的女人，陈君起又难过，又哀叹。她长大的心思里，已经模糊地知道了这不是那位妃子的过错。女人，嫁鸡随鸡嫁狗随狗，无法主宰自己浮萍般的命运。

陈君起突然觉得母亲很可怜。一个传统的女人，把自己的一生交给了父亲。自己一辈子束缚在家庭里，带孩子，操持着这个家，所有的青春和生命都倾注在家庭上，原以为这样的付出、牺牲，能换来一个人的白头偕老，谁料，考中翰林在京城做官的父亲，荣华富贵没有想到过她，却在满清腐朽之际，带了个皇宫内的妃子回来。这是嫌弃母亲的人老珠黄，还是对母亲的背叛？陈君起年纪还小，她不知道母亲的内心会泛起怎样的波澜。在这件事情上，陈君起模模糊糊有了自己的爱情观。这个事情还是影响到了她。后来，陈君起与曾鼎乾家庭婚姻的不幸也与此有关。

陈君起恨父亲。她从母亲的身上，看到了一个女人的悲哀。她庆幸没有裹脚，以及后来走进了私塾。多亏父亲这一决定，不管怎么说，读书识字，给陈君起开启了另一扇人生的光亮之门。否则，母亲就是她的未来。自那时起，陈君起就决定不要做母亲那样的女人，把一生交给一个不负责任的男人身上，没有自己的世界，没有自己的独立与自由。她已经模模糊糊感觉到，该如何做一个近现代的女人。

陈君起念私塾期间，最爱读的书就是司马迁的《史记》，十二本纪、三十世家、七十列传、十表八书，早已烂熟于心，对此父亲陈巽倩也对她刮目相看。只是父亲不知道她在念私塾期间，除了学习文化课程以及家庭教育、自我修养外，自己还注重对技能的学习。她学会了操持家务、洗衣做饭，等等，她要学会自己能够独立生活。利用家庭的便利，陈君起还学会了如何制作酱油。也许，多会一种本领，就是给生活增加一份保险。这给了陈君起很大的鼓舞和信心。无论是生活还是未来的人生路途，陈君起都感到，她的人生一定会与母亲、姐姐以及南翔镇其他女子不一样的。这让她兴奋又紧张，喜悦又恐惧。

陈君起已年方十九岁。她已从懵懂少女出落成亭亭玉立的大姑娘了，落落大方又颇具青春少女的活力，最是那长长的黑发，已经挽起了少女的温柔与多情。陈君起把头发盘在头顶，一身学生的装束，更加清新可人。她知道，自己已经走过了成人礼的路口。成人，就得面临着婚姻、家庭这些人生的课题。

自从那位富绅从陈家大院走后，恐惧的事情越来越迫近，陈君起已经隐隐约约地感觉到。因为之前父母亲已经在暗中操作着自己的婚事了，最为明显的，是父亲为自己建造的那幢粉墙黛瓦的小楼。父亲跟母亲说，他们家选择女婿的标准是，首先要门当户对，也就是说对方必须是富甲一方或者有权有势，这是父亲的标准。

富绅走后，媒人就上门提亲来了，并且从父亲手中拿走了自己的生辰八字。父亲还暗中找人合了自己和对方的生辰八字。当然这一切陈君起都是后来知道的，也就是在家中看到男方送来的金银珠宝、茶叶等，也就是所谓的彩礼，陈君起才完全明白，等待她的下一步就是被迎娶的日期了。

在南翔镇，没有哪家女孩的婚姻大事不是父母做主的。但陈君起不想让自己的婚姻掌握在父亲陈巽倩的手里，更不愿意母亲的悲剧在自己身上重演。没落的清朝已经走进历史了，她不想做末代的古典女性。《诗·齐风·南山》载："取妻如之何？必告父母。"即必须是"父母之命"。《唐律疏议》说："婚礼，先以聘财为信，故礼云：聘则为妻。"婚姻的陈规旧俗已盘根错节，循规蹈矩一代代，如今还没有人敢越雷池一步，也没有人敢挑战父亲或者男性的权威。母亲不敢，姐姐也不敢。这让陈君起更加忐忑。当时的中国，国门已经打开，陈君起已从私塾和外面的声音里，断断续续地听到了近现代主义新鲜的声音以及国内一些有识之士呼吁婚姻变革的声响，还有一些进步的关于女权的报刊也是如雨后春笋般拔地而起。

清末，安徽有个才女叫吕碧城，先是拿笔做刀枪，争取女权，后来在《大公报》上发表文章抨击时政、提倡女子教育。她继而受到翻译大家严复的栽培、直隶总督袁世凯的赏识，年纪轻轻就做上了北洋女子师范学堂的监督（相当于校长）；居住在杭州的满族女子惠兴，自己动手筹款兴办女子学堂，后用自己的生命推动妇女教育。

这些杰出的女性都让陈君起欣喜不已，像一盏盏灯笼挂在她人生的路口。

陈君起还陆续接触到很多关于妇女解放的进步报刊，如由维新派妇女组织起来的、颇有影响的社会团体报刊——近代中国第一份女报《女学报》，以及著名女宣传家陈撷芬在上海创办的《女报》。这批期刊杂志，宣传妇女解放、性别平权等新思想，以启迪同胞姊妹们共同斗争。《中国女报》曾编一首《勉女权歌》的歌词："吾辈爱自由，勉励自由一杯酒。男女平权天赋就，岂甘居牛后。"还有一些重要的言论："国民教育者，进化之母也。女子教育者，国民教育之母也。""今世界各文明国，首重女学，故其国强如此也，故其种强如此也。""近世以来，男子视女子为玩物，女子亦自居于玩物，缠其足，洞其耳，涂其面，锢其身，无智识，无学问，无权利，无义务，昏天黑地，梦死醉生。呜呼，优胜劣败，不进则退，女学沦亡，国势衰颓，堂堂中国帝国退化至今，乃未开化国。"清光绪三十年（1904 年）由丁初我等创办的《女子世界》月刊，发刊词写道："女子者，国民之母也。欲新中国，必先新女子；欲强中国，必先强女子；欲文明中国，必先文明女子；欲普救中国，必先普救我女子。"通过《神州女报》月刊，她读到了柳亚子等人"紧随时代步伐，高歌猛进"的文章，看到了对秋瑾事迹的报道以及秋瑾生前好友吴芝瑛的题诗："轩亭断头死，神州女报始；神州女报始，头断心不死。我今题此偈，一泪凝一字；一泪凝一字，吁嗟我姑姊。”这极大地震撼了她的心灵，也引发了她对自身遭遇和妇女解放的思考。

对于自己的人生大事，陈君起不像姐姐陈竹梅，她是慎重的。最初她也是没有决绝地要反抗婚姻。既然父亲给自己定了亲，不管是富绅还是官宦子弟，陈君起觉得有必要了解一下对方的学识和人品。

一次偶然的机会，陈君起和几个女友游古猗园，她们在花丛中说起了各自的私房话。话题总是围绕着各自的婚姻，这是自然的，哪个少女不怀春？陈君起说起了父亲给自己定的亲事，当说到男方的名字时，一个女伴惊叫了一声，眼中流露出无可名状的意思。陈君起很敏感地察觉到这里面有问题。在她的追问下，女伴说出了实话，那男子臭名昭著，品行不端不说，而且道德严重败坏。女伴的一番话让陈君起一时尴尬不已，脸顿时红了，一句话也说不出来。她顾不得女伴的歉意，急匆匆地赶回家，对着父亲母亲，斩钉截铁地说出一句，退婚。

这是异想天开的事情。彩礼都收了，怎么能退婚？再说亲戚朋友都知道了，要是退婚别人会怎么想？陈君起的母亲不说什么，陈巽倩怎么会答应？作为嘉定有头有脸的人家，怎么能说变就变？

陈君起的母亲以为女儿任性，不懂事，就三番五次地劝告女儿，可是陈君起把自己了解到的情况给母亲一说，母亲不语了。后来陈君起的母亲背着陈巽倩又再次核实了一下，了解到确实如女儿所说，男方是个纨绔子弟。陈君起对母亲说，您不会把女儿往火坑里推吧？是陈家的面子重要还是女儿一生的幸福重要？

但是陈巽倩不同意，婚姻大事全凭父母做主，哪能任由儿女选择？传出去他陈家还有什么脸面？作为前朝的翰林，居然不能管好自己的女儿，这在南翔可是千古第一桩啊！

陈君起知道后，倍加恐惧与伤心。她越来越看清父亲的面目了。在她姐姐的身上，她已经看到了父亲那种以物质为主，攀权贵比门庭的嘴脸。如今落在自己的身上，可谓纤毫毕现。父亲根本就没有把女儿的幸福放在第一位，而是把他的门第观念以及社会利益放在首要位置，这是他的自私和龌龊。陈君起实在不敢想象，对方是这样一个道德败坏的人，作为前朝翰林的父亲怎么忍心把女儿往火坑里推？

姐姐陈竹梅可以接受，她陈君起绝不接受，一定不可接受的。她回忆着私塾里灌输的陈旧教育，分明就是重复母亲、姐姐的命运火坑。她是不会跳进去的，千方百计地不会跳下去的。她决定再次找父亲谈谈自己的想法，沟通一下自己对未来人生的理想。

陈君起把自己的想法先告诉了母亲，她想说服父亲，退掉这门糊涂不堪的亲事。她希望母亲能给父亲说说，女儿的终身大事，让女儿自己做主。女儿知道自己喜欢什么和不喜欢什么，父母怎么能读懂女儿的想法呢？再说，婚姻是讲究两个人在一起生活的，不是讲究门当户对或者看上人家经济基础的。旧的时代一去不复返了，新的时代已经敲响了钟声。她想做个自由的现代女青年，爱情自由，婚姻自由。

母亲为女儿的见识震惊，她怎么会有如此大逆不道的想法呢？一瞬间，母亲看到了一个非常陌生而又熟悉的女儿——陈君起。她上下打量着陈君起，摇了摇头，这种事情想都不要想，根本就没有指望。母亲逆来顺受惯了，认为陈君起这破天荒的事，比登天还难，无力帮她。陈君起又请回已经出嫁了的姐姐，试图让她说服父亲。姐姐也认为根本没有可能。要是有办法，自己也不会如此这般。母亲和姐姐朝她泼冷水，并没有让陈君起灰心丧气。她还是坚持要亲自和父亲面对面地谈谈个人的婚姻大事。她想要回自己的婚姻自由。

眼看着婚期迫近，陈君起执意不从。陈巽倩勃然大怒，根本就没有商量的余地。他让夫人转告女儿，嫁也得嫁，不嫁也得嫁，不由她选择。如果不从，那他就断绝十九年的父女关系。

他有点不敢想象，这就是他的女儿，怎么会如此大胆，居然想推翻父母之命媒妁之言？这几千年的老祖宗旧制，到她这就要推翻，她心中还有没有这个前朝翰林的父亲？教他如何在南翔镇抬起头来，这不是逼迫自己给陈家列祖列宗丢脸吗？陈巽倩不相信，陈君起敢于走和她姐姐不一样的道路。翅膀硬了，难道想翻天？死了这条心吧。

陈巽倩大声呵斥，她这是叛经离道。一盆盆冷水从头浇到脚下。陈君起还想争辩，说父亲没有给她姐妹俩缠足，还送去读书识字，不都是想给女儿带来幸福吗？陈巽倩一口堵住，听父母的话，自古以来，南翔镇哪家儿女婚姻大事不是由父母做主？她这是想让全镇的人看陈家的笑话？她这样的行为，让陈家还有何颜面面对镇上的父老乡亲？

陈君起还是不甘心，她见硬的不行，就来软的。她拿出女孩子的看家本领，就是哭，她整天整天地哭，整夜整夜地哭，甚至一连多天绝食，差一点就要悬梁自尽了，招数用尽，可是依然没有打动父亲的铁石心肠。

后来，还是陈君起的母亲看不下去了。女儿是母亲的小棉袄。一边是固执顽固的丈夫陈巽倩，一边是倔强执着的女儿陈君起。母亲告诉女儿陈君起，本家有个堂姐，在上海一家女校读书。

陈君起读懂了母亲的深意。这让在绝望中的陈君起看到了希望之光。新的思潮和西方妇女解放独立的理念都深深地影响着她，也鼓舞着她，朝着那个光亮的地方走去。追求独立自由，是要付出一定代价的，陈君起深知。当然，她不怕吃苦，不怕困难，她早已把同时代的那些杰出女性当作自己的榜样。

此时，她把上海女校的堂姐当作了自己的救命稻草。女校中的堂姐，就是她此时此刻的榜样。

上海女校，陈君起是不陌生的，早就在一些妇女解放的刊物上读到片言只字。在传统的中国社会，“女子无才便是德”的偏见根深蒂固，妇女没有权利享受学校教育。上海女校，是开中国女子教育的先河。这所学校教会女生从校园步入外面的世界，在婚姻、服饰、社交等方面最早突破传统的限制，将男女平等、女性独立等现代观念和新的社会风尚传播于都市之中。毕业后，女生开始告别固守闺房的传统生活，发展自身、走向社会。这些正是陈君起内心所憧憬的，这正是她想要的生活。

陈君起已经意识到，要想接受新式的现代教育，做新时期的女性，在这个家庭是完全没有指望的，她的母亲、姐姐早就给这个问题做出了回答。妇女从来都是男人的附属品，没有地位没有自由，只能蜷缩在家里，守着日子。当然，陈君起也知道，获得新生，就必须跳出这个旧社会旧家庭的藩篱，除此之外，别无他法。而陈君起目前能去的唯一地方，就是去在上海就读女校的堂姐处，那里才是她内心最想去的地方，与她的内心不谋而合。真是天无绝人之路。

陈君起庆幸有这样一位慈爱的母亲，一位虽然缠着小脚，但十分开明的母亲。她终于得到了母亲的支持。想必她的母亲也看到了女儿的现实，一个婚姻不幸的火坑正在等待着她的女儿。做母亲的，也不希望女儿过着像自己这样不由自主的生活。女儿是母亲身上的肉，母亲永远在背后支持着女儿。善良的母亲还是尽可能地依着女儿陈君起，想尽各种办法，终于帮助女儿逃离了南翔镇，辗转到了上海堂姐处。

此后，陈君起在上海读书期间，母亲依然在背后用经济的方式支持着她。

“逃离”现象在中国由来已久，中国古代的女子如卓文君、红拂女早早地践行了“为爱走天涯”。在社会转型、中国沿袭几千年的封建制度分崩离析的大背景下，毅然从家中走出来，这并不是一件简单的事情。但是陈君起在西方现代知识、个性解放等现代意识的灌输下，有了反抗自己封建家庭的力量和勇气。

那是个阴雨绵绵的日子，南翔镇还沉浸在黎明前的静寂里。熟悉的街道上，一个十九岁的少女，在母亲和丫鬟的帮助下，拎着两只羊皮箱子，沿着石板路，悄悄地动身前往上海。母亲眼含着泪，女儿也是一脸泪水，拥抱着然后分别。那个少女就是陈君起，为了抗婚，她果断地选择了逃离，逃离了这个她生活了十九年的家门，逃离了这个封建的大家庭，这也意味着她彻底与封建社会决裂，迈出了中国女性走向人格独立、自我解放的第一步。也许在当时的南翔，陈君起是孤独的，她冲破家庭的藩篱，是需要勇气和决心的。如果她知道，那个春天，在浙江绍兴的秋瑾女侠，同样是为了逃离家庭不幸而选择离开，想必陈君起内心是无比温暖的，以此获得更加坚定的力量。陈君起的这一逃离，成就了中国妇女为了追求独立自主的殉道者、唤醒者。

不久后，属于南翔镇的一个特大新闻在小镇传开了。一个出身翰林之家的女儿陈君起，因为反对父母指定的婚姻，拎着两只羊皮箱子，逃离了家门。这件事一时成为南翔镇所有人茶余饭后的谈资。

陈巽倩知道后，气急败坏。因为作为前清翰林的陈巽倩，在南翔镇也是声名显赫、一言九鼎之人，那点虚荣顷刻间被女儿一把扯掉，叫他情何以堪？陈君起的这一叛离，给陈巽倩带来沉重的打击，这是悍然抹黑一个翰林家庭、书香门第的荣光，叫他在南翔镇抬不起头来。一怒之下，他立即登报断绝了他们十九年的父女关系，并切断了陈君起所有的经济来源。

这一逃离，彻底断了十九年的父女亲情，从此，这对父女不再往来，即使后来陈巽倩在上海工作，路过陈君起的学校，他都没有一句话，没有一刻停留。陈君起后来回娘家时，父亲也没有见她一面，一句话都没有说。这个前朝的翰林陈巽倩，不知道后来是如何想的？是读懂了女儿的独立自由，还是从她的身上看到了自己的性格影子？按道理，南翔镇到上海也就咫尺距离，想要抓回陈君起也非难事。陈君起在上海读书，其学费也是由母亲隔三岔五地接济，此事想必陈巽倩不可能不知情。种种事情，从侧面说明，虽然陈巽倩不认女儿，但似乎也不能不说明当时他还是个开明的绅士。

此后，陈君起像一只从牢笼中飞出的蝴蝶，带着新世界的梦，向着新时代知识女性的梦想，翩翩起舞。

第二章 求学上海

第一节　在务本女校

19 世纪 50 年代，中国的女子教育在上海就开始出现了萌芽。在此之前，社会奉行的是“女子无才便是德”“三纲五常”等成规陋俗，实质上这些蒙蔽妇女、不合时宜的思想灌输，已经严重剥夺了广大妇女受教育的权利，造成目不识丁的人十占八九。少数上层社会女子或者大户人家女子虽然也是有着读书的机会，但也只是限于在家庭中学习《女诫》《内训》《女论语》《女范捷录》之类，其实也还是一些相夫教子、侍候公婆的封建传统教育。

鸦片战争以后，随着帝国主义列强的入侵，外国教会大量地涌入中国，西学东渐，在上海、苏州等地兴办各种教会学校，当然其中也包括女子学校。这些学校带有明显的殖民主义色彩，所学的内容基本上都是以教会的内容为主，也适当地讲授语文、数学等相关的知识，其精髓还是教会的思想灌输。纵然这样，还是在一定程度上促使上海妇女有机会较早地接受了近代科学文化知识，尤其是女子的思想启蒙。她们从西方的现代民主思想里，重新认识了女性和自我。清末，维新派、革命派人士如梁启超、康有为等人在上海发表时事文章，痛陈女子无文化之害，以及女子教育对于争取女权和强国强民的重要性，致使禁锢女子教育的观念开始受到冲击。当时，中国有很多仁人志士留学海外，寻找救国之路。他们首要的突破口，就是要推动妇女解放运动。他们深受国外妇女运动的影响。法国女性主义是世界妇女运动的第一声，1789 年 7 月 14 日，妇女和男子一起攻克了巴斯底狱，妇女拿起武器参加到保卫巴黎和进攻凡尔赛的斗争中去。这次斗争是法国历史上第一次大规模妇女行动，它标志着法国妇女运动的兴起和法国妇女的觉悟。1791 年 9 月，奥兰普・德古热发表了《女权与女公民权宣言》，或称《女权宣言》，提出了十七条要求，它是世界上也是法国历史上第一份要求妇女权利的宣言，表现了一种独特的、完整的女权思想。

最先在中国出现的女校是传教士兴建的。1850 年，美国圣公会传教士裨治文夫人格兰德感慨中国妇女教育程度之低，在上海创立裨文女校。这是上海第一所女子学校，标志着基督教在上海开办女子学校教育的开始。次年，美国传教士琼司女士在虹口创办文纪女校。其后，上海的教会女子学校纷纷创办。至 19 世纪末，上海教会女子学校已有十余所，约占全国教会女子学校总数的三分之一。其中比较知名的，有创办于 1861 年的清心女子中学、创办于 1881 年的圣玛利亚女中、创办于 1892 年的中西女子中学、创办于 1897 年的晏摩氏女中等。

基督教在上海创办女校的初衷是传教、发展教徒，其本质是一种文化侵略，但客观上却起到了改变中国社会观念、促进上海近代女子教育发展和妇女解放的积极作用。

基督教会女校在上海的创办，刺激了国人自己开办女校的热情，同时也为上海士绅和进步人士自办女校提供了模本。这也与当时的资产阶级维新派变法有关。因为女子接受教育也是变法的内容之一。维新派积极要求改革封建教育制度，创办新式学校。正如梁启超在《变法通议》中所言，“亡而存之，废而举之，愚而智之，弱而强之，条理万端，皆归本于学校。”“欲求新政，必兴学校，可谓知本矣。”梁启超在《变法通议》中专门写了《论女学》，为了挽救民族存亡而大力倡导兴办女子教育。

百日维新期间，晚清在外国传教士于本土兴建学校的影响下，为了统治的需要，1898 年，光绪帝谕令全国创办小学、中学和大学，广泛地进行国民教育。而兴办女学也成为改革的重要内容，这有力地推动了女学的兴办。

在梁启超、经元善等人的倡议和筹办下，中国近代史上第一所国人自办的女子学校上海女学堂（又称经正女学）于 1898 年成立。这是国人在上海创办最早的女子学校。遗憾的是，戊戌维新失败后，维新人士提倡的女子教育也随之受到挫折。经正女学创办不足一年即告停办。

清光绪二十八年（1902 年），清政府颁布了中国最早的新式学制，但其中完全未提女子教育。光绪二十九年（1903 年）颁布的《奏定蒙养院及家庭教育法章程》中，虽有关于女子教育的最早明文规定，但其内容是限制女子只能在家庭之内学习《女孝经》《女四书》《列女传》之类，以能持家教子为目的。女子上学校读书被视为有违“中国男女之辨”的传统，并有可能沾染西方“自行择配”和“蔑视父母夫婿”的风气，所以遭到了禁止。

实际上，中国人最早创办女学，在光绪二十四年（1898 年）由维新人士经元善创办的经正女学在上海城南桂墅里（今江南造船厂附近）成立，学生数十人，该校提倡女子放足，课程设置中文、西文、医学、女红四门。戊戌变法失败，经元善遭通缉，学校被勒令停办。

光绪二十八年（1902 年），蔡元培等人在上海创办登贤里爱国女学。爱国女学“以教育女子增进其普通知识、激发起权利和义务的观念为宗旨”，分为预备科、普通科、高等普通科，开设伦理、历史、地理、国文、数学、卫生、体操等课程。开办之初，全校学生仅十余人，多为发起者的妻子或女儿。次年，学校搬到泥城桥附近的福源里，开始招收外来学生。爱国女学的创办，兼有改革教育、提倡女权、宣传革命之效用。蔡元培后来回忆道：“革命精神之所在，无论其为男为女，均应提倡。”此后，许多学生在蔡元培的影响下，加入了同盟会等革命团体，“在辛亥革命时，本校学生多有从事于南京之役者，不可谓非教育之成效也”。在提倡女权的过程中，蔡元培始终站在同代人的前列。他不仅发表了《夫妇公约》等文章，向传统的家庭专制挑战，而且还身体力行，实践男女平等、婚姻自由的思想，摆脱封建礼教和旧婚姻的羁绊，成为中国最早将妇女解放运动与教育救国紧密结合起来的先觉者，并被誉为中国妇女教育的“褓父”。

也就在 1902 年这一年，吴馨在上海小南门内创办了女子学校。他创立务本女中之后，启秀女中和民立女中相继开办招生，这是国人在沪早期创办并在当时影响很大的五所女校。务本女校是中国最早的女子学校之一，也是现在的上海市第二中学的前身。

吴馨（1873—1919 年），字畹久，号怀疚，又号怀久，原籍安徽，其祖先在清兵入关时就随难民队伍到了上海。吴馨八岁丧父，十六岁时以优异成绩考取秀才，但因家境困难，无法供他闭门读书，而当时南洋公学创办了师范专科，他即放弃了科举的机会，进入师范专科读书。1902 年，吴馨以优异成绩从南洋公学毕业。师范学校毕业后，吴馨投身于教育事业，一开始是自己办家塾，后来筹措到资金，才有了后来务本女中的诞生。

吴馨目睹了当时中国妇女的“目不识丁”“金莲三寸”，社会地位低下，极为感慨，在他人的资助下购进“南市黄家阙路旧营地十三余亩土地”，创办了中国人自己的女子学堂。由吴综理、陆仲炳、陈菊生等任专任教员，沈颂平、沈叔逵、沈硕庵、王季贞、陈景韩等任义务教员。女校首次招生，招生对象为满族贵族少女，首批学生仅七人。该校以培养学生成为贤母良妻为宗旨，注重家政，认为“女子为国民之母，欲陶冶健全国民，根本须提倡女教”，故该校取名“务本”。“务本”二字出自《论语·学而篇》，意为专心效力于根本，即能建立方法，它蕴含着丰富的内涵和过人的睿智，凝聚着人类处世的精华和育人的根本。另一方面，又禁止学生崇尚奢华，提倡学生放足，努力改革妇女中的陋习。学校以“温诚勤朴”四字为校训，开创了中国妇女解放运动的先河，成为中国近代史上由中国人创办的女校之一。

务本女校初创时模仿西方女子学校模式，设“寻常、高等、特班”三级，“寻常”就是初中，“高等”就是高中，“特班”则为专科。1904年，又改“特班”为师范专科，师范专科又分专科和寻常两等，所以务本女校又是中国第一所女子师范学校。

务本女校的校规很特别，禁止学生奢华，提倡简朴，穿衣戴帽，最好是素净淡雅，不得涂脂抹粉或者戴着贵重的黄金首饰等，更不得奇装异服。改革封建陈规陋俗，尤其是缠足，学校提倡学生要放足，解放女子的天性。学校的纪律很严明，制定了十条课堂条约，详细地规定了学生在校的各项规章制度，类似今天的学生在校一日常规制度。务本女校早期采用的教材，除清政府所规定的教科书外，还自编补充教材，英语教材则采用原版英文课本。

该校创办之初，社会舆论认为女子读书还不是好时候，所以初期学生仅有七人。但因该校坚持提高妇女的文化素质和社会地位为宗旨，严谨办学，声誉不断提高，学生人数迅速增加。到第二年年底就不得不再兴修校舍，以容纳猛增的学生。既有旧式女子德育的影子，又顺应女子解放的西学风气，务本女校从立校开始迅速在上海打响知名度。吴馨创办的女学，与教会创办的女学堂有质的区别，少了教会的习气。据当时记载："北至内外蒙古，南至南洋群岛，莫不有'务本'女生踪迹。"

1904年，陈君起在堂姐的引荐下进入务本女校就读。实际上，如果陈君起知道此时此刻，有另外一位女子也正在冲破家庭藩篱、东渡留学海外，不知道陈君起会作何感想？是对自己的安慰与肯定，还是产生巨大的女性求学动力？同年7月，秋瑾冲破封建家庭束缚，自费留学日本，在东京到中国留学生会馆所设日语讲习所补习日文，常参加留学生大会和浙江、湖南同乡会集会，登台演说革命救国和男女平权道理。在此期间，曾与陈撷芬发起共爱会，作为开展妇女运动的团体；和刘道一、王时泽等十人结为秘密会，以秋瑾最终打破了束缚在身上的封建枷锁反抗清廷、恢复中原为宗旨；并创办《白话报》，署名"鉴湖女侠秋瑾"，发表《致告中国二万万女同胞》《警告我同胞》等文章，宣传反清革命，提倡男女平权。在陈君起即将走向工作的时刻，秋瑾也做了一所女校的教师。当然这是后话。

1904年，对于陈君起来说，这所灌输爱国自立思想的女校，是群贤毕至的文教沃土。著名校友有清末状元、著名实业家、政治家张謇之女张敬庄，著名教育人士吴若安、俞庆棠等中国女性之先驱。对女校来说，则迎来了江苏妇女运动的先驱、嘉定第一位女共产党员陈君起，即当时的陈墨云，又名陈振。

陈君起进入务本女校后，立即引起了同学们的关注，甚至成为焦点。主要原因一是她的出身问题，一是缠足问题。应该说她的到来，就像风过黄浦江般，立即掀起波澜。因为她出身于前朝翰林之家，这等出身，本身对同学们就有着巨大的吸引力，大家都想目睹一下这位大家闺秀。尤其令人充满好奇的是，同学们已经知道了陈君起的故事，她是因为反对父母包办婚姻而逃离家庭的，这在她们看来，是不可思议的事情，简直就是石破天惊、开天辟地的事。这等勇气和魄力，非常人所能拥有。不仅同学们钦佩她，就连学校的老师也很欣赏她。她们对陈君起的天足也一样好奇。作为前朝翰林之女，竟然没有缠足，这也是让人难以置信的事情。看着校园里有不少漫步的“三寸金莲”，与陈君起的天足比起来，都成为了女校的一道亮丽的风景。从陈君起的天足，同学们似乎看到了一个与众不同的陈君起。

陈君起很喜欢务本女校的校训，“勤朴勇诚”。她对照校训，从古典服饰改装为洋装，短袖青衣，高挽的黑发变成东洋发型；也就是说，她从一个富家小姐的身份，已经转换成一名融入校园的学生，开始了她崭新的求知生活。

务本女校的学习，给了陈君起更加广阔的视野和空间，她接触到了比南翔镇更加大有作为的广阔天地，呼吸到了更加自由新鲜的空气。

她逐渐看到了一个近代女性该怎样生活的图景。学校的教育内容，远比私塾的内容丰富精彩许多。陈君起从这里不仅学到了女性所必需掌握的读写算技能，还有更丰富的艺术人文心理知识。如务本女校不仅有教育、国文、地理、历史、图画、唱歌，还有习字、文法，更有外国近现代史、儿童心理、生理卫生等课程，培养学生的综合素养，挖掘学生多种潜能。学校不但有专门培养家务能力的家事实习课，还有十分“时髦”的音乐课、物理课，甚至定期举办运动会。这对陈君起来说都是全新的课程，魔力般深深地吸引着陈君起，她孜孜不倦地扑在知识上，带着对自由和明天的憧憬，对新文化、新知识的渴求。她知道，唯有知识是拯救自己的唯一路径。她已经顾不上生活的艰辛和伙食的清苦了。因为她与父亲陈巽倩的决裂，使得父亲切断了对她的经济支持，生活十分艰难。但是清贫的求学，对她来说不算什么，未来才是她无穷的动力。世界的大门已经敞开，未来会越来越精彩。

当时《顺天时报》上，有一则《各国女学情形》，清楚地表达了当时一些人对女学生抛头露面的担心：“然以深闺之弱女，浸入社会活动之中心，耸立于万目注视之焦点，世人认为轻佻、为浅薄，或所难免，倘不慎之始，流弊所及，令女界再沉沦黑暗之世界，又未可知也。”这段文字的意思就是，女学生不要抛头露面，更不要参与政治、议论朝政等。而这正是务本女校与教会女子学校以及其他女学的差异之处。

务本女校吴馨校长与别的教育家不同，务本女校注重对学生的民主启蒙教育。他曾与他人到日本留学，引进新的教育体制，除了教授学生知识和技能外，还开设了了解世界、认识社会的课程。陈君起和她的同学逐渐从传统女子，开始转变为关注起天下大事、男女平等以及婚姻自主等话题，进步报刊也渐渐走进她们的视野。

我们知道，教会创办的女学堂，一方面提高文化知识水平，引领妇女向个性解放自由发展；另一方面是在西方文化的熏陶下，培养西方文化代表的青年学子。这是西方从文化上对国人的入侵。在清末的女学堂中，女学生可以学习现代学科知识和实用技能，但绝不可自由交往，妄议朝政。务本女校注重对女生的务本和爱国两门课程的教育。务本，是立足之本，是生存必须掌握的技能。民主、爱国则是属于思想层面的启蒙。

据陈君起回忆，务本的课堂上，常常涉及时事、社会的评论，如满清政府的腐败、不平等的条约、丧权辱国的割地赔款以及祖国的大好山河，这些激烈的思想和言论，都在陈君起懵懂的心田里种下了种子。

正是因为在这样的思想启蒙下，陈君起后来成为一名妇女解放运动的先驱也是事出有因的。

第二节　接受革命启蒙

在务本，陈君起遇到了一位对她影响极大的地理老师，这位地理老师是中国同盟会的会员，他不像那些老学究，思想陈旧、迂腐，而是善于结合当下的时政，给她们上课。很多新鲜的思想，让陈君起和同学们听得很过瘾，内心时常激动着，澎湃着。

在陈君起后来的人生历程里，她多次提到地理，并且她把祖国的地理、人文知识又传授给了儿子曾鼎乾。这也与后来曾鼎乾深受母亲的教育影响，坚持中国地质研究，成为地质领域的专家是一脉相承的。

中国同盟会成立于1905年，总理为孙中山，同盟会的政治纲领是“驱除鞑虏，恢复中华，创立民国，平均地权”。这位地理老师经常在课堂上给学生诵读同盟会刊物刊登的文章，如《发刊词》；讲解孙中山的“三民主义”，即“民族、民权、民生”。这些新词新思想，让陈君起热血沸腾，无比震撼也无比激奋，多年后，这些革命的思想融入陈君起的血液里，后来她短暂地加入了中国国民党，后加入了中国共产党。

陈君起遇到的这位地理老师，跟其他老师不一样，他在给学生讲解长江黄河、扬子江和黄浦江等地理知识的时候，总是要给她们灌输爱国的元素，比如中国幅员辽阔，可是由于晚清腐败无能，多少领土在不平等条约和列强的枪炮里，被割走，被霸占，耻辱啊……一个地理老师，为祖国的山河破碎而心痛不已。

这位地理老师说，他尤其佩服邹容。一个不到二十岁的小伙子，为了寻找救国救民的真理，竟然东渡日本，自费进入东京同文书院学习。他一边学习，一边积极地参加留日学生的反清宣传。回国后，他加入蔡元培、章太炎等人主持的爱国学社。

邹容的《革命军》，被誉为中国近代的《人权宣言》，吓得清政府惶惶不安，勾结帝国主义查封了爱国学社和《苏报》，逮捕了章太炎和邹容等人，这就是1903年震惊中外的“苏报案”。后来邹容在狱中受尽凌辱，死于狱中，年仅二十岁。

在地理老师的影响下，陈君起从《史记》等书籍的喜好里，转向了充满革命思想的文章，如邹容的《革命军》。《革命军》是中国近代思想史上第一部系统地、旗帜鲜明地宣传资产阶级民主共和国思想的名著。《革命军》热烈地歌颂了革命事业的伟大：“伟大绝伦之一目的，曰革命。巍巍哉！革命也。皇皇哉！革命也。”邹容指出，中国自秦始皇统一天下，称皇帝，建立专制政体以后，这种视国家为一家一姓的私有财产的封建专制制度，就是中国兵连祸结、国病民穷以及一切罪恶的根源。因此，邹容得出结论说："革命！革命！得之则生，不得则死，毋退步，毋中立，毋徘徊。"这篇文章，陈君起就是在老师演讲的感染下开始阅读的。这位爱国的地理老师深深地吸引着陈君起，以致在他的课堂上，眼睛盯着老师，不曾眨巴一下，尤其在说到"嘉定三屠"时，这段历史她也是早有耳闻，因为嘉定就是陈君起的家乡。

历史上是这样记载"嘉定三屠"的：

南明弘光元年，清朝顺治二年（1645 年），清军颁布剃发令，嘉定百姓拒不从命。乡绅侯峒曾带领嘉定绅民起义反清，清吴淞总兵李成栋立即领兵五千来攻。城破后，李成栋下令屠城。一时间，悬梁者、投井者、投河者、血面者、断肢者、被砍未死手足犹动者，骨肉狼藉。妇女们则惨遭强奸，不从则用长钉把其双手钉在门板上，然后再奸淫。大屠杀持续了一天，直到尸体堵塞了河流。侥幸逃脱的嘉定幸存者溜回城后，在一个名为朱瑛的义士领导下，重新集结起来，在这座残破的城市展开了一场反屠杀运动，处死了归降清军的汉奸和清军委派的官吏。后李成栋又领着军士直杀回城里，杀个精光，积尸成丘，然后放火焚尸。后来，南明一个叫吴之番的将军率余部猛攻嘉定城，周边民众纷纷响应，杀得城内清兵大溃出逃。后李成栋又反扑，把吴之番数百士兵砍杀殆尽，顺带又屠杀了近两万到嘉定避乱的民众，血流成渠，是为著名的"嘉定三屠"。

这段历史陈君起是熟悉的，父亲陈巽倩曾给她讲过。现在，在地理老师慷慨激昂的陈词下，陈君起的一腔爱国情怀被这些革命志士点燃了。

课后，陈君起悄悄地找来邹容的《革命军》，一字一句地读着，她完全被其中的文字所震撼，时而流泪，时而愤慨，时而雄心壮志。让陈君起难过的是，这位革命志士后病死狱中，那年他才二十岁。

后来，陈君起读到了另一位革命志士陈天华的许多文章，如《猛回头》《警世钟》《绝命书》，尤其是《绝命书》。1905 年 12 月陈天华在日本东京大森海湾蹈海自杀，抗议日本文部省颁布的《取缔清国留日学生规则》，年仅三十一岁。陈天华用蹈海这样一种死亡的方式来抗议日本，唤醒同胞。“去绝非行，共讲爱国”。陈君起在与同学们的讨论中认为，他的死，不是个人原因，就像“六君子”之一的谭嗣同一样，“我自横刀向天笑，去留肝胆两昆仑”，他们共同的愿景，是希望用自己的死唤醒国人。

就在陈君起毕业前夕离开上海前，提倡女权、宣传革命的《中国女报》杂志创刊了，由此她知道了鉴湖女侠秋瑾，这个比自己大十岁的侠女，是近现代的花木兰，在婚姻上，有着与自己类似的经历。

秋瑾比自己杰出的是，她为了宣传妇女解放，发动妇女团结起来参加斗争，创办了一份《中国女报》。她在《敬告姊妹们》一文中说：

唉！二万万的男子，是入了文明新世界，我的二万万女同胞，还依然黑暗沉沦在十八层地狱，一层也不想爬上来。……一世的囚徒，半生的牛马。试问诸位姊妹，为人一世，曾受着些自由自在的幸福未曾呢？

秋瑾非常痛心于晚清时期妇女思想上的不开化，她希望她们不要安于命运的安排，敢于立志从经济上获得解放自我的能力，争取女权。后来，秋瑾因武装起义失败而被清廷逮捕，遂杀害于绍兴轩亭口。

万里乘风去复来，只身东海挟春雷。忍看图画移颜色，肯使江山付劫灰！浊酒不销忧国泪，救时应仗出群才。拼将十万头颅血，须把乾坤力挽回。

这首诗一直烙印在陈君起的脑海里。

第三节　同是沦落人

陈君起永远记得 1907 年 12 月从务本女校毕业的日子，以及同窗曾琮。正是由于曾琮，她的社会之门一下子打开了，她的生活之路、革命之路因此有了不一样的光彩。

陈君起在务本女校结识了曾琮，初次相遇，两人有一种相见恨晚的感觉。

知陈君起者莫过于曾琮了。对于陈君起的身世，她早就熟悉得不能再熟悉了。陈君起一到务本，就是个大新闻。作为翰林之家的小姐、太史府（南翔镇人习惯称陈家花园，也就是陈君起的家为太史府）的小姐、前清翰林的女儿，来到务本，完全是现代明星般的闪烁，一时间务本惊起了阵阵涟漪，在校园传得是沸沸扬扬。这事全校同学都是一清二楚。当然曾琮也不例外。因为对陈君起的了解，曾琮就对陈君起格外关注，有种同病相怜的感觉。虽然曾琮与她来自不同的地方，但相同的地方都是离家出走。陈君起是反抗父亲陈巽倩包办的婚姻大事，而曾琮则是反抗家庭中继母王氏的霸道和愤怒。两个孤独的女子，惺惺相惜，在校园里自然而然地走到了一起，成为了最为亲密的好朋友。

1907 年 12 月的一天，这个日子是多么的严峻和沉重，也是陈君起记忆中最为铭心刻骨的日子，刻在她身体里的，有着血液一样的颜色。年轮里有踌躇、彷徨、迷惘、无助、忧伤以及风雪。

当陈君起和她的同学，从校长吴馨手上接过务本女校师范科的毕业证书时，心情也十分沉重。别的同学毕业是欢天喜地，而自己则是一筹莫展。按道理说，毕业应该是件让人喜悦的事情。可是陈君起高兴不起来。她甚至有种想法，要是能永远不毕业那该多好，就没有什么烦恼和忧愁了。可是，毕业就意味着流浪，意味着无家可归。茫茫人世间，她该何往呢？陈君起无家可归。

雪花飞舞，纷乱地在大地上坠落着。在陈君起看来，片片坠落的雪花恰似她沉重的心。冰凉的贴着她的额前，钻入脖子、领子内，瞬即钻入冰冷的心田。她渴望温暖，尤其这个时候，这是处于一种火种即将熄灭的时分。这火焰的温暖和光亮是来自堂姐的，间接的还有母亲的温度。堂姐和母亲的接济在毕业证书到手之前，也许还有些依赖。而现在，无论如何，陈君起都知道，堂姐远去了，母亲也远离了，她现在需要的是，必须自己加紧燃起篝火，燃起属于自己的火焰。陈君起回想这务本的三年，确实是她开启独立之门的甬道，是她重新打造自己的熔炉，是她继续独立力量的摇篮，是她解放自己看世界的驿站。作为从南翔镇出来的第一位女性，叛逃家门的女性，追求进步自由、独立自主的新时代的女性，这一步走得何等苦涩和艰难。

陈君起记得，就在三年前的春天，自己违背父亲陈巽倩色厉内荏的命令，义无反顾地逃离了南翔镇的陈家花园，不过那时镇上的人已经称之为太史府了。一个养尊处优的小姐从府中逃走了，她把地位显赫的父亲和为难的母亲抛在身后，独自去了上海，寻找属于自己的前程了。陈君起曾对母亲说，她死也不会嫁给那个本性不良的男人，她想不通，父母怎么可以包办儿女一辈子的生活？日子是要靠自己去过的，即使男方家境再富有。

她已经三年没有看到父亲陈巽倩了。当然，也没有看到过母亲。只是从接济的钱物里，感受到母亲的呼吸和温度。休息日，每当看到同学们快快乐乐地跟家人团聚，陈君起就倍感凄凉、忧伤。她知道自己已经深深地伤害了父亲，一位前翰林的京城官员陈巽倩。陈君起知道自己辜负了父亲陈巽倩多年的期望和栽培。算上姐姐和自己，父亲同那个皇宫里跑出来的妃子结婚后，又生下了三个弟弟。当然后来的两个弟弟是从母亲那儿得知的，这都是陈君起上学后所不知道的事情。

父亲即使在第一个弟弟出生后，也没有重男轻女，反而倍加疼爱姐姐和自己。这是父亲骨子里的疼爱，从幼时父亲并没有强制两个女儿缠足的事情上可见一斑。女儿也许是父亲的天生小棉袄。陈巽倩在小小的南翔镇，甚至嘉定县，不敢说有多大影响，至少在镇上也是有头有脸的人，陈巽倩脚一跺，南翔镇真的要抖三下。这样的大户人家，是不多见的，尤其是父亲有着前朝翰林经历，更加提升了陈家在南翔镇显赫的地位。这到了需要镇上人必须仰望的地步，在见到陈巽倩时，除了毕恭毕敬，还得送上献媚和奉承，就是这样，父亲也只会仰头而去。当然，要是父亲给他们一个微笑或者点头，都会成为他们偌大的惊喜。他们会四处奔走相告，翰林陈巽倩冲着自己笑了，犹如他家祖坟冒青烟似的。

父亲陈巽倩从京城回来后，在地方上任司令、会长等重要职位，一时间在南翔镇是呼风唤雨，显赫得不得了。这也难怪镇上的人对他的抬举和崇拜。越是这样的人家，对家人的管教就越是严厉，不能做出一丝有伤风化的事。但偏偏是封建的父亲，居然容忍她和姐姐拒绝缠足。这可是大逆不道的事情，敢于拒绝，这是需要气吞山河的勇气和上天下海的决心。实际上，她和姐姐成功地成为晚清不缠足中的一员。想必她们是明白的，根本原因还是来自父亲陈巽倩对她们俩的疼爱，否则孙猴子怎么会跳出如来佛的手掌心？父亲是谁？前清翰林，而且背负武艺，非一般人也。父亲竟然还把她们送去私塾念书识字。一识字，世界之门就开了缝隙，光线就照进来了。

陈君起清晰地记得那天母亲转告她的话。

父亲陈巽倩说，只要踏出这个家门半步，就永远不要再进陈家门来了。

父亲陈巽倩说，想自由就给她自由吧，他就当没有这个女儿。

父亲陈巽倩说，他已经跟男方人家父母定过亲了，彩礼都收了，这是板上钉钉的事情，她怎么能反悔呢？她这种做法，发生在一个前朝翰林之家，叫父亲陈巽倩还怎么在南翔镇混？有何脸面见父老乡亲们。陈君起这一抗婚，不是在掌掴父亲的耳光，掌掴他那张前朝翰林的脸？

其实，此刻她的父亲陈巽倩就在上海。她是后来从姐姐和母亲那里，才知道了父亲陈巽倩应上海同济德文医工大学的邀请，正在执掌该校国文教务。按说两所学校同在上海相隔不会太远，两人却从没有交集过。父亲三年来没有一次关心过她，甚至还吩咐姐姐和母亲，要求切断一切与她的经济往来，更别说到校看望她了。倒是堂姐和母亲、姐姐偶然会问候她，给她一切需要的资助。陈君起猜测父亲肯定是恨透了自己，至今怒气还没有消掉，早已经在心里扎了根。回想一下，陈君起还是有点内疚的，自己三年来从没有关心过父亲，没有回家看过一次。她还是很想念父亲的。

三年来，陈君起偶尔想起父亲陈巽倩，没有只言片语，哪怕半封家书。父亲也没有一丝信息。她从母亲那里再次得到肯定的信息，父亲始终在记恨她，没想到父亲对女儿如此绝情。她知道这个愤怒已经在父亲和她之间扎下了根，南翔镇的那个家她永远地回不去了。当年她义无反顾地逃离家乡时，是处于一种对爱情和自由生活的追求，是为了逃掉那段糟糕的婚姻，并没有想到接下来要面对家庭的决裂，以及今后的生活都得靠自己独立支撑了。

现在，她必须养活自己。这个生存问题必须要她自己独立解决，也就是说她必须得找工作。找工作对于陈君起来说，有着过蜀道般的无望。在上海，不要说是女孩子找工作，就是男人也不一定能找到工作呢。对于陈君起来说，那是根本没指望的。相反，女孩子出来找工作，纯粹就好似动物馆看大熊猫，令人感到新鲜、奇怪，严重的还会遭到路人的耻笑、侮辱。因为当时的社会，世界都是男人的，女人依附于男人生活，哪有女人出来抛头露面的？这是不给男人面子，女人不在家相夫教子，侍候公婆，属于社会里另类的女人。一个守着家庭围着锅台没有自我的旧社会女人，与新时代追求独立解放、自由的近现代女子当然不一样。一个是围绕着家庭的燕雀，一个是高飞天上的雄鹰。

雪无情地飘落着，从苍穹里，从灰色的高空处。那么多的冷意，扑在上海的街口。陈君起想，这雪花是在为自己送别吗？雪花，雪花，要把迷惘的她带到哪里去呢？ 陈君起站在十字路口，手拎着行李皮箱。 那皮箱是从家里带出来的，一直陪伴着她。

告别务本女校之际，同学曾琮找到了踌躇满志的陈君起，握着她的手，跟她说，一起回南京吧，一起在南京找个合适的工作。

曾琮的家就在南京。 这对于陈君起来说，是再好不过的选择了。一是南京离上海也不是很远，都属于长江以南，什么都是很熟悉很适应的。 关键的一点是，曾琮是她的好闺蜜，南京曾琮家地头熟悉，找工作比她熟悉，信息和渠道也多。 再说有曾琮和她在一起，也好有个照应。 陈君起同意了曾琮的这个想法，她拥抱着曾琮，激动得说不出话来。 此际，也是陈君起人生最为迷惘的时候，她不知道何去何从？虽然空有很多壮志与梦想，但在现实面前难免碰到钉子。 但这不算什么，尤其是相对于一个清末民初的女子来说，勇敢地追求自我解放，已经是很大的进步了。 好在有曾琮在，陈君起心里涌起一股股暖流。

上海那年雪好大。 陈君起在漫天飞舞的雪花中，带着一丝愁绪和忧伤，在火车杂乱无章的交响乐声中，拎着两只从家里带来的羊皮箱子，离开了上海。 她俩都不知道，这一走，将彻底改变陈君起以后的命运。

第三章 曾家大院（上）

第一节　初到南京

南京对于陈君起来说并不陌生，在务本女校，她就从那位地理老师口中听说过。南京，简称“宁”，古称金陵、建康，一座拥有两千六百多年建城史的古都，位于长江中下游。229 年，吴大帝孙权在此建都，改秣陵为建业。此后，东晋、南朝的宋、齐、梁、陈均相继在此建都，故南京有“六朝古都”之称。

南京是个包容性强的城市，就像好客豪爽的江湖侠客，随时敞开温暖的胸怀欢迎远道而来的客人，不管说的是哪里方言或者土话，落地就是南京人。陈君起对南京的喜爱，还有一个原因，就是结识了曾琮。她从同窗身上看到了南京人的豪爽、热情。爱屋及乌，南京成了陈君起心仪的地方。这也许是宿命，陈君起哪里知道，此后自己的全部时间都留给了这座城市。

陈君起与曾琮，带着对未来的憧憬和前途的担忧，坐船来到了南京。眼前是茫茫的长江，滔滔之水，犹如陈君起内心涌动着的迷茫和无助。这一到来，命运究竟如何安排？她看了看身旁打瞌睡的同窗，内心有了强大的安慰。

陈君起一到南京，就马上感受到了南京这个城市海纳百川的热情。曾琮把同学陈君起请进了自己的家，陈君起感受到了曾琮给她带来的温暖。

那时的陈君起，举目无亲，有家不能回，同时与父亲已经是彻底地决裂。那时的陈君起没有回头路，只能朝着内心的那个方向向前、向前。她从当时的几位杰出女性身上看到，争取妇女独立、解放，以及接受教育等，这是前行者注定要付出代价的。“我不入地狱，谁入地狱？”好在天无绝人之路，她幸运的是有这么一个好同窗。

陈君起来到曾家，就像尘世里的山泉，或者是深宅大院里闯入的时代弄潮儿。她的来临，对于曾家来说，也是寒冬中的一抹碧绿，有着新鲜的气息，还有种萌生的生命朝气。曾家也是有根有源的大家族，经年封建传统的积淀，早就打造出一口深深的古井，而且是暮气沉沉的，要不然，曾琮也不会独自逃离家庭，单身去上海务本私塾就读。

陈君起就是一块扔进古井的石子，激起了一阵阵春天的涟漪。

曾家和陈家一样。陈家的显赫地位源于陈巽倩的前清翰林身份。曾家可不一般，曾琮的祖父是晚清“中兴第一名臣”，是与张之洞、李鸿章、左宗棠并称“四大名臣”的曾国藩手下的一名将官，因做官清廉，为人正直，被曾国藩视为知己，后在湖南镇压太平天国时战死。

清王朝为了抚慰、表彰他，授予其子曾光熙一个七品芝麻官的职位，就是为了安抚人心。这个县官不是别人，就是曾琮的父亲曾光熙。曾光熙和他的父亲一样，为人耿直，做官清廉，不能与上司沆瀣一气，自然得不到上司的赏识和重用，打回原地，曾光熙迫不得已回到了故乡南京。所以说，曾家的背景还是来历不同寻常的。

陈君起来到曾家，还真是幸运，尤其是初入社会，遇上了人品高洁、做事开明的曾光熙。这对陈君起的人生是有影响的，特别是后来陈君起嫁到曾家以后。但不幸的是，陈君起遇到曾光熙时，也遇上了他的填房王氏。因为曾光熙的原配妻子已经离世，现在的这位王氏，就是曾琮的继母，可不是凡人。曾琮离家出走的主要因素，就是因为这个继母王氏的缘故。王氏嫁入曾家时，曾琮才十来岁，受尽了继母的欺辱和虐待。后来，随着曾琮年龄渐长，以及在晚清新政的影响下，思想有了觉悟，她就向父亲提出要出去读书。一个女孩子在外抛头露面，成何体统？按照王氏的规矩，女子应该在家，等待长大出嫁，相夫教子。王氏对曾琮横加阻挠，坚决不许，好在曾琮的父亲在这件事上极力支持女儿。曾琮此后逃离了继母的魔掌，到了上海读书。没想到在那里遇到了同病相怜的陈君起，两人惺惺相惜，结为好友。

也许是陈君起不太清楚王氏的情况，或者曾琮没有细致告诉过她，也有可能陈君起想起她一个外人、一个过客，想必王氏是不会为难她的。

像曾光熙这样的人，难道会娶一个霸道强悍的女人守家？谁也没想到，这正是曾光熙的想法。由于曾光熙家族是个大家族，人口众多，枝枝丫丫的，难免矛盾就多，众口难调，必须得有一个能镇得住家族的人，作为自己的夫人管理家族事务。曾光熙前任夫人的去世，在很大程度上，就是因为性格善良、仁慈、软弱，最终造成她抑郁寡欢而撒手人寰。这让曾光熙懊恼不已、痛心不已，也深感内疚。所以找一个强势的女子作为夫人，成为曾光熙的一种无奈的选择，他不想重复前任夫人的悲剧。这个王氏确实非同一般，在大家的印象里，完全是旧社会恶婆婆一类人，封建吃人的陈规陋俗在她身上纤毫毕现。这个王氏不但恶毒，还凶悍刁蛮，拉帮结派，建立小圈子，排挤打压手段无所不用。结果曾府的妯娌们见到王氏后，个个噤若寒蝉，不敢言语半声，就像老鼠见到猫似的。就是曾光熙本人，见了王氏都要小心翼翼地说话，否则难免吃不了兜着走。大家都习惯了在王氏面前忍让、退步，唯唯诺诺，这也是王氏在家族中的地位所决定的。唯有初生牛犊的曾琮，不堪遭到王氏的凌辱和欺压，看着自己父亲在王氏面前的无能，一气之下离家出走，逃离到上海一所学校就读。

陈君起随着曾琮，走进了曾家大院。

陈君起的到来，确实在曾家引起了一阵骚动，引起曾家上上下下的好奇。因为按家境说，陈君起也是大户人家，翰林之家的小姐，身份在她们眼里还是有点显赫的，这让曾家人还是慎重对待的，尤其是那个王氏，自然不敢怠慢。王氏对新到来的陈君起一时还摸不着道，只是听闻此女子是翰林陈巽倩的女儿，她也是被这名头吓倒的，所以对陈君起是毕恭毕敬的。她哪里知道陈君起小姐，为了反抗包办的封建婚姻，抛却荣华富不过，单身前往上海求学，独立自主，勇敢地走在时代的前列。王氏曾打量过陈君起。出身书香门第的陈君起，尚礼仪，懂规矩，加上腹中学富五车，诗书累卷，真是卓尔不群，这般神态让王氏也是不敢言语。当然，随着后来王氏对她的熟悉，特别是加入曾家后，王氏则把这次的忍让变本加厉地索要回来，甚至是有过之而无不及。

倒是曾光熙与陈君起交谈后，真是有了共同的语言，同时对各自的家庭背景和学识，有了相互的话题。曾光熙还是很赏识陈君起的，毕竟曾光熙也是出头露面之人，走南闯北，加上家庭的背景，对陈君起的谈吐他是有自我鉴别的。再说他本人也是颇有见识比较开明的前辈，学问之人，对社会、对人都有着相同的忧虑和认识。范仲淹曾说："居庙堂之上则忧其民，处江湖之远则忧其君。"不管曾光熙在家庭上如何处理问题，但是他的内心深处，还是对学问有着源自血脉的嗜好。也许他只是在维护家族的问题上，有着几分忍让和懦弱。曾光熙大加赞赏陈君起，同时嘱咐女儿好生招待她这么好的同学，又吩咐王氏仔细安排好陈君起的起居饮食。这让饱受非议、冷漠、孤独的陈君起一瞬间暖流流遍全身。她完全忘记了在上海那个飘雪的日子，孤独彷徨、忧伤凄凉的处境。王氏对曾琮是不待见的，但是对陈君起完全不是那回事，在老爷曾光熙的亲自吩咐下，对陈君起无微不至地关心。王氏的浅薄，是看在那个翰林的身份上，再说毕竟陈君起是暂时的，是过客，对她居于曾家的核心权利地位是没有什么影响和侵犯的。一时间，王氏吩咐下人，对陈君起的照顾是精心有加。这让陈君起三年之后再次感受到了人间的亲情，她找到了一种久违的、家的温暖感觉。

由于人生地不熟，加上曾家的挽留，陈君起就暂时寄居在曾家大院了。再说，长期一个人在外读书，缺乏家庭温暖的陈君起，确实想得到一份家的温暖。所以她就顺应了曾家人的好意，尤其是曾光熙和王氏的同意，自然也就暂且安顿下。

然而，曾家作为大户人家，自然有一定的繁文缛节，如早起要去给长辈请安，饮食起居有一定的礼仪和套数，这些让陈君起有点累，压力也是很大；尤其是上海话和南京话之间的沟通不畅，加上长辈从四川带过来的四川话，让陈君起疲于应付，却不知道该如何说起。

此处虽好，终究不是久留之地。有了短暂的栖身之所之后，陈君起觉得应该马上着手的就是工作的问题。她不能拖累了好同窗曾琮。而自从与曾光熙有过几次的交流之后，她对妇女的解放、女性的独立自由有了几分更深的认识。曾光熙告诉她，当下，女性的呼声越来越大，许多有识之士已经在各种报刊上呼吁，国家要繁荣富强，妇女就得解放，这是前辈们的思想。康有为、梁启超等前辈也一直在奔走呼吁。而把妇女的解放，转化为富国的生产力，唯有通过教育。只有她们有了知识，才能有见识和本领，在社会上立足，自食其力，为社会做贡献。因此，教育将成为国家富强和民族振兴的重要因素。

想到此，陈君起学的正是师范专业，所以理所当然的，她有了“教育救国”的想法，去寻找一所学校教书，把学到的知识和生存的技能，特别是爱国思想传授给孩子们，这应该是她最好的选择。

1908 年初，陈君起在曾琮等人的帮助下，顺利地走进了南京城南的一所小学，做了一名小学教师，任教小学算术课程，这在当时实属罕见。

第二节　新鲜的讲台

陈君起在南京某个校园里的出现，引起了当地不大不小的轰动。因为南京跟上海相比，在社会开放程度上，毕竟不可相提并论。在相当封建守旧的南京，女生出外工作依然实属罕见，否则曾琮也不会到上海去求学。在南京，走上讲台的，都是男教师，女教师则是绝无仅有。

女人走出闺房，走上社会参加工作这件事，可谓一石激起千层浪。在当时，就是一个特大的新闻。不要说上海嘉定县南翔镇人接受不了，就是陈君起本人都有点兴奋、恍惚，当然更多的是激动、惊喜和期待。当她走在校园里的时候，仿佛在做梦一般，这可是破天荒的事情。一个女性，离开家庭，隔着洗刷、缝补、女红以及端茶倒水等侍候人的家务，现在出现在另一个平台上，陈君起感受到了社会的神奇，一缕光线正从裂隙中透出来。她从私塾到务本女校等一路走来，到现在她作为教员，站在讲台上给学生授课，可以用自己的所学教授给孩子们，可以依靠自己的本领立足于社会，女性可以不再依靠男人而生活，实现生活的独立。陈君起的内心，比上海的黄浦江掀起的波涛还要汹涌，比南京的长江还要澎湃。她看到了一只风雨中的小帆船，在歪歪斜斜的颠簸中，已经驶离了生活的漩涡，有了属于自己的航线和远方。这不是陈君起一个人的远方，也是广大女性解放、迈向独立自主新生活的远方。陈君起想起了秋瑾、陈天华等进步人士，感觉自己正在向着她们走去。因为大海的东方，一轮红日正在船头冉冉升起。

陈君起呼吸着新鲜的空气，感受到太阳每一天都是新的，万物正在萌发一场复苏的运动。

在20世纪初的清末民初，一个远离父母、带着上海口音的未婚姑娘，在六朝古都与男子一样当教书先生，校里校外都觉得稀奇古怪。街坊邻居看不惯，就是一些同校的男教师也看不顺眼，觉得自己与女人平起平坐，不成体统，尤其知道陈君起的父亲是翰林后，更是摇头感叹世风日下。在他们看来，翰林府的小姐，就应该待在闺房，养尊处优，怎么能像男人一样在社会上抛头露面？更让陈君起伤心的是，一些家长也对她指手画脚、说三道四。这些轻蔑的眼神和冷嘲热讽的言语，让陈君起异常难受。

在封建的土壤里，这些走出家庭融入社会的女人，注定会被很多异样的眼光包围着、撕扯着。“女人家的，出去上班，实际就是出去……”“办公室里，男男女女，说说笑笑，成何体统？哪里有个女人的规矩？”“整天和男人在一起，不知会干出什么淫荡、无耻的事情！”……非议的声音此起彼伏。

中国传统的家庭秩序是“男主外、女主内”。他们认为，这些女人似乎没有了礼教的约束，整天与男人混在一起工作，不仅大声说笑，甚至还打情骂俏，根本不成体统，简直就是败坏风气、道德沦丧。老夫子、卫道士们认为，这是败坏纲常伦理，丧名坏节。

这样的谬论真是荒唐之极。当然，也有一些很开明的人士支持女性上班。道理很简单，很多贫困家庭的女性出门工作是养家糊口，自谋生计，实属生活不易。而且，家庭摆脱贫困也有利于社会的稳定和谐。从工厂方面来讲，女工帮助工厂降低了成本，提升了效益。无论是对个人、对工厂、对社会、对国家都是好事，而且女人做事，要比男人做事细心多了，注意力更加集中。

最重要的是，一些有海外经历的人认识到，西方国家的女性都能自由工作，为何中国女性还要禁锢在家里呢？ 中国女性由于受传统礼教如“三从四德”“女子无才便是德”等约束，无法读书识字，相比西方女性已经落后很多。 如果在工商业大发展的时代，再不让中国女性出门工作，她们恐将永难翻身。

尽管争议颇多，大多数女性依然热衷工作，因为不仅可以赚到钱，还意味着一种自由、一种身份的认可。 没有人想躲在男人的保护伞下生活，更不想把自己的一生托付给男人。 不得不说，她们的勇气是可嘉的，认识还是明智的。

世界是男人女人组成的，女人一样可以走出家庭，站在阳光下生活，为什么非得躲在男人的阴影里？ 让陈君起倍感欣慰的，还是有人支持自己行为的。

给陈君起鼓励和支持的，正是这所学校的校长，是个接受新鲜事物、积极追求进步的人。 他要求陈君起不要理会这些所谓的流言蜚语，做大事者，碰到阻力是在所难免的。 况且这件事，要冲破多年的封建牢笼，要撕破多少男人的虚伪面孔和一些安逸女人的面具，所以遭到讽刺、挖苦和不正当的言论，是正常的。 好友曾琮也多次来到陈君起的学校，跟她促膝谈心，十分坚决地支持她、鼓励她。

曾琮颇为伤感地对陈君起说，自己遭到了家里激烈的反对，尤其是王氏。 她是没有这个机会做教员了。 曾琮说，君起，我会一直在背后支持你的，放心，勇敢地向前走！ 曾琮的这些鼓励和支持，都给了陈君起巨大的精神力量。 实际上，从上海到南京之后的陈君起，在务本女校的陶冶下，在进步人士及进步报刊的熏陶下，不再是那个逃婚的懵懂少女了，而是一个追求妇女解放、争取平等地位以及进步的爱国女青年了，一个逐渐成熟且具有独立个性的知识女性，怎么会被那些流言蜚语所干扰？ 今日之中国，妇女不解放，国家怎么会强大？ 民族怎么会进步？

陈君起对自己的未来已经有了清晰的认知。

找到工作后不久，陈君起就从曾家大院搬了出来，一个人住在学校的教学楼上。

上班的第一天，陈君起起得特别早，其实兴奋得可以说一夜无眠。沿着校园的林荫小道，她一个人在鸟声和绿叶间奔跑着，漫无目的地奔跑着，心情激动又兴奋。她在欢呼，她在跳跃，她终于可以依靠自己的努力，投入属于自己的生活，在社会上占有一席之地。这是独立女性的一席之地。

陈君起庆幸工作伊始，就遇到了支持她理解她的校长，他不只在精神上给了她力量，还在生活上给予了力所能及的帮助。考虑到陈君起没有房子，寄住在曾琮家，多有不便，校长就专门给陈君起安排了住宿的地方，从学校的教学楼储藏室挤出一间，供她住宿。这对陈君起来说，在萍水相逢中感到了足够多的温暖。她拥有了自己的天地、自由，还有属于自己的世界。

陈君起享受着每一天的充实。她第一次感受到女性可以和男人一样，安稳地踏在大地上，主宰自己的日子和人生。她的内心非常丰盈。一份正当的工作，有了安定生活的经济来源。这种经济的独立，让她可以充分享受女性自主生活的权利和独立的人格。她完全成为一个社会的人、自然的人，不需要依靠男人而生活，女人不能成为男人的附属品，成为他们的寄生虫。同为人，男人可以的，为什么女人就不可以呢?

陈君起精心面对每一天的教学工作，把最灿烂的笑容、最亲切的话语、最动人的声音展示给孩子们。在她面前，面对的是水晶般的世界，她希望通过自己的所学所思，培养他们将来成为推动祖国强大、民族自强的人。她突然觉得自己的工作使命重大，这使得陈君起白天忙个不停，晚上，得继续加班加点地忙着备课。课堂在她心里已经成为圣地，充满着神圣感和巨大的责任感。

陈君起一个人住在学校里。一幢楼，就她一个人，她丝毫没有空荡荡的感觉。校园的每个角落，都洒满了孩子们的欢声笑语。她的亲切、朴实、大方，让孩子们有了天然的亲近感，很快孩子们都愿意围绕在她身边，不愿离去。这让陈君起享受到了一个工作女性的幸福感，更加使陈君起珍惜这份传递文明的工作，使她发奋工作。教学楼上的灯，她总是最后一个熄灭，早晨，也是她第一个开启。陈君起就是这样每天沉浸在工作的充实与愉悦之中，尤其是在与家庭决裂后，第一次感受到了安宁。

除了工作，读书就是陈君起最喜欢做的事。知识是独立生活的通行证，但是光有知识还不行，必须还得清醒地活着，绝不能稀里糊涂地活着，她思索着。韩愈说过，师者，传道受业解惑也。教师，不仅要解决学生知识的困惑，当然更要解决学生的人生困惑。为谁学？人怎么样生活才有意义呢？陈君起格外想念务本女校的那位地理老师，对她的影响非常之大。那位老师让她在上课之余，开始思考社会、人生和国家的命运。陈君起在读书上有了自己的思考，不能不读书，比如那本从家里带出来的一直保留在身边的《史记》。读史，可以知得失，历史会告诉你社会发展的规律；从中国古典书籍中寻找历史的痕迹，将会找到中国未来前行的方向。她在那本厚厚的《史记》上圈圈画画，密密麻麻的，有事没事都会带着，一有空就摊开阅读。她也读清唐德宜所编的线装古书八卷本《古文翼》，在古典文本里汲取养料，这些都是中国传统文化的根系。

陈君起明白，一个人不能让眼光只盯着书本，更应该了解时事政治，关心祖国未来。她经常到阅览室里翻阅各种报纸，了解最为及时的社会新知，包括各种政见和新锐的思想。她最喜欢看的就是上海的《申报》，出于多年的习惯，她一直都在坚持订阅这份报刊，这是一份属于陈君起的精神营养大餐。

创刊于 1872 年的《申报》，是站在社会前列的进步媒体，爱国救亡，倡新斥旧，对女子教育问题也极为关注，并为促进新式女子教育的健康发展积极建言献策。《申报》还积极介绍西方女子教育发展情况，深刻揭露中国妇女所受之苦的根源，认为女子受教育是天经地义之事，是齐家、治国、平天下之本，提倡妇女解放，倡导兴办新式女学，主张按德、智、体全面发展的新教育宗旨和近代教育发展的进步方向，培养广大的不同于传统女学的新型妇女人才。《申报》积极宣传女学功绩，严厉批评保守思想与行为，努力为新式女学的兴起和发展扫清障碍，开辟道路。《申报》为当时的社会有识之士提供了讨论女子教育问题的平台，为动员社会进步力量，最终使新式女子教育合法化、正规化，加快解决这一问题的历史进程，做出了重要的贡献。

陈君起特别爱读《申报》上刊登的关于救国救亡等的新思想，诸如拒绝缠足、学习西方文化科技、倡导新式女子教育等。这些都深深地暗合着陈君起内心的想法，每读到这些，她都感到一阵激动和兴奋；本来有些想法很模糊，读了这上面的思想后，就像窗户上的纸，一戳开就亮了。她将这份报纸视为知音，如饥似渴地阅读着，也滋润着她在务本女校已产生的爱国主义思想和民主、自由、婚姻自主的思想。据陈君起的儿子曾鼎乾回忆，“我家订有一份《申报》，这份报纸，家里再困难，母亲也订。我们做功课，她看报纸，这是她多年的习惯。”

当然，一个人奔波久了，陈君起也会感到凄清、孤寂。尤其是在夜深人静的月夜，月光如水，一地寒霜。看着万家灯火，想到上海嘉定南翔镇那个熟悉的陈家花园，对影成三人。而她以后只能在梦中回忆，就倍加伤感。因为此时的陈君起已经二十三岁了，这个年龄在当时算是老姑娘了。逃离了家庭包办的婚姻之后，有时她也会想想自己的终身大事，憧憬着自己未来的家庭生活。

苦闷时，陈君起就去找曾琮。曾琮是她在南京唯一的好友了，她内心藏着的忧伤只能与曾琮说。曾琮郁闷不快，也去找陈君起，两人互相倾诉、互相取暖。

第三节　初次邂逅爱情

与曾科进的相遇相识，应该说是两情相悦的事，两个人互相被吸引。实际上，彼此都不了解各自的成长背景、性格特点等。

陈君起工作之余，时常跑到曾琮家去玩，实际上是去安慰好友曾琮。她们在上海女校结下的同窗之情，早已成为彼此一生的友谊，互相视对方为最好的朋友。否则，陈君起也不会拎着行李跟着曾琮来到南京。因为南京，有曾琮在，有自己最好的同学。她们是完全信任彼此的。

曾琮曾和陈君起约好，她们一起回南京做教员，成为一生的好同事。这让独处异乡的陈君起倍感温暖，在失去家庭温暖和关心后，给了她独自外出生活工作的信心和力量，是陈君起逃出家庭、流落社会的苍凉里的一丝暖色。如果说陈君起好比一个落水之人，那么曾琮就是她唯一的那根可以救命的稻草。

做一名独立的近现代女性，冲破封建传统的藩篱，逃离守旧的家庭以及多年抚育的亲人，需要付出常人所不能承受的压力和辛酸。尤其是当以一个独立女人的身份，要生存下去，更加艰难。当初陈君起在风雪中离开上海时，她是哭着离开的。虽然她没有因为自己逃出可怕的封建婚姻和背叛父亲而后悔，但陈君起还是很难过的，毕竟父母亲养育她多年，这亲情的脐带哪能说断就断了？

陈君起离家，完全是为了逃避婚姻。她没想到这一逃离，就是一辈子的逃离，一个人在世上行走。要知道陈君起在家里，作为翰林之女，过的可是公主般的生活，丝毫不用为生活的柴米油盐操心，她只要按照父亲的话，找个富贵人家，就可以继续过她贵妇般的生活。但是陈君起为了活出自我，做个新时代的独立女性，她必须走出封建枷锁的家庭。一些事总有人做先锋，她从《申报》上读到秋瑾等革命女侠的事情，倍受激励、鼓舞。

她不是一个人在追求妇女解放、独立和婚姻的权利，还包括中国成千上万的妇女。清朝末年之所以落后，在有识之士看来，妇女不解放也是一大原因。拯救女性，就是在富强国家。陈君起作为一个敢于打破旧制的女性，在进步思想的濡染下，其信念是坚定的。陈君起是个敢作敢当的人，内心有着坚韧的信念，坚持了的事情，必须勇往直前。

一年后，陈君起在曾家以及朋友的帮助下，在南京找到一份小学教员的工作。她又欢喜又难过。欢喜的是，自己终于有了一份可以养活自己的工作，因为工作，就可以做到经济上的独立，经济独立，会带来人格上的独立，使女人不再围绕着一日三餐转，她有了远方。难过的是，曾琮没有来考，不是曾琮不想来做教员，而是曾家王氏不许曾琮工作，女孩子可以读点书，怎么能外出抛头露面呢？曾家王氏，始终恪守着封建祖训，祖辈书香门第，怎能一反常态让曾琮参加工作呢，这不是打曾家祖宗八代的脸吗？曾琮被家人关在家里，哪里也去不了。经过上海女校的学习，到后来，曾琮还是逃脱不了王氏的手掌心，非常郁闷。

陈君起知道后，经常去曾家看望曾琮。一有空闲，她就会来到曾琮的身边，谈谈工作，说说女孩子的事情，逗曾琮开心。虽然曾琮也是从上海务本女校师范科毕业的，但是她的背景不同，她是因为继母的缘故而离家出走，实则曾琮的父亲还是很开明的。她和陈君起不同，陈君起是完全与家庭决裂了，尤其是在告别上海时候，家里的顶梁柱，近在咫尺的父亲陈巽倩三年来都没有看过她一回。陈君起知道，那个家彻彻底底地回不去了。

陈君起在曾琮身边，把每天与孩子们的趣事与她分享，还谈了很多读书的事情以及每天进步报纸上刊发的新鲜言论，这都给处于封闭中的曾琮带来了春天的讯息。

陈君起在曾家进进出出，谁也没想到，她会引起一个已婚男人的关注。当然，陈君起也在曾家的多次往返中，看到了一个温文尔雅、书生意气的男人，让她怦然心动。她不知道，那个男人就是曾家的少爷曾科进。

曾科进，是曾光熙唯一的儿子，曾琮的哥哥，在曾家同辈中排行老二，已有家室。

曾家，与陈君起家庭一样，也是有着不寻常背景的。曾科进，出生于宦官之家，其祖上曾咏，系道光年间的进士，做过知府和军队襄理等职位，后来在同治元年，与太平军作战时不幸去世。曾科进的祖母是清代有名的才女，精通书画，尤其是在绘画上，构思奇巧，风格迥异，具有很强的艺术个性，自成一家，其成名作《孤舟回蜀图》就名噪一时。

曾咏死后，朝廷念其功绩，厚待了其子曾光熙，也就是曾科进的父亲，给了他一个七品县官的职位，算是安抚，体现了皇恩浩荡。后来曾光熙在山西、安徽等地供职一段时间，然而遗憾的是，由于曾光熙为人正直，得罪了上司被迫辞官，后定居于南京。应该说，曾科进和陈君起的父辈，都有过相同的光辉起点。因为陈君起的父亲陈巽倩出身翰林，后来回到上海。从这一点上，还真是门当户对，这是从曾家人的角度看的。当然，在陈君起的心中，是完全没有这个封建思想残余的。她看到的曾科进，就是一个有着进步思想、接受新鲜事物的男人，有理想有追求，与自己谈得来，甚至很多时候两人对时事的看法都是一致的。

曾科进的父亲曾光熙这个人有意思，做官被贬后，思想还是很开明的，没有把官做到迂腐的地步。实际上，他的那个官职也是皇帝赏赐的，完全是沾了祖上的光。曾光熙对当时兴起的洋务运动和戊戌变法还是持肯定态度的。更有趣的是，曾光熙曾经打算把儿子曾科进送到日本去留学。日本彼时的资本主义工业，是相当先进。日本战后迅速地引进和吸收西方的先进科技，使国家迅速崛起，当时的经济可谓发展迅速，国力也逐渐强大起来。日本的这一快速崛起，当时确实让世界为之瞩目。好多中国留学生都到日本去学习先进科技，以备寻求救国之道。曾光熙把自己的儿女全都送到了学堂读书，这与陈巽倩的做法是一致的。由此可见，曾光熙是相对开明的，这与他的价值观、历史观还是有根本关联的，毕竟认识上受到客观历史条件的制约。但是，他能让女儿曾琮等人读书，也是一大进步。虽然后来曾琮从女校师范科毕业后，没能让其做小学教员。

这还是绕不开曾光熙的第二夫人王氏。曾光熙祖业可谓庞大，加上兄弟姐妹众多，所以说曾家是个大家族。要管理好大家族，就必须要有核心人物做好家务。这也是曾光熙把自己的女儿送到学堂的因素之一吧。实际上曾琮在上海读书，是得到曾光熙的资助和支持的。当然，曾科进自不必说了，曾光熙对他的培养可谓用尽心思，先让他读私塾，李鸿章提倡“洋学”时，又送他上“洋学堂”。因此，曾科进读了不少西方的科学进步书籍。在父亲的支持下，他一度准备东渡日本留学，后被继母王氏强行阻拦而未果，在当时他也算是个“新派人物”。

曾光熙一心培养儿子曾科进，指望他将来能继承家业，掌管曾家。遗憾的是父子两人的婚姻都是不幸的。曾光熙的前妻，是个与人为善、待人随和的女子，正是因为善良，在掌管曾家家务时，处处小心翼翼，处处受到刁难，所谓人善被人欺，她经常遭到妯娌们的欺负，受了不少委屈，再加上曾光熙母亲的猜忌、嘲讽等，使得曾光熙的妻子备感压抑、郁闷，不幸早逝。妻子的去世，让曾光熙非常内疚、伤感。曾光熙深爱着妻子，可惜的是自己没能照顾和保护好她。后来，曾光熙性格大变，就娶了一个非常刁蛮、强势的女人王氏。王氏的入门，马上把曾家的妯娌、婆婆整治得噤若寒蝉，一声不吭。这也是曾科进和曾琮没能按照自己意愿生活的原因，因为他们都受到了继母王氏的阻拦，父亲曾光熙什么话也不敢说。

当然，这些情况陈君起是不知道的。

陈君起经常去看曾琮，总是被一个很有气质、谈吐不凡的男子所吸引。陈君起不知道他就是曾琮的哥哥曾科进。而曾科进也被这样一个独立的女子所吸引。作为一个读过西方书籍、受到西方文化熏染的曾家少爷，作为一个从封建家庭走出的、长期受压抑的青年，尤其是在当下洋务运动、维新变法以及各种进步报刊新鲜言论的影响下，激起了他对新生活的追求和向往，他对传统那种独守闺房依附于男人的女人表示不屑，他理想中的女子，要和他一样，有着独立、民主、进步的思想，知识广博，见过世面。所以说，当陈君起出现在曾科进的视野时，理所当然地被曾科进所爱恋、所追求。

而陈君起，也是怀着和曾科进同样的审美观点看待男女感情的，她心目中的白马王子，一定要有渊博的知识、典雅的气质以及与时俱进的思想，还有一份独立的工作。那时候曾科进在长江边从事税收工作，相当于现在的地税局，后来又被派到欧洲劳工局去做管理，这理所当然地吸引着进步知识女性陈君起的关注。两个人相同的阅历、同样的追求，很短时间内就擦出了爱情的火花，一发不可收拾。

可是，陈君起当时对曾科进不太了解。曾琮告诉陈君起关于他哥哥的情况，他是个有家室的已婚男人。当然，在那个时代，按照婚姻制度，男人是可以再娶媳妇的。清朝末期，对这个是不提倡也不反对，与今天的一夫一妻制是迥然不同的。

曾琮告诉陈君起，她哥哥已经结过婚了，有个指腹为婚的妻子，是她的母亲与人商定指腹为婚的。让曾科进伤心的是，对方生下来后，长到应该说话的年纪居然不会说话，再后来曾家人发现她不仅聋哑，还有些傻。这位姑娘长大成人后，曾科进不可能心甘情愿地接受这个父母给他指定的没有文化、不能交流的聋哑妻子。他曾激烈地反抗过，但跟陈君起相比，他的反抗是软弱的。他虽然接受过西方学堂的民主教育，但封建礼教那一套的陈规陋习，在他的心中已扎了根系。这个指腹为婚的协定是无法毁约的，他的内心深处是软弱的。被人安排好的命运，他只能选择逆来顺受。

曾科进含泪接受了这个现实，这就是封建婚姻，既然定下婚来，就不能赖婚，父母说的话就得去执行。这不只是个人的事，而是关系到一个家族的大事。曾科进到了成家年龄时，父母就给他娶了亲。

更悲惨的是，曾科进还和这个傻女人在婚后生下了四个儿子和一个女儿。这五个孩子里，长子不求上进，二儿子早逝，三儿子中学时候不幸身亡，剩下两个孩子都是哑巴。曾家人在曾科进身上，考虑的不是婚姻的幸福，而是家庭的大事，他们所需要的是一个能管理家族家务的女人，而不是傻女人。这种情况让曾家长辈如坐针毡，日夜焦虑。当时糟糕的是，那个颇能生孩子的女人必须认下，同时他们内心里，也正在为儿子四处物色一个能干的媳妇。曾家迫切需要一个新的儿媳妇，拥有独当一面的能力，主持家中的大小事务，承担其长媳的角色。

陈君起的出现，给沉闷的曾家燃起了一丝光亮。

他们从陈君起与曾科进的接触中看出两人的情投意合，恰似天造地设的一对，这仿佛是上天的安排。而陈君起从曾琮那里知道了曾科进的不幸婚姻，深感同情。当陈君起面对着满腹诗文、温文尔雅，还略懂中医的曾科进时，掩饰不住内心的爱慕之情。两人在一起的时候，总有着说不完的话，从诗文谈到教育，从文化谈到中医，从国内谈到国外，关心时事、时局，像一对久别重逢的多年挚友。

爱情的火花就这样在陈君起和曾科进之间点燃了。

这也只有陈君起有如此想法：恋爱的自由以及对幸福爱情的追求，超越各种框框，唯有感情是永恒的美好。陈君起也是被爱情冲昏了头脑，诸如曾科进的家庭、大家族的背景，还有那个飞扬跋扈的、连曾光熙都惧怕的王氏，先天聋哑的曾夫人，陈君起完全忘却了。那时她的心里，只有对生活自由、爱情自由的追求和憧憬，全然不顾世俗的东西。曾科进也从妹妹曾琮处了解到陈君起，她不顾惜大户人家的公主小姐身份，为了婚姻的自由，从家庭逃婚到上海务本女校求学。曾科进为她的大胆个性和女性的独立自主意识而深深折服，心生佩服之情。其实她这种勇敢的抉择以及对封建制度决绝的勇气，正是曾科进所缺乏的，他的内心是脆弱的，和他父亲一样，没有强烈的反抗精神，更多的是逆来顺受。陈君起正是他内心所渴求的女人，所以曾科进就更加地钦佩陈君起，想办法接近她。

在这桩婚姻上，曾光熙和陈巽倩有相似之处，都是出于对家庭的考虑。因为那个傻女人实在支撑不起这样一个庞大的曾氏家族。其实，陈君起随着曾琮第一次住在曾家时，曾科进的父亲曾光熙与陈君起交谈后，就有了这种想法。只是那时还是朦胧模糊的想法，毕竟曾光熙还算开明，之前已经有了一次失败的经历，怎么会再包办儿子曾科进的婚姻？他只是有这样一个奢望，陈君起做他曾家的儿媳妇。至于如何造化，只能归于命运了。

西方文化入侵中国后，在婚姻自由这个问题上，曾光熙的价值观还是正确的。曾光熙从自己身上也看到了谬误。原本以为在第一夫人去世后选择王氏，是正确的选择，谁知道王氏除了疯狂、泼辣外，根本就不是持家的好手，不仅目光短浅，而且还无端地制造家族矛盾，使亲人之间互相猜忌、争斗，尤其在争夺家产这个问题上，王氏和妯娌们一时间刀光剑影，让人触目惊心，这让曾光熙深感心痛。辞官经商的曾光熙，谙熟家和万事兴的道理，他把这个希望寄托在儿子的身上，寄托在一个能干的儿媳妇身上，这个家族需要一个干练有才的女人来掌管。

自从见到陈君起后，曾光熙这个念头就没有停止过。他对陈君起还是中意的。

尽管王氏和家族里的妯娌们是不太同意的，但是大部分人还是赞同的。这很好理解，王氏和妯娌们担心陈君起的到来，一个能干独立有知识的女人，是她们无法掌控和驾驭的。她们就利用陈君起与这些传统的封建礼教格格不入，作为她们反对的冠冕堂皇的理由。其实深层次是担心陈君起剥夺她们在家庭中的地位，争夺令她们不安的家产。尤其是继母王氏，她处于一个比较尴尬的位置，不安和恐惧时刻在她心中，毕竟她没有自己的骨肉。曾科进和曾琮，她们是不担心的，毕竟已经掌控在手掌心，而陈君起是有文化的现代女性，很多想法超出她们的理解。这些隐藏的不可调和的矛盾，这些阴谋诡计，对于一心走在时代前列追逐自由和解放的陈君起来说，是一时半会儿不知道的。她不懂得，婚姻不仅是两个人的事情，而是一个大家庭的事情。实则到了后期，这个曾家的矛盾，不是陈君起所能扛得起的，就连自己的丈夫曾科进都选择了逃避和远离。曾琮也是在婚后远走北京。正是这些，对以后陈君起的生活、婚姻都是有着强烈摧毁作用的毒药，并在她身上一一反映出来。

曾科进和陈君起两人迅速地沉浸到恋爱的河流中。对于陈君起来说，初恋是美好的，也是令人激动的；而对于曾科进来说，也可以说是初尝恋爱的芬芳。虽然已婚，但那是一场没有恋爱的婚姻。

陈君起在孤独的南京，在异乡的精神领地里，遇上心仪的男子，她不由自主地沉浸在爱情甜蜜、婚姻自由的幸福之中，迎着湖风，享受这短暂而又无比美好的幸福。恋爱是一回事，结婚又是一回事，性格明快又叛逆的陈君起，她完全忽略了曾科进性格深处的懦弱和迂腐，总是在困难面前选择无力地逃避。

第四节　牵手曾家少爷

陈君起正式跨入曾家大院时，身边带着始终跟随自己的两只羊皮箱。这就是一个近现代女性仅有的陪嫁品。

这两只陪嫁箱子，带给曾家的是一种强烈的震撼。首先是曾光熙，从两只箱子上，他看到了自己儿媳妇不是一般的女子，内心是有追求有担当有抱负的，对物质生活不讲究，更注重对自身的革命。换句话说，她所追求的不是富裕的物质生活，而是精神层面的。曾科进也是暗自佩服陈君起，没想到她竟然真的舍弃了豪门陈家，只身留在南京。要是他曾科进，真的还做不到与家庭割裂而独自生活，他从内心里佩服陈君起的勇气和决心。当然，那天王氏也看到了，内心有了某种忧虑。她知道这个人不简单。

这两只陪嫁箱，还是陈君起随着曾琮来到南京时所备下的。就是这两只陪嫁箱，一直伴随着陈君起走到生命的最后。后来，这两只箱子成为她留给人们的遗物，安放在了陈君起革命烈士纪念馆中。它吸引着无数前来瞻仰的观众，从这里，人们看到了一个革命者意志的坚定，对革命的忠诚。

陈君起怀着幸福和不安走进了曾家大院。她一边沉浸在美好生活的憧憬和展望中，一边在担忧未来的生活。在内心深处，总是有一块地方，让她隐约不安。他的谈吐、所受的教育以及对新潮思想的理解，都让陈君起感到欣喜，似乎自己找对了人。只有志同道合的人，生活才会走到一块，日子里才会有共同语言。但这仅止步于此，这是她所了解的全部内容，但她完全忽略了家庭。或者说，她看见了曾科进的性格缺陷，也许自己可以帮助他、改变他。

她以为自己只要有勇气冲出封建家庭，曾科进也会沿着这条路走下去的，毕竟他还是男子汉大丈夫呢。陈君起哪里知道，曾家的封建思想比陈家有过之而无不及，家庭关系更是犹如老树盘根，枝繁叶茂，错综复杂。旧时大家庭的成长环境，一定会深深烙印在丈夫曾科进的身上，尤其是父辈对他的影响。她模糊地记得曾科进的父亲曾光熙说过，丈夫曾科进原本是去日本留学，被王氏阻拦了。一个大家族的人都在王氏的掌管之下，即使曾光熙本人，在王氏面前也有担惊受怕的感觉。陈君起还记得自己和曾科进的结合，也是遭到了王氏以及妯娌们的阻拦。陈君起记起了曾科进的妹妹，她的同学曾琮，女校师范科毕业后，原本可以外出工作，可是却遭到王氏的横加阻拦，包括后来曾琮找工作，也是与王氏的反对分不开的。曾家和陈家似乎一样严重反对女子抛头露面。尤其是曾家，封建思想要高于陈家，为了一个男人的面子，更加不会同意曾琮外出工作，这是对曾家的羞辱。男尊女卑已经成为曾家的传统思想，曾琮挣脱不了，陈君起能挣脱得了吗?

现在，陈君起走进了曾家，走进了似乎熟悉而又陌生的曾家，心情突然变得沉重起来了。习惯于独立生活，追求自由的她，对走进带着熟悉封建气味的曾家，内心有着莫名的抵触和排斥。熟悉的深宅大院，古典的木质家具，还有那口深深的古井，让她嗅到了历史久远的味道。这与她内心那股清泉是不相容的，她知道她不能再用断绝陈家关系的代价，面对另外一个封建家庭，可是，这一次自己真的又进了牢笼，她忐忑不安着。

婚前，陈君起和曾科进签订了婚后公约。这个约定的其中一条，就是婚后如果与大家过不到一块，就分家生活，也就是要从这个曾家大家族中分离出来，组成她自己的小家庭。这也是她为了防止自己融入不了这个家庭所做的准备。陈君起似乎已经预见到这个问题的产生，她是在给自己的生活留一条后路。当然，陈君起想法是好的，落实到现实生活中，完全是走了形。很多时候不是你改变生活，而是生活改变你。其实，陈君起是被婚姻冲昏了头脑，稍微回忆一下，就可以找到他们婚姻将来不幸的蛛丝马迹。

不管陈君起与曾科进的爱情是多么纯洁，两人是多么相爱，在曾光熙看来，最初的目的，就是希望娶一房好儿媳，代替掉那个又聋又哑的傻子，找一个精明能干的、知书达理又能管好曾家大家庭的女人，按照日常的轨道，结婚生子守家等。实际上，陈君起走进曾家后，作为儿媳妇，正是充当了这样的角色。曾光熙将曾家大业从王氏的手中，开始逐渐转交给陈君起管理。陈君起有文化，知书达理，温文尔雅，把家里的事务料理得有条不紊，与曾家人关系也处理得体。可是这一切，在王氏眼中就完全走了样。女人之间的斗争总是那么纷繁复杂。表面看是陈君起剥夺了王氏女主人的地位，但是碍于曾光熙不好说什么，婆婆王氏与她就产生了矛盾。王氏看到陈君起婚后还在从事教育，就有了排挤她的借口。随着时间的推移，这种矛盾是不可调和的。以前陈君起作为曾家的客人，王氏对她还算客气。一旦作为儿媳妇进了曾家门，王氏就可以公开表现出看不惯陈君起新潮的行为，尤其是陈君起外出工作，已经成为陈君起与曾家吵闹的根源。

陈君起是不会放弃自己工作的。她有了工作，才有了经济上的独立，只有独立才有良好的人格。虽然曾家经济很富有，但是陈君起压根就没有不去工作的想法，即使结了婚，她也要坚持自己的工作。

王氏决心要陈君起抛弃外出工作的事情，成为婆媳之间相处关系的分水岭。作为封建礼教忠实执行者的王氏，是不会允许陈君起婚后继续从事教育工作的。曾琮都没有改变王氏的想法，最终还是从了她。就在陈君起走进曾家不久，曾琮就出嫁了，远嫁北京。曾琮在用远嫁的方式，表达着对王氏、对封建传统陋习的抗争。曾琮很少回来，这让孤单的陈君起倍感失落，失去了一个早晚倾诉与交心的人。

王氏相信自己可以改变陈君起。作为长辈，作为曾家的大管家，那么多复杂的宗族关系，那么多混乱的妯娌关系，都被她收拾得服服帖帖。虽然现在曾光熙把管理大权交给了陈君起，但是王氏的权威不能丢。再说，现在不管教陈君起，只怕以后没机会了。王氏看出了陈君起的异样，稀奇古怪的思想，以及许多大逆不道的做法，让她感到这个儿媳妇有点像一匹脱缰的野马，难以驾驭。

1909年，陈君起怀孕了，为了腹中的孩子，她在快要生产时，还是顺从了婆婆王氏的要求，辞去了学校的教育工作。当然，其中原因还有她不想让丈夫曾科进为难，毕竟孩子是主要的，否则，她怎么会丢掉工作呢。

第二年，女儿的出生，给陈君起带来了做母亲的喜悦，她为女儿取名为“翔官”，“翔”字就是取自南翔的翔，表达了她思念家乡南翔镇的心情。做了母亲的陈君起，母性的天性就显露出来了，即使王氏对她再不如意，也对曾家也有了一份依恋的感觉，也就是那种家的温暖。当然，这丝毫不减弱王氏与她之间的矛盾。

王氏始终坚持用传统的标准要求儿媳妇陈君起，要恪守妇道，遵循三纲五常。陈君起自然不吃婆婆王氏对待聋哑媳妇的那一套，陈君起不但会说话，说得头头是道，而且还有见识、有思想，王氏哪里知道这些？两人之间的冲突也就越演越烈。

曾家由于是个大家庭，人多嘴杂，关系复杂，不只是王氏与陈君起之间的矛盾，还有诸如婆媳姑嫂之间，嫡出庶出之间，主仆之间等等，明争暗斗层出不穷，机关陷阱密布丛生，这样复杂的家庭宗族环境，搅得陈君起身心疲惫，加上丈夫曾科进又常不在家，即使在家也只能干瞪眼，在霸道强势的王氏面前，他是没有胆量反抗的。所以，陈君起想，三十六计，走为上策。只有离开这个家庭，才能不会被这俗事烦扰。

所以，翔官长到几个月时，陈君起又外出教书去了。陈君起是不会放弃这份工作的，这是她历经千辛万苦之后的结果。一个人要想在社会上立足，必须要经济独立，经济的独立来源于职业的独立。这是她安身立命的依傍。她热爱这份工作，工作的过程，让她感受到生活的实在和美好，这也是近现代女性在社会上价值的体现。她有了份能同时和男性享受同等平等的权利，很有成就感。如果放弃这份工作，那这么多年来的家庭决裂，上海求学以及异乡工作，都化为流水，付之东流。原本人生是自己把握的，难道到了最终再把人生的主宰权交给这个陌生的封建家庭？这陈君起绝对是不能接受的。她不会放弃自己追求独立生活的志向，更不愿继续那小姐太太丫鬟般寄生的生活，她要做一个自由独立的女性。

当然，这些想法再次遭到王氏的打压和反对，她难以接受一个外出教书的儿媳妇。

1911年年底这段时间，是载入史册的日子。虽然南京依旧笼罩在季节的严寒之中，但是一件件火热的事件接二连三的发生。那天陈君起正要给学生上课，突然一个消息传来，江宁光复了，联军已经进入了城内。江宁，指的就是南京。陈君起顾不得老师的身份，激动地和孩子们一起欢呼。革命志士用生命和鲜血换来了江宁的光复，一个新的政府就要来临了。

如果时间再往前推，陈君起早就从报纸和传单里得知武昌起义的成功消息，各地革命军如火如荼，辫子军纷纷撤退，代表着先进力量的江苏新军、进步革命团体也是风起云涌。辛亥革命后的一个多月里，革命军势不可挡，先后使得湖南、江西、山西等十四个省市脱离清朝而独立，清政府的统治已经呈现溃败之势。不久，中华民国临时中央政府成立，孙中山就任为临时大总统。

新政府的建立，在革命宣传攻势下，人们纷纷走上街头，男生剪去辫子，女性则解除长长的裹脚布，还有一层又一层的缩胸带。而陈君起周围的女性，正是在她天足的带领下，纷纷解放自己，走出家门，呼吸新鲜的阳光和空气。

1912 年，中华民国成立，一个历史的新纪元就这样到来了。那一天，陈君起挤在人群中，看着孙中山挥手向欢迎他的人群致意。陈君起激动万分，她跟着前行的队伍，一路振臂高呼，呼声、掌声交织一片。随着陈君起内心响亮的呼喊，她似乎看到了自己前方的曙光。

这一年，陈君起生下了一个儿子，乳名叫“阿宝”，取名为曾鼎乾，鼎故革新，扭转乾坤。多么朴实而又通晓的名字，寄寓着陈君起内心真实的渴望。她的心思是那样辽阔和深沉。

第四章 曾家大院（下）

第一节 反抗封建礼教

儿子的出生，给这个暗流涌动的大家庭带来的是暂时的风平浪静。曾科进和傻妻生的孩子不是聋就是哑，现在曾鼎乾的出生，给众人带来的是一股新鲜的空气，就像看到了春天的气象。

陈君起享受着儿女给她带来的快乐。两个天真活泼的小顽童，一个可爱极了，一个顽皮极了，真是让陈君起哭笑不得。姐姐十分疼爱弟弟，没事就和弟弟在一起，互相玩耍，做游戏，把最好的玩具、零食都给了弟弟。陈君起呢，忙完白天学校的工作，晚上回家，就把精力放在两个孩子身上。学校工作的忙碌，让她感受到一名上班族的充实，也感受到了自己的存在感。家庭养儿育女的生活，让她享受着人世间的美好和幸福。但好景不长，随着儿女的长大，婆媳之间的矛盾又尖锐起来。

陈君起的新潮行为，让婆婆王氏越来越看不惯。随着时间的累积，王氏感到陈君起越来越不成体统，时刻在威胁着她在家族中的权威地位。没有哪一个人敢挑战王氏的权威，就连曾光熙都不例外，难道陈君起可以跳出她的手掌心？陈君起在外工作，有了一定的经济基础，使得王氏心有不甘，缺乏掌控她的能力，她必须要治好这个大逆不道、出格的儿媳妇。她开始处处跟陈君起作对，试图用自己的威逼恐吓手段，迫使陈君起臣服在自己的脚下。

王氏这一点她还是有信心的。按照她的想法，曾家目前完全掌握在自己的手中，上上下下，还没有哪一个人敢跟她唱对台戏的。相信在对待陈君起这事上，是没有人不支持她的。

王氏先拿出第一招，趁陈君起外出去上课，就指使下人在街坊四邻里造谣，说陈君起以上课名义，趁着丈夫曾科进不在家，私自外出去会野男人了，违背妇德，丢人现眼，真是伤风败俗；陈君起从街上给孩子买点糕点、糖果等零食，王氏就到处散播流言，说陈君起是个好吃懒做的婆娘，污蔑陈君起的声誉。还有就是，当陈君起不在家时，就到她的厢房里糟蹋一番，或者把陈君起的被褥衣服撒乱一地等，这些手段，使陈君起十分苦恼，多次濒临崩溃的边缘。

婆婆王氏的阴险毒辣，让人不寒而栗。但更让陈君起没想到的是，王氏伙同他人居然要对她的两个孩子下手。王氏不知道从哪里请来一位道士，鬼鬼祟祟地带进了厢房。这没有引起陈君起的重视，或者说对这样的一个王氏，她躲都还来不及呢，哪里还去管她那个烦心事。这个封建思想深重的王氏，总是有许多让人心惊胆寒的招数。陈君起没想到，请道士原来也是来针对自己的，谋害的对象是她的女儿翔官。有人忍不住冒着得罪王氏的巨大风险，偷偷地给她报信，说王氏在厢房里，在道士的指点下，用稻草捆扎了一个小人，穿上棉布缝补的衣服，然后那个道士念念有词。王氏就在旁边，拿着银针，一下一下地扎，看那衣服和小人的装扮，有点像女娃。陈君起听了头皮直麻，这是什么鬼把戏？报信的人说，你还没明白？陈君起说明白什么？这是王氏的老封建，与她何干？报信的人实在忍不住了，就好心点破，那个草扎的人，就是她家的女儿模样，这是在给她的孩子下诅咒呢。按照民间的说法，被下了诅咒的人，不久不是生病就是遭遇其他不测。陈君起一时惶恐至极。俗话说，虎毒不食子，即使曾科进不是她的亲生儿子，毕竟还是他的继母啊！这王氏怎么可以对她年幼的孙女下手？真是狠毒至极。

更可怕的是，有一天晚上，陈君起的孩子曾鼎乾彻夜啼哭，从他的襁褓里，陈君起发现一根银针扎在孩子的脚心，让陈君起心痛不已。她怀着满腔的怒火，去找王氏理论，结果遭来一顿不分青红皂白的辩解和责怪，说陈君起的心不在孩子身上，就知道在外面乱跑，连孩子都不会养育之类的话等，实则隐藏的潜台词是说陈君起在外勾引男人，与男人嘻嘻哈哈，根本就不管孩子。这荒诞的话让陈君起百口莫辩，原本就被孤立的陈君起更加心寒和凄凉，对这个家庭充满了深深的恐惧与绝望。

但是这些刁难和威吓，都没有吓倒陈君起。她知道，曾家和自己家一样，深受封建思想的严重浸染，他们要的是三从四德，要的是三纲五常。陈君起早就从《申报》等刊物上读到，一个接受过近现代教育的人，尤其是知识女性，要想获得独立和自主，以一个完整的人立足于世，不再依靠男人，那就要从这些陈旧桎梏中勇敢地走出来，与旧社会的封建礼制告别，告别一切压抑人性的制度。女人不是家庭和男人的附属物，有属于自己的独立，也应该有自己婚姻的自主、生活的自主权利。陈君起依然记得在务本女校接受的教育，特别是那个地理老师的授课，一个妇女解放自由、独立自主的问题，不仅是属于个人的问题，也是整个妇女群体的问题。陈君起忽然明白了婆婆王氏专门与自己过不去的原因，这分明是王氏对自己追求独立，呈现一个近现代女性地位感到惶恐和陌生，因为自己的特立独行，完全打破了她固有的观念和认知。新时期的知识力量和进步思想，让王氏难以招架，也让她感到惘然。在王氏的眼里，陈君起就是一个怪物，恋爱自由，婚姻自由，妇女解放，这不是要翻天了吗？几千年老祖宗留下来的条条框框，陈君起怎么就敢抛掉了呢？就敢越过火山和雷池呢？王氏不理解，也想不通。

既然王氏找上自己，陈君起就决定不退缩，必须与王氏做斗争，这已经不是她们私人之间的事了，而是一个老封建与新解放之间的斗争。如果连接受过现代教育、婚姻自主恋爱自由的人，在与封建抗争的时候退却，那还会有妇女翻身追求自身解放的勇气和力量吗？越是这样，陈君起就越要大摇大摆地走出门去上班，把教育与知识结合的新女性带进曾家大院，让曾家那些沉默的妇女们，从自己身上看到女性个性解放、生活自主的图景。

陈君起放学下班回来，一有空就教孩子们识字、读书。儿子曾鼎乾小，还不会认字，陈君起就给他读童话故事；姐姐翔官长大了点，就教她识字。陈君起以这样的方式，面对蛮横而不讲理的婆婆，用不卑不亢、坚决的态度给了王氏一记响亮的耳光。

婆婆王氏看明的不行，就来暗的。陈君起发现，家里房间的窗户上，常常贴着一对耳朵在偷听，这卑鄙的行为让陈君起十分愤怒，也十分无奈。她感觉自己的生存空间日渐逼仄，婆婆的时时监视，让她透不过气来。她感觉自己被关在一间看不见光亮的牢笼里，四周漆黑，密不透风。她在狭小的空间里不停地挣扎，甚至拼命呼喊，然而没有人前来。陈君起知道，曾家大院完全在王氏的淫威笼罩之下，没有人敢言语。她非常疲惫，这种身心的疲惫里，还有一种绝望慢慢升腾起来，让她倍感辛苦。她得时刻提醒自己，时刻检查自己，不能让狠毒的王氏找到一丝起风舞浪的话头，或者证据。

陈君起想到要找丈夫帮忙，这是理所当然的想法，这也是她身边最亲近的人了。在曾家，自己最得力的帮手，是自己的丈夫曾科进。丈夫和自己一样，都是追求进步的人，有共同的教育背景，他不会坐视不管，尤其是在保护女人的事情上。陈君起知道曾科进的软弱往事，比如那件日本留学的事。即使曾科进在妻子身上碍于继母王氏的霸道，不敢说半个“不”字，那么看在自己亲生孩子身上，也应该挺身而出吧。如果一个父亲不能保护自己的孩子，那还配为人父吗？可是事实让陈君起无限悲哀。她没想到丈夫曾科进婚后的一系列表现，让她很绝望很凄凉，她陷入深深的苦楚之中。在继母与陈君起之间的敌视和对立中，丈夫曾科进竟然选择了逃避，对妻子的逃避，对自己孩子的逃避。刚开始曾科进还支持妻子陈君起，到后来，曾科进慑于继母的跋扈，选择了退却，这让陈君起看到了懦弱的曾科进。生性软弱的他，在经年传统思想的毒害下，选择了妥协。他的那些新潮思想，只能藏在内心深处，一旦碰上现实的打击，则化为齑粉。曾科进这样的态度，让王氏捕捉到了机会，更加猖狂和凌厉。陈君起又把求助的目光投向公公曾光熙。这个有着先进想法的公公，这个一心指望自己掌管曾家大家族、主持曾家大小事务的曾光熙，与往常一样，始终是不敢与王氏较真的，抱着事不关己的模样，溜之大吉，出外做生意去了。这让陈君起变得孤立无援，这段婚姻像瓷器碎了一地。

彻骨的寒冷从地上冒出来，让这个空荡荡的曾家大院，显得格外凄凉与无助。陈君起的心比寒月还要寒上几分，她感到了一种巨大的孤独凄凉。这种感觉从离开上海那个陈家都没有过，而现在，在曾家，在自己的丈夫身边，却有着不可言说的凄楚。

为了追求女权以及解放广大妇女，陈君起背叛了自己的亲人和家族，不惜牺牲掉所谓公主般的小姐身份，以一个独立的近现代女性身份，一个人在社会上寻找立足安身之所。她以为遇到了志同道合、思想开明的人，成为终身伴侣，没想到，自己却迈进了另一个封建泥潭。这个泥潭深而冰凉，没有温情，没有温暖，四周只有寒冷的月光。这与陈君起所期待的生活、婚姻完全不同。憧憬恋爱自由、婚姻自主的曾科进，见多识广，也积极与时代气息相靠近，可一旦站在现实面前，总是不堪一击。这让陈君起内心伤痛不已。

而能够给她疗伤的或者给她最大安慰的，莫过于两个孩子，天真顽皮的孩子，给这个污浊的世界些许亮色和暖意，让陈君起感受着生活的美好和希望。这也是她不会随时做出冲动行为的牵绊。她已经不再是那个十九岁的上海嘉定南翔镇的姑娘了，而是一个妻子和母亲。她需要承担的，不只是生活的悲伤，还有对孩子抚养和教育的责任。

陈君起有过极其困难的时候，困难到即使拖着带病的身体上课，都无法满足两个孩子的读书。孩子们上学时断时续，后来到了严重的地步。她的身体吃不消了，只能待在家里，自己用教材教孩子们识字、学算术。

对于从三寸金莲和婚姻枷锁中挣脱出来的陈君起来说，生活赋予了她足够多的重担和磨炼。即使在她的幸福就像昙花般稍纵即逝，还有对一个大家族的无比绝望之余，她依然没有放弃对生活的热爱、对生命的保护、对子女教育的责任。曾鼎乾后来成为著名的地质学家，当然，这与当初陈君起对他的教育是分不开的。

第二节　在觉醒中诀别

时间定格在1914年的冬天。陈君起拎着箱子，带着孩子，离开曾家的时候，正值隆冬季节。那天天空飘着雪花。

雪花，对陈君起来说，是异样的熟悉，凄凉中的熟悉。这似乎成了陈君起生命中永远的背景。这样的大雪环境，总是使人联想到雪中怒放的梅花，遒劲的枝条，红艳的花朵。陈君起在务本女校中学过，越是严寒，梅花就越是展开芬芳的花朵，传递给人间缕缕幽香。“梅花香自苦寒来。”她对梅花怀着深深的敬意，一个人要是在严寒中也能保持生命的芬芳，不是一般人可以做到的。

陈君起突然觉得，这雪花与自己的宿命分不开了。在她倍感凄凉与孤独的时刻，在人生充满惆怅和悲伤的时候，雪花总是从天而降，真是有着心灵的感应。陈君起清晰地记得，那年从上海务本女校毕业时，她拎着皮箱，站在上海寒冷的街头，寂寥无人。许多同学早已在车水马龙中被家人接回去了，只有陈君起孤零零地呆立在马路上，面对着四通八达的道路，她的内心空荡荡的，她像这个世界的孤儿，虽然有家，有父母，可是却无法回到故乡南翔镇。更为荒诞的是，父亲陈巽倩就在上海的附近一所大学做教务。在她和前翰林父亲陈巽倩之间，已经存在深深的鸿沟。而雪，就是这样在漫天飞舞中，降落在陈君起单薄的身上，她的内心比这雪花还要寒冷，冷得无助、悲伤。好在当时曾琮在她身边，两个从家里逃出来的少女，相互搀扶着，离开了雪花降落的上海街头，她随着曾琮来到了六朝古都南京。

大雪纷飞。陈君起站立在曾家大院中。如果说上海的那场雪，是青春的迷惘和人生的惆怅，那么曾家大院里的这场雪，则是人生的悲愤和生命的挽歌，更多的是悲伤和愤怒。大雪一次次地降临，好在陈君起的内心，那朵生命的梅花愈加红艳、清晰。

那个冬天特别冷，雪花也与以往的不一样，失魂落魄般，犹如陈君起的身影。

陈君起四岁的女儿翔官生病了，病得十分严重。这突如其来的病，揪着陈君起的心。女儿翔官，故乡唯一的印记，她把女儿名字与故乡的结合，是为了让自己不忘记故乡南翔镇，不忘记生命中给予过自己温暖的双亲和姐姐。虽然父亲后来与她几乎是一刀两断了，但是作为女儿，哪有不思念自己父亲的？这份情只能深深地埋在心底。她在南翔度过了十五年的生活，这是生命的印记，如胎记一般。现在她在南京，女儿翔官则是她对故乡的全部寄托。可是翔官病了，病得让陈君起手足无措。翔官很懂事，对待弟弟曾鼎乾的举动总是让陈君起心疼。好吃的好玩的，她都小心地收藏着，自己舍不得吃一点，玩一下，总是说要留给弟弟。 翔官经常捧着弟弟曾鼎乾的脸，亲亲弟弟，姐弟俩谁也离不开谁。

陈君起十分焦灼。 翔官满脸通红，呼吸也急促，病得不轻。 她迫切地要把翔官送到医院去。 可是还没动身，婆婆王氏就赶来阻拦，指手画脚，不分青红皂白地说，一点小毛病，就值得送去医院？ 王氏还责怪起陈君起根本就不会带孩子，只顾自己工作。 婆婆王氏说，孩子吃五谷杂粮的，哪能没有个小病小灾？ 自己在家烧香祷告或者来点土办法，就行了。 按照婆婆王氏的吩咐，陈君起只需找个巫婆或者盖上被子，给孩子捂一捂出个汗就好了。

陈君起气得火烧火燎，心急如焚。 她托人带信给丈夫曾科进，催促他赶快回家看看自己的女儿。因为曾科进也是懂点医学的，主要在中医方面。 这也是后来曾科进在家道没落后，去北京发展时挂中医行世的原因。 曾科进回到家，看到陈君起火烧眉毛的样子，再看看翔官已经奄奄一息，生命垂危，他二话没说，默默地想把翔官送到医院。

谁能想到，恶毒的王氏，居然幸灾乐祸，还来撒泼，特别是看到那如丧考妣的陈君起和气若游丝的翔官时，如泼妇般打闹，大呼小叫，责骂陈君起把孩子给耽误了，真是丧门星之类的话，附和王氏的人都在院子里纷纷指责陈君起。 恶人先告状，陷陈君起于万劫不复之地，陈君起气得顿时说不出话来。 即使这样，王氏还变本加厉，更加得理不饶人，居然说出荒唐的话来，以孩子死在院内不吉利等为理由，要求陈君起把孩子扔到外面去。

陈君起心痛如刀绞，无力喊叫，只能眼睁睁地看着婆婆王氏带人把孩子从怀中抢走，无语泪流。 幼小的孩子静静地躺在冰天雪地里，无比的苍白，陈君起的心一阵阵抽搐，昏倒在雪地上，就倒在翔官不远处的地方。一连多天的照顾翔官，她已经好多天没休息了，饭都顾不上吃，还得照顾好儿子曾鼎乾，已经精疲力竭，心力交瘁，再加上婆婆王氏惨无人道的行为，让她急火攻心，陈君起昏倒了。 大家看着陈君起倒下，慑于王氏的淫威与霸道，却无人敢去把她扶起。

待陈君起醒来，怀里已空，女儿翔官呢？ 她从雪地上爬起来，嘴里呼喊着女儿翔官的名字，摇摇晃晃地满屋子寻找，在院中冰冷的雪地上她找到了女儿。

陈君起扑了过去。 女儿裹在被子里，已被冻得又硬又僵，一个可爱的生命就这样离开了人世。 陈君起“哇”的一声，声嘶力竭般地大哭，哭到声音沙哑，哭到喉咙里只能发出粗糙的怒吼声，最终一口气没吐出来，又昏倒在雪地上。

作为一位母亲，自己的亲骨肉在瞬间被夺去生命，难道不是最野蛮的伤害吗？ 这是对生命以及人性的屠杀。 这个曾家大院，陈君起原以为与陈家不同，她还怀着一点光亮的希望，最后在丈夫曾科进这个受过现代教育的人身上，她已经彻底地绝望。 面对着这个等级森严、封建礼教如铜墙铁壁的堡垒，陈君起个人的力量暂时是无法打开的，她找不到出路。 她只是为自己感到悲哀，一个母亲竟然无法保护好自己的孩子；作为妻子，永远要遵从三从四德，永远服从于婆婆的意见，一切生死权利都在婆婆手中，不能申辩，不能抗诉，不能对抗。她更加悲哀的是，自己从一个火坑跳到了一个黑暗的深渊，所有的努力，竟然到了最后还是悲剧。

陈君起明白，置身于这样一个封建的家庭里，她个人是无法冲破旧时道德的城墙的。 这座院子里，只有毫无人性的冷酷和对人性的摧残。 要想摆脱这无边无际的高楼门，摆脱这些幽暗的人性摧残，唯有逃脱。 目前唯一可行的办法，就是当初没有实现的建议，就是分家。 从这曾家大院里分离出去，从封建的三从四德里剥离出来，这是唯一的活路。 建立自己的小家庭，一直是陈君起在结婚时就定下的目标。

陈君起大病一场。 待她能挣扎着起床时，她便抱着儿子，对还听不懂话的曾鼎乾说，阿宝，我们该离开这个家了。

可惜，这个离经叛道的想法，一说出来，就遭到了反对。 陈君起知道，公公婆婆是必然反对的，按照他们的老道德，绝对不会允许这有损于他们脸面的事情。这一次，族里的各种亲戚也纷纷出来反对劝说。最让陈君起绝望的是，这一次丈夫曾科进居然还是百般阻挠，完全没有顾惜女儿翔官悲惨的离去。他不敢违背父母亲的旨意，更不敢违背家族的种种歧视，他所能做的，就是用他血脉里带来的天生懦弱，违背妻子的泣血呼喊，没有尽到一个父亲的责任。就是这样的一个人，陈君起没想到自己会把一生托付给他，会给他养儿育女，他怎么能对得起死去的女儿翔官？

陈君起已经看到，丈夫已不值得依靠了，他本身就是个懦弱的人，有着与她迥异的价值观，他们的夫妻缘分也许就到此为止了。

她把儿子曾鼎乾搂在怀里，说，阿宝，我们绝不能在这样的家庭生活，绝不能坐以待毙。分家不行，那就逃离。陈君起已经不是为自己了，而是为了儿子，她不能让儿子步女儿的后尘。陈君起清楚地知道，这次逃离，比当年离开娘家去上海读书更难。当年还有母亲、表姐支持她帮助她，而在这里没有人帮她。

家里唯一能理解支持她的人是曾琮，曾琮成家后，和自己的丈夫把家安置在了北京。

陈君起态度坚决，不容商量，毅然决然地要离开。此时的陈君起已经不是少女时期的陈君起了，多年的独立生活已经造就了她倔强的个性，她对世界的认知，已经转向自信，她不是旧社会唯唯诺诺的女性、任人摆布的木偶。对着前方，她有着果断的决心和坚强的自我，命运是掌握在自己手中的。

王氏也有点了解陈君起的心思了，她工作独立，经济独立，没有什么可以难倒这个另类的儿媳妇。陈君起绝不是任她宰割的羔羊和拿捏的软柿子。王氏不甘心，只好使出最后的一个阴招，那就是得把曾谦和曾丽这两个孩子也带走。王氏厉声喝道，她俩不能生活在这个家里。

这样的话，婆婆王氏居然能说出口。这让陈君起实在是震惊，同时感到这个婆婆真是无赖、卑鄙与恶毒。说起来曾谦和曾丽这两个孩子与曾家有关，跟曾科进有关，怎么跟她有关？再说，大人的事怎么能算在孩子的头上？ 她们是无辜的啊！

这一切还是与曾家那个指腹为婚的故事有关。 曾科进的第一任妻子，就是那个没出生就与曾科进订婚的又聋又哑的女子，正是封建礼制所带来的产物。 这也正是后来曾科进选择自由恋爱，与陈君起结合的结果。 当然在这之前，曾家也想出了很多办法。 因为傻妻后来生了几个孩子，不是生病，就是聋哑，这怎么能继承曾家的家业？ 这事令曾光熙惴惴不安，日夜忧虑。 曾丽和曾谦，都是曾科进与家里的丫鬟所生，这事与曾光熙、王氏有关。 陈君起很清楚，曾科进是个对父亲和继母言听计从的人，从不敢越雷池半步。 虽然受到新潮思想的影响，但还是走不出封建思想的泥潭。 所以，父亲曾光熙要求他与家里的丫鬟生育儿女的事，曾科进想必是不敢违背的。

曾谦是陈君起进曾家门之前一个丫鬟所生的，而曾丽是另外一个丫鬟所生，比曾鼎乾小两岁，才刚刚几个月大，嗷嗷待哺。 事情错综复杂，陈君起与曾科进结合后，也就一直把孩子带在身边。 作为新时代的女性，陈君起没有受到封建思想的影响，相反，她对曾谦和曾丽也是视同己出。

陈君起被婆婆王氏这么狠毒的刁难所震惊。 如果说撵曾鼎乾，她还可以理解，怎么连曾谦和曾丽都赶出家门？ 要知道，曾丽才几个月啊！ 这么伤天害理的事怎么能说出口？ 陈君起为曾家感到愤怒和悲哀。 她为自己的决定而庆幸，她必须要离开这个曾家大院，否则这样下去，她连儿子都保护不了。

促使陈君起离开曾家的另一个原因是自己的丈夫，她对丈夫充满了彻底的绝望。 曾科进居然背着她连续与两个丫鬟勾搭，这让陈君起无法原谅。 她不能忍受的是丈夫对她的背叛，这对陈君起是个沉痛的打击。 以后，陈君起致力于妇女解放运动，家庭中的不幸恐怕也是原因之一吧。

陈君起把曾谦喊来，怀里抱着曾丽，眼里充满着母性的爱怜。 她已经不再指望曾科进了，在这样的家庭，他连女儿翔官都保护不了，还能保护得了曾谦和曾丽？ 曾谦一口一个“妈妈”，叫得可甜了，陈君起怎么会舍得把她丢下不管呢？ 陈君起对曾科进这种行为非常愤恨，不仅对家里丫鬟不负责任，也对孩子不负责任。 在情感上，陈君起依然有着母亲的宽容和仁慈。 尽管这两个孩子与自己毫无血缘关系，但那时她依然要承担起抚养她们的责任和压力。 实际上，陈君起自己都不知道是否有能力抚养得了，但是她还是决定了。

她对王氏说：“曾谦与曾丽的妈妈都是你身边的丫鬟，按理说，她们应该生活在这个家里，由你们抚养。 当然，如果你不愿意抚养，我也可以把她们一起带走。”

陈君起转过身来，把曾谦搂在怀里，理了理曾谦额前的长发问，你愿意跟妈妈走吗？ 曾谦使劲地点了点头。 她想跟着这个疼她爱她的妈妈一起生活。 陈君起不会把两个孩子丢在曾家，生活在这个自私腐朽冷酷的大家族中，可以想象的是，这姐妹俩面对的会是一条黑暗之路。

翔官走后不久，一个雪后的清晨，陈君起抱着曾丽，牵着曾鼎乾，带着曾谦，四个人踩着雪地，头也没回一下，深一脚浅一脚地走出了曾家大门。

陈君起在夫子庙旁的张府园附近租了个房子。 房间很简朴，比不上曾家大院的奢华和高大，但是陈君起和三个孩子在这里住，却有着从没有过的温馨和舒坦。 他们不用考虑那繁缛的礼数，孩子们也在这小小的房间里找到了自由和快乐。 陈君起知道，这一逃离，就是与曾家的诀别，就是和丈夫的分道扬镳。她相信，这样的家庭早晚都得分崩离析。

可想而知，陈君起的丈夫曾科进是不会搬离曾家的，这是她完全不用想就知道的。 两人就此分居，尽管他们谁都没有说出离婚的事情，但夫妻这个名分已是徒有其名了。

后来，曾科进因受不了继母王氏的逼迫，最终远赴北京，开了家诊所，做了一名中医医生。 曾科进离开家庭之前，其他兄弟也相继离开了南京。也就是说，曾家大院也就接近解体了。

陈君起第一次逃离家庭是十九岁，这次逃离家庭是三十岁。

第三节　直面生活的惨淡

1919年。张府园。

三个孩子，一个女人，一个租来的房子，还有动荡的社会，这些组成了陈君起将要面对的生活。

姑且不说民国时期的生活多么动乱不安，就是放在当下，一个女人要应付四口人的生活，都是很大的问题，更别说房子和读书了。然而这些重担都压在了陈君起一个瘦弱的富家女子的身上。她拥有的只有一些从务本女校读到的知识和一腔反封建的热情。她早已从缠足、父母包办婚姻的囚笼里走了出来，没有什么封建传统的栅栏可以束缚住她。她已经感受到一个恋爱自由婚姻自主的欢快，一个解放出来的女子，在社会上立足，痛并快乐着。即使生活或者婚姻再多坎坷，但是在人的平等地位上，女子一样可以和男人立足于社会，不依靠男人的婚姻一样可以生存。这让陈君起鼓起了信心，她相信日子会变得越来越透亮。

陈君起白天在学校里做教员，她把曾鼎乾和曾丽放在家里。两个孩子太小，陈君起是没有办法带在身边的。陈君起就耐心地教育曾鼎乾，要照看好妹妹，毕竟曾鼎乾大妹妹曾丽两岁。他们都是孩子，他们究竟如何互相照顾呢？这确实难为了陈君起。但是一个独立坚强的女性，从来是不畏惧苦难的，就像她毅然决然地把曾谦和曾丽从封建思想深锁的曾家大院带出来一样，苦难不怕，怕的就是人没有活出尊严和独立。两个幼小的孩子，在这窘迫的环境里，在他们懵懵懂懂的年纪里，模糊地知道了一点，要听话。曾鼎乾从妈妈的背影里，看到了一个坚毅的形象。好在张府园住地离学校不太远，陈君起在不影响工作的前提下，回家照看下孩子。虽然陈君起很辛苦，但是很充实。

学校校长和男教员都深深佩服和同情陈君起。他们从陈君起的身上，看到她一个原本是大户人家的小姐，舍弃荣华富贵和养尊处优的生活，独自去追求新社会的独立自由精神；看到她对自己孩子和别人家孩子所展现的宽容博大的胸襟，还有面对困难的坚定信心。在那些男教员心底，涌起的是惭愧，他们同时也为陈君起目前的生活隐约担忧。

三个孩子在陈君起的教育下，还算听话。陈君起上课，他们就安心在家，基本上没有给母亲添什么乱。他们从母亲的忙乱中，似乎理解了一点生活的严峻。现在的生活似乎与曾家大院的生活有了不同，少了责骂、冷漠，多了简朴和温暖。一家人在一起其乐融融。

生活还是很窘迫的。陈君起一个人工作挣的薪水，要支撑起三个人的生活开支，确实是捉襟见肘。况且三个孩子都处于生长发育的时期，尤其不能缺乏营养。白天陈君起拼命工作，晚上就会在灯下思考如何挣钱贴补家里。

陈君起和曾科进虽然分开了，但是他还会偶尔来张府园看下妻子和孩子们，十天半月地给陈君起一些零钱补贴家里开支。曾科进知道抚养孩子的不易，但是他爱莫能助。因为他毕竟不敢离开曾家半步，这个看着有新潮思想的男人，却始终龟缩在封建思想的窠臼里。自离开曾家，陈君起就没指望所谓丈夫曾科进给她抚养费，她知道他是一个什么样的人，否则也不会与丫鬟生下两个孩子却撒手不管。事实确实如陈君起所料，曾科进在后来曾鼎乾和曾丽上小学时，就不再给钱了。

他们的生活越发艰难与困苦。

陈君起不甘心，她想方设法去挣钱。为了赚取生活费用，她打听到可以帮人家织毛衣挣钱，钱不多，但是聊胜于无，陈君起还是接过活儿来。陈君起把毛线等带回家来，上半夜备课、批改作业，下半夜或者天不亮就起来织毛衣。这些女红对于一个普通的家庭妇女来说，不是什么难事。但是对于一个自幼就背着书包去私塾念书的陈君起来说，是陌生的，她完全没有学过什么编织。她必须要从头学起，一针一针，一个花式一个花式地学，平扣、反扣、串扣还有各种勾挑等，这些乱七八糟的编织技法常把陈君起搞得晕头转向。但是为了赚取生活的费用，为了几个孩子的生活，她咬牙坚持下去。一件毛衣，别人往往两三个晚上就织完，而陈君起最初需要十天半个月。最让陈君起难为的是，织毛衣还得需要机器，得把线头理出来，然后整齐地绕在转轮上，这样织起来就省事多了。为此，陈君起还特地买了织毛线的纺车，虽然是木的，看上去十分简陋，可是陈君起哪能买得起那些好的机械？她只好靠手工不厌烦琐地编织。就是这样披星戴月地忙，可惜依然是杯水车薪，生活还是入不敷出，所有的积蓄也差不多快要用完了。更加糟糕的是，由于日夜操劳，陈君起透支过度，终于累倒了，甚至到了无法去上课的地步。最后，她只能靠给人家做私课，挣取微薄的薪水。

生活已到了山穷水尽的地步，陈君起第一次感受到人到绝境的艰难。她四处借钱，为了孩子生活，她想尽各种办法，总得把生活维持下去。这是陈君起从务本女校毕业后再次遇到的经济问题。以前有母亲和堂姐的支援，她没感觉到处境的艰难，现在独立门户，一个人养活一家四口，才真正感受到生活的残酷性。陈君起陷入了生活的经济绝境中。

天无绝人之路。远在上海的姐姐陈竹梅，得知妹妹陈君起的消息后，给她带来了巨大的帮助。陈竹梅与陈君起走的不是一条路，姐姐当年就是按照父亲陈巽倩的安排，与上海一个富裕人家的公子结合了。妹妹陈君起婚后有了曾鼎乾，也曾去上海看望过姐姐，互述别后的思念。两姐妹感情很好，父亲陈巽倩在京城的那段岁月里，都是姐妹俩还有母亲一起相互扶持度过的。姐姐陈竹梅在上海给曾鼎乾以及其他几个孩子买了好多零食、玩具，还有衣服。陈君起看得出姐姐家的富裕、阔气，她为姐姐有这样的生活而高兴，可就是不见姐夫的身影。临别时候，姐姐陈竹梅把妹妹喊到一边，告诉她，她丈夫在外面有人了，不回家。现在这婚姻就是半死不活的，离不得也不能在一起。她每天面对的都是寂寞冷清的房子。父亲陈巽倩也是知道的。他也不许陈竹梅离婚，这是大逆不道的事。父亲陈巽倩的意思是，陈家丢不起这个脸。陈竹梅一脸的悲伤。

陈君起很生气，怎么可以这么对待姐姐？她知道，看似富裕的生活，外表的浮华里藏着多少污垢和肮脏。空心的婚姻生活，陈君起情愿不要。她坚定了自己的追求，虽然日子是苦了点，但是人还是自由的，一家人的生活还是温馨的。陈君起不为自己当初的抉择而后悔。相反，她更加有了憧憬明天的无穷动力。

有了姐姐的支持，加上陈君起上课之余四处揽活挣钱，日子勉强继续坚持了下去。

陈君起在困境里更加明晰，自己是这个家的支柱，现在她的肩上，还有这几个孩子的未来。曾鼎乾、曾丽等他们未来的一切，都由自己来规划和支撑。陈君起想，女儿翔官的悲剧绝不能在他们的身上重演。陈君起时常从书桌的台板下拿出翔官的照片，这是她思念女儿的唯一方式。翔官非常乖巧，很小的年纪就知道照顾弟弟曾鼎乾，有爱心。陈君起对着照片，看着照片上翔官整齐的刘海、肉乎乎的小脸蛋，还有秀气的眉毛，特别是那双澄澈的一双眼睛里，藏着对这个世界的好奇和渴望，可是这些都定格在那个寒冷的冬天了。在婆婆王氏一阵粗暴的行为中，女儿被抛弃在院里的雪地上，作为母亲的陈君起，只能眼睁睁地看着这封建礼制的卫道士对女儿的摧残，直到女儿闭上眼睛。婆婆王氏口中不停地乱语着，孩子不能死在曾家，不干不净，这还有人性吗？女儿翔官还没死，就被无情地扔了出去。那时，她为自己没有力量保护好女儿而深感内疚。陈君起恨婆婆王氏，像仇人一般地恨。为什么婆婆王氏总是跟自己过不去，连孩子都不放过？这些往事随着时间的推移，以及外面民主思想的传播，陈君起更加明白了，婆婆王氏是凶手，封建礼制更是吃人的凶手，这些都是害死自己女儿的罪人。要想摆脱这些，就必须埋葬掉这些旧制度旧礼教。

其时，中国近代社会正在发生巨大的裂变。一场场革命性的运动正在萌发，随时钻出泥土，发出惊雷般的声响。

在张府园附近以及陈君起工作的学校，她已经越来越感受到民主春潮的汹涌，大街小巷里，各种传单、标语已经如星星般出现，从没有过的惊人之语，正广泛地传播开来，指向封建的顽疾。集会、游行、演讲也开始星星点点地出现。陈君起走在街上，总会碰上不少河海工程专门学校的学生，和他们接触，一起探讨国家、民族的未来，埋在陈君起心底深处的民主革命之火已经开始萌生。

当然，这一切对陈君起来说还是模糊的，但是她有了清晰的感应。她知道那个冲破一切旧制度、打破一切老封建的时代就要来临。她现在所要做的，就是做好儿女的教育，没有知识，怎么立足于世？陈君起从自身的经历知道，正是因为当初的务本女校教育，才有了今天独立自主的自己，所以她十分注重对孩子的教育。

清贫的生活里，曾鼎乾、曾谦等人上学也是时断时续，因为交不起学费，更多时候几个孩子只能待在家里。纵然是这样，陈君起还是利用自己上课的教材等资料，在家里给孩子们上课，从不让孩子们荒废学业。陈君起教孩子背古诗、学国文、做算术，把务本女校所传授的知识全部传授给孩子们，特别是地理知识，这是她的偏爱。受务本女校一位地理老师的影响，祖国的山河壮丽，幅员辽阔，当时让陈君起热血沸腾。然而，现在国家正在遭受着西方列强的侵犯，各种卖国求荣、割地等现象屡屡发生，让人心痛。陈君起还记得那位上课的地理老师，在讲授祖国河山时，总是热泪盈眶，要求陈君起和其他学生要爱国，守住祖国的一草一木、一山一水。陈君起给孩子们上课，地理这一课是必不可少的。儿子曾鼎乾在地理方面受到母亲的影响尤其深刻，从小就对地理方面的知识感兴趣，诸如长江黄河、三山五岳等，没有曾鼎乾不熟知的。也许正是因为陈君起对曾鼎乾的启蒙教育，以至于后来他对地质感兴趣，成为中国著名的地质学家。陈君起在教孩子们知识的同时，还教他们学唱爱国主义、革命主义歌曲，这些让他们后来都记忆犹新。

陈君起在孩子成长上有着自己的独到认知和见解，她注重对孩子身心健康的培养，注重对孩子人格的塑造。她自己是务本女校师范科毕业，深知教育的精髓。曾鼎乾在学校上学，陈君起就经常到学校和老师沟通情况，结合学校的情况，共同教育曾鼎乾。有一次曾鼎乾在学校淘气，不好好上课，做小动作，和同学好讲话等，这些陈君起都一一记下来。等到儿子曾鼎乾回到家后，就耐心地给他讲解这些错误的严重性，直到孩子认识到根源，及时改正了错误。

陈君起注重对曾鼎乾的言传身教，通过日常生活的点点滴滴来教育孩子。正如刘备所云，“勿以恶小而为之，勿以善小而不为”。她教导孩子从小事做起，从小善做起。她教育孩子要诚实，要正直善良，要有责任心，做事要有头有尾，不能半途而废，学习上要勤奋刻苦，不可心浮气躁，不可蜻蜓点水，更不能没有理想目标。陈君起经常告诉曾鼎乾，一个人有无出息，跟有无志向有关，告诫他要做一个对社会有用的人。陈君起把务本女校所学知识，悉心传授给了曾鼎乾，这些确实在曾鼎乾未来成长的旅途中，起到了决定性的作用。曾鼎乾始终秉承着母亲的谆谆教导，努力做一个正直诚实、对社会有用的人。

在陈君起对曾鼎乾的教育中，尤其难能可贵的是，他们被曾家赶出大院后，陈君起并没有给孩子们灌输对曾家的愤恨和偏执，她依旧保持对家庭的礼节、对孝道的尊重和恪守。虽然他们搬离了曾家大院，但是每到重大节日或者传统节气，陈君起总会带上孩子们回来，看望曾光熙和王氏等人。那时曾科进已经在北京从事中医工作了，孩子们也就看不到自己的父亲。即使父亲缺席，但是陈君起还是给了孩子们一个完整的家庭。据孩子们回忆，每次回来，婆婆王氏总是一脸冰霜，拒人于千里之外的态度，让人不寒而栗。倒是曾鼎乾的爷爷曾光熙，会把孙子曾鼎乾抱在怀里，或者从房间里拿出孩子们爱吃的零食，还会从书堆中抽出书本来，考考孩子们的文化课，然后给孩子们说些鼓励和鞭策的话，这让孩子们内心感受到了属于家庭的丝丝暖意。陈君起难得有如此的胸襟，不愧为近现代女性的代表，对孩子的教育真是用心良苦。她没有让孩子们去憎恨、仇恨，相反，她用爱和宽容包裹着这一切。这也是孩子们长大后拥有优秀品质的最好营养。

在教育曾鼎乾时，陈君起秉承着“父亲般的严肃，母亲般的慈爱”。虽然她只有一个儿子，但陈君起从不娇惯他，不仅功课上要求严格，而且在行为上，不准他说假话，不准到处乱说，不准与调皮捣蛋的孩子在一起干坏事，不准说下流话，不准有不好的习气。这些也为后来曾鼎乾担任党的交通员奠定了基础。

曾鼎乾小时候非常淘气。有一次，曾鼎乾不听话，做了件错事，陈君起打了他，他不服。陈君起气极了，就把曾鼎乾捆在一个大方桌的桌腿上，直到他认错，陈君起才松绳放了他。曾鼎乾觉得很委屈，哭得很厉害，这时，陈君起又把他抱在怀里，对他说：“阿宝，今天我为什么打你呢？我也不愿意打你，但是你太不听话了，做了错事还不认错，能这样吗？我这样做是叫你印象深，脑筋记得住。假使我现在随你的便，你做错了事不管你，你想怎样我就答应怎样，这不是为了你好，而是害了你。”

儿子虽然嘴上认错，但是心里觉得很委屈，就哇哇地大哭起来。陈君起把他抱在怀里，继续对他说：“阿宝，不是妈妈狠心，妈妈想让你知道，人的一生，有好日子也有坏日子。你现在吃饭挑食，将来妈妈不在你身边，谁能保证你天天有好日子过？到时你怎么办？”小小的曾鼎乾听了，似懂非懂。这一席话，曾鼎乾当时还不太理解，长大之后，才理解它的意义。母亲的话语重心长，使他一生难忘。假使母亲当时惯纵他，那他可能这一生都是散漫、放纵不羁的。这段话，在母亲牺牲后曾鼎乾面对生活的磨难时，才有所顿悟。那时面对困苦的生活，正是有了母亲的教导，才使曾鼎乾能够有勇气和信心随遇而安，安然地走下去。

陈君起常常对曾鼎乾说：“你要珍惜时间，好好学习！一寸光阴一寸金，寸金难买寸光阴，要抓紧时间学习啊！”她规定曾鼎乾和曾谦、曾丽要“当日事当日毕”。每天晚上8点以前，必须读书、做作业。那时，曾鼎乾觉得这真是一个苦差事，别的孩子在玩，他玩不成。每日晚饭以后，在一盏煤油灯下，陈君起陪着三个儿女读书、做功课。他家订有一份《申报》，这份报纸，家里再困难，母亲也要订。他们做功课，陈君起看报纸，这是她多年的习惯。如果到了8点他还做不完功课，想拖到第二天再做，陈君起就说：“今天的功课，今天一定要做完，不能拖到明天。明天，老师又会教新的功课。不能对老师欠账，如果你对老师欠账的话，就永远也学不好。凡是老师留的作业，都是当天能做完的。”有时，8点以前他们做完了功课，陈君起就陪他们说说话，讲讲报纸上的新闻。所以曾鼎乾小时候也能知道一些时事，新闻知识面比较广。

不知是陈君起未雨绸缪，还是巧合，陈君起有意识地培养曾鼎乾从小做家务、学会整理内务的习惯，知道家里的东西摆放在什么位置。同时，培养曾鼎乾独立生活的能力，这是陈君起的良苦用心。此刻，陈君起已经开始与进步青年有了联系和接触。她是否预感到，自己将要从事一份危险的工作？也许有一天她遭遇不测，儿子将要独自面对生活。

事实确实如此，在陈君起牺牲时，曾鼎乾才十五岁，孤身一人，过着到处流浪的生活，他能顽强地生活下去，其中无不包含着母亲当年对他的教育和培养。

从陈君起对孩子的教育中，我们还发现，一份载有进步思想的报刊《申报》始终出现在陈君起的视野里，多年来从来没有变过。自己阅读，还叫孩子们关心时事、关心国家大事。恰如顾宪成所说，“风声雨声读书声声声入耳，家事国事天下事事事关心”。彼时，外面的春雷之声已经在暗中孕育了，五四运动、新文化运动等各种运动正风起云涌。

五四运动前夕，陈君起还冒雨和十余名进步青年一起到江苏教育会场，现场聆听杜威、陶行知等教育家的讲座。这次演讲，让陈君起知道了教育界对进步思想的渴望。尤其是五四运动，喊出了陈君起的心声，她加入了南京请愿队伍。

五四运动后，南京、上海等地掀起了声势浩大的罢课运动，南京市民也跟着发起了抵制日货的运动。这些声势浩大的运动里，总有陈君起的身影。她一边和年轻人参加各种进步运动，一边忙着照顾家庭。极度困难的时候，陈君起就把孩子带在身边，然后继续参加革命活动或会议。

真正的勇士敢于直面惨淡的人生。陈君起在困苦不堪的生活面前，始终保持着现代女性的独立自强，用最大的勇气去面对生活、教育孩子，让人看到了一位独立女性的坚韧和自尊。陈君起非常自尊，不到万不得已，不会朝人开口，即使是自己的丈夫曾科进，或者是姐姐陈竹梅，也不轻易向他们求助。在生活贫穷孩子上不了学时，陈君起就让孩子辍学在家，自己亲自教授。然后自己拖着生病的身体，在外面找点零活，艰难度日。经过实践，她觉得织毛巾可行，就用家里最后的一点钱，换取了一辆织毛线的机器。每天晚上，她就坐在机器旁劳作，不到凌晨她是不会休息的。遗憾的是，没过多久，她的身体就拖垮了。

即使生病在床，陈君起也不忘对孩子的教育。她利用在学校教的歌曲，教儿子曾鼎乾学唱《扬子江》的歌曲："长长长，亚洲第一大水扬子江……千里一泄黄海黄，润我祖国，千秋万岁，历史之荣光……"曾鼎乾受母亲的影响，对于长江、黄河等也是知晓的，他还知道鸦片战争的故事呢。

1922年，曾鼎乾初小毕业，考取了当时南京最好的小学——东南大学附小。该小学可谓人才荟萃，学校的管理者，都是当时极著名的教育家。曾鼎乾的班主任胡颜立，就是当时全国知名的教育家。曾鼎乾进入东南大学附小后，陈君起也经常去学校拜访老师，关心曾鼎乾在校的种种表现。由此，陈君起也结识了一些进步教师和东南大学的进步学生，陈君起正朝着革命的道路前行。

第五章
居安里 20 号（上）

第一节　革命梅庵

梅庵。东南大学里熟悉的地址，也是一个革命的地址。从字面上看，这分明是对梅花的坚守和修炼。就像革命者那样，在风雨如晦或者白雪皑皑的季节里，靠近梅花，向梅花学习。陈君起，天生似乎就与梅花有关。这也是后来陈君起在狱中，念念不忘梅花，并用蓝墨水画下一幅梅花图的原因。

梅庵，位于东南大学校园的一角。黄色的巨石上，刻着两个红色的大字："梅庵"。雪后，积雪在巨石的周围，白的雪，红的字，在金色阳光的映射下，显得那样鲜艳，似乎革命者的鲜血，巨石依然铭记。就在这不远处，就是烈士牺牲的地方——九龙桥。

陈君起走上革命道路，这是注定的事情，在她的生命里，似乎始终有一枝梅花在孕育着。

她从最初与陈家决裂，到现在从曾家大院搬出，可以看出陈君起在中国近现代封建思想还阴霾密布的时刻，就已经从懵懂走向觉醒，尤其是在务本女校受到开明的教育，以及在《申报》的长期阅读影响下，她从妇女缠足、上学到追求妇女解放自由独立，从婆婆王氏的封建思想到女儿翔官的不幸夭折，她已经看到了社会的阴暗和当时朝廷的腐败无能。改变自身，改变现状，已经不再是个人的事情，而是全社会全民族的事情。“国家兴亡，匹夫有责。”民主革命的火花在陈君起的心田渐渐燃烧起来了。当五四运动和新文化运动一爆发，她就心灵契合地走上了街头，和河海工程专门学校的学生们一起走进了革命队伍的请愿潮流中。

陈君起从新女性到革命者的历程，还要从曾鼎乾上学说起。

1922 年，曾鼎乾已经考入了东南大学附小高小班读书。东南大学原先不叫东南大学，追其历史，东南大学于 1902 年建校，始于三江师范学堂。1902 年 5 月，两江总督刘坤一上奏《筹办学堂折》。第二年，继任两江总督的张之洞呈《创办三江师范学堂折》。1903 年 9 月，三江师范学堂挂牌开办，次年招生开学。1905 至 1912 年，李瑞清任两江师范学堂监督。1914 年 8 月，在两江师范学堂原址筹建南京高等师范学校，江苏省巡按使（即省长）韩国钧委任原江苏省教育司司长江谦为校长。1920 年，郭秉文在校务会上提出，在南京高等师范的基础上创办一所国立大学议案，与会委员一致赞同。1921 年 7 月 13 日，教育部核准《东南大学组织大纲》，后正式成为东南大学，成为当时国内仅有的两所国立综合性大学之一。

陈君起早就和河海工程专门学校的进步学生有接触。这所学校后来和东南大学工学院合并，就是今天的河海大学。当然，陈君起成为一名真正的革命者，始于东南大学。

因为曾鼎乾在东南大学附小读书，母亲陈君起育儿心切，她倍加重视曾鼎乾的一言一行，就经常去学校拜访老师，关注儿子在学校的一言一行。因为陈君起也是做老师的，所以和其他老师沟通起来非常合拍，由此结识了许多附小的老师。因为便利，也使得陈君起与东南大学的进步学生有了接触的机会。也正是如此，陈君起结识了对她影响一生的，极其关键性的人物——谢远定，还认识了宛希俨、王觉新等中国进步青年。

在中国，青年中的一批先进分子，以救国救民、改造社会为己任，重新考虑中国的前途，探求改造中国社会的新方案。他们写文章、办刊物、成立社团，以及介绍传播国外的各种新思潮。民国时期，社会意识形态思想纷繁复杂，到最后，大浪淘沙，更多的人认识到，只有俄国式的共产党，才可以成为解决中国问题的药方。此时，俄国布尔什维克已经取得革命胜利，苏维埃政权已经建立。共产国际组织也在莫斯科相继成立。

接着，共产主义思潮流入中国，一个规模空前的社会主义思想传播的热潮掀起，全国各地社会主义研究会等各类学术团体雨后春笋般涌现。南京和全国各地一样，青年学生对新文化运动以及男女平等等思想表现出浓厚的兴趣。这期间，河海工程专门学校的张闻天、沈泽民，在南京高师任职的杨贤江，他们对马克思主义产生了浓厚的兴趣，组织成立了一个秘密的马克思主义研究小组。后来，三人分别去了日本和广州，但是传播马克思主义的活动并没有中断。谢远定、宛希俨等人则来到南京求学。在恽代英等人的影响下，1920 年，上海成立了全国第一个社会主义青年团，推动了南京地区社会主义青年团的筹建工作。谢远定等人是南京社会主义青年团最早的团员。谢远定(1899—1928 年)，字伯定，号伯平，枣阳谢家老湾人。他在校读书期间，深受老师恽代英的教诲和影响，经常阅读《新青年》等进步书刊，接受新思想的熏陶。

这一年，“少年中国学会”第二次年会在南京高师举行，恽代英、邓中夏、杨贤江、张闻天等二十三人参加。恽代英到南京高师学生中活动，联络在宁湖北籍学生，策动正式组织新的青年组织——社会主义青年团。经恽代英亲自宣传鼓励，南京社会主义青年团团员到年底已有十多人，有谢远定、吴肃等人。后来这十来人组建了南京早期的团组织，推举四人草拟《南京社会主义青年团简章》。1922年5月5日，以南京高师为主的青年团员二十四人在梅庵召开全体大会，正式通过《南京社会主义青年团简章》，成立南京社会主义青年团，共有团员二十九人，会后到玄武湖开马克思诞辰纪念会。南京的社会主义青年团以“南京马克思主义研究会”名义公开活动，以南京高师为活动阵地，公开举办各种读书会、讨论会、演讲会，宣传马克思主义。

谢远定是1922年加入中国共产党的。1923年10月11日，中共上海地方兼区执行委员会将南京城区五名党员编为第六组，谢远定为组长（浦口党员编为第七组）。在南京党史上，谢远定成为南京城内第一个党小组长。10月21日，南京举行第二次团员大会，谢远定被选为委员长，领导开展学生运动，并发起筹建妇女问题研究会，在南京高等学校的进步学生中发展党员。国共第一次合作后，他根据党的统一战线政策，积极参加国民党南京党部的筹建工作，并在南京高等学校的进步学生中发展了部分党员，为国民党南京党部（后改为南京市党部）的建立做出了贡献。

陈君起对东南大学的那个地址异常熟悉，那个地址就是梅庵。陈君起记得同志们跟她第一次说那个地址时，她的内心涌起过一股暖流，那个地址似乎早已存在她生命里一样，有一种热血沸腾的东西，在推动着她。就是在这里，她和谢远定等许多先进知识分子和革命青年相见、交流，畅谈对社会的认识和看法。只是那时的陈君起不知道，南京社会主义青年团就是在东南大学的梅庵诞生的。如果今天去寻访梅庵，它依旧在，从圆顶大礼堂向西，经体育馆就到梅庵了。典型的民国建筑，外墙上刷着土黄色的漆，与青灰色的装饰石材搭配，显得很和谐。房屋四周，柳树成荫，修竹滴翠，曲径花坛，错落有致，更显出梅庵的幽静。梅庵门前不远处，就是著名的六朝松。除了谢远定等人，在这儿，陈君起还认识了共青团员彭振纲、严绍彭等人。

正是因为认识了一大批先进知识分子和革命青年，陈君起心底的理想被激活了。谢远定将马克思主义学说介绍给了陈君起。此后，陈君起沉浸在马克思主义学说中，如痴如醉，她经常和进步青年一起在北极阁畅谈国内外形势以及个人理想信念。谢远定还经常带一些值得研究的书籍给陈君起。陈君起钻进了新思潮里，她在思想上越来越成熟。在她的脑海里，对妇女解放、女权问题以及妇女地位等都有了清晰的思考和定位，后来又不断接触马克思主义妇女理论和进步刊物《向导》《新青年》，陈君起已经找到了为之奋斗的使命。

陈君起回忆起自己，从最初的反对缠足、反对包办婚姻背叛家庭出走，到务本女校学习先进教育，再到恋爱成婚进入曾家，这一路历程里，女权以及妇女的地位正在发生翻天覆地的变化，妇女可以上街，可以和男人们一样工作，与之前有了明显的不同。一大批有知识、有理想的新女性对独立生活的追求，为妇女解放事业起到了强烈的推动和促进作用。但是，从婆婆王氏那里，陈君起看到了妇女地位似乎没有发生根本性变化。受男尊女卑、三从四德等封建伦理纲常的束缚，中国妇女几千年来遭受封建宗法制度的残酷迫害和摧残。晚清时期，维新派把妇女解放事业作为维新事业的一个重要组成部分，他们以不缠足运动和兴办女学运动作为中国妇女解放运动的切入点，谋求妇女形体和精神上的解放，只是揭开了中国近代妇女解放运动的序幕。妇女斗争仅局限于分散且力量薄弱的一定范围内，妇女始终无法摆脱失败、悲惨的命运。到了民国时期，各种进步刊物出现，妇女解放思想被广泛宣传，其中出现了诸如秋瑾、向警予等革命女性。

接触到革命同志后，陈君起整个人都扑在了革命工作上。她在参加五四运动和新文化运动请愿等活动中多次真切地感受到，妇女解放似乎到了一个重要的节点。新文化运动的倡导者意识到离开女性的解放，人的解放也是不可能的。妇女解放，首先是经济问题的独立，经济问题是妇女问题的根源。李大钊指出："妇女不是从来就受压迫的，而是社会经济发展的结果，是社会分工和私有制的产物"，"经济问题一旦解决……家族制度问题、女子解放问题……都可以解决"，从而揭示了妇女问题的本质。

新文化运动把妇女解放问题作为反封建主义的重要内容之一。《青年》(后改为《新青年》)杂志的创办，是倡导妇女解放的一块最重要的阵地。《新青年》登载了许多有关国内外妇女解放的文章，并开辟专栏，发表文章讨论男女平等、女子教育、参政等问题。这些刊物对陈君起影响尤其大，世界妇女运动和民主主义思想，给她的思想起到了重要的启蒙作用。

20 世纪初，知识女性的出现，是中国女性从传统向近代转化的重要标志。五四运动一开始，觉悟的知识妇女首先崛起，尤其是辛亥革命以来的斗争实践，丰富了中国女性的斗争经验，为妇女解放运动的发展做了实践上的准备。同时，一批杰出革命女性的出现，对感召妇女解放运动也起了不可忽视的作用。其中反传统的知识女性把秋瑾视为革命的楷模，伟大革命先行者孙中山也对其十分崇敬，并予以高度的评价，他说："光复南京之功，浙江死义最烈，秋瑾女士尤为革命之先健者。"

五四运动产生于中国半封建半殖民地社会的特定历史环境中，又发生在新、旧民主主义革命转变的特定历史阶段，它揭开了新民主主义革命的序幕。在这样的社会背景下，一股巨大的思想解放浪潮冲击着妇女的解放运动，马克思主义的妇女理论也深入人心，冲击了她们封闭的思想。

1921 年中国共产党成立之后，中国革命进入一个崭新的阶段，我国妇女解放运动也在党的领导下不断前进。中国共产党的领导在中国妇女解放史上具有重大的意义，也是五四时期妇女解放运动鲜明的时代特点。在早期马克思主义者的思想影响下，一批具有先进思想的女知识分子，后来成为中国妇女解放运动的杰出领导者，而且经过五四运动的洗礼，她们的妇女解放运动思想也更加明确。中国妇女要想获得解放，必须参与到中国民族民主解放运动中去。中国妇女解放运动在中国共产党的领导下，走上了彻底解放的光明之路。

1922 年 7 月，具有重要意义的中国共产党第二次全国代表大会召开，会议的中心内容是确定党在民主革命阶段的纲领（即最低纲领），同时会议也对妇女解放问题给予高度关注。中国共产党第二次全国代表大会通过了中共第一个《关于妇女运动的决议》。决议特别强调："中国共产党认为妇女解放是要伴着劳动解放进行的，只有无产阶级获得了政权，妇女们才能得到真正解放。"

1923 年 6 月，中国共产党第三次全国代表大会召开，会议确定了建立革命统一战线的政策。会议还通过了《关于妇女运动的决议案》，其中写道："一般的妇女运动如女权运动、参政运动、废娼运动……这些口号之外，还应加入'打倒军阀''打倒外国帝国主义'两个国民革命运动的口号，以引导占国民半数的女子参加国民革命运动。"

中国共产党初期几次全国代表大会接连通过的关于妇女运动的决议，表明中国共产党对妇女运动的高度重视，妇女解放已经成为国民革命的组成部分。

陈君起受到这些思想和运动的影响，她对自己一直以来的反抗和挣扎有了回望。她对自己婚姻的破灭和目前生活的悲剧，有了清晰的认知。她原本以为依靠自己个人的独立奋斗，就可以获取生存和自由的空间，就可以获得幸福的个人生活。但是，这是徒劳的。这不是一个人的解放和自由，而是一群人——整个社会的女性队伍。要想真正获得个人的解放与自由，就得实现整个社会的妇女解放。而实现这个目标，根本问题在于社会制度本身。陈君起认识到，不推翻封建主义和帝国主义压迫，全社会的妇女悲惨处境是无法改善的。这就得团结广大力量，发动斗争，参加社会革命，打破旧的牢笼，才能实现整个社会群体的女性解放。

正是怀着这样的认识，陈君起开始从进步报刊、进步运动等方面转为向党组织靠拢。

1923年，在谢远定的介绍下，陈君起加入了社会主义青年团。此时的陈君起，与这些进步的知识分子一样，认同社会主义已经成为不可抗拒的世界潮流。

也就是这一年，中国社会主义青年团第二次全国代表大会在南京高师的梅庵举行，会议决定团员可以个人名义加入国民党。陈君起加入了社会主义青年团，此后一个全新的陈君起走在了中国妇女解放的队伍里。

不久，中国共产党第三次全国代表大会召开，国共实现第一次合作，中国共产党员、青年团员可以个人的身份加入国民党。1924年初，陈君起加入了改组后的国民党。改组后的国民党内部，既有中国社会主义青年团团员，也有中国共产党员，当然也有中国国民党员。同年底，经过革命党人谢远定的介绍，陈君起正式加入了中国共产党。这也是上海嘉定历史上第一个中国共产党员。

作为接近不惑之年的陈君起，这时候做出的选择，绝不是像当初逃离南翔的冲动所致，而是在长期奋斗和追求独立过程中有了清晰的认知，对个人命运和妇女解放产生了较高的觉悟。尤其是当陈君起把目光投向中国旧工厂时，看到了无数女工的悲惨遭遇。她们在恶劣的条件下，进行着艰苦的工作，忍受着监工的摧残以及长时间的剥削，只为换取一点微薄的生活物质。陈君起看到了她们没有尽头的无望命运，内心受到了极大的震撼。

这些场景，更加磨砺了她为女性自由和解放而斗争的坚强意志，也让她拥有了发自内心的革命信仰，她决心成为一个真正为天下妇女谋幸福的革命者，并且为之奋斗一生，至死不悔。

国共合作初期，陈君起以中国国民党的身份开展工作，这也是中国共产党第三次全国代表大会形成的决议。当时的共产党员宛希俨也是第一个参加了中国国民党，这也是孙中山的意愿。在他看来，共产党虽然人数不多，但是充满活力和朝气，这样的党，会给中国革命带来希望。当然，国民党内部也并非铁板一块，有少数人持反对意见。这也为以后的分裂埋下了隐患。

陈君起很敬佩孙中山，尤其是先生坚持“男女平等”的主张。中国国民党的历次党章都有吸收党员不分性别的规定。后来还修改了宣言，在党章内规定设立妇女运动委员会，以调查国内外妇女状况，研究解决妇女问题的办法。中央执行委员会内部设立妇女部，海外设立妇女科，从事妇女工作。孙中山还多次在集会上强调，妇女工作必须与中国革命结合起来。这些都强烈地鼓励着陈君起，她决心为解放妇女而奋斗。

国共合作统一战线实现后，妇女运动战线也一并开始建立，其组织形式是国民党中央党部和地方党部的妇女部。国民党中央妇女部部长曾是宋庆龄，后来由何香凝担任，共产党派高恬波等人为干事。从此，中国妇女有了自己的组织，中国妇女解放同中国革命结合起来。随后，由国民党中央妇女部发起，在广州第一公园召开了中国妇女第一次纪念“三八”节的大会，参会人数几百人。其意义是号召妇女联合起来，共同打倒帝国主义、封建主义，争取自身的解放。这次会议规模不大，却是中国妇女第一次举起了自己的旗帜。

这次会议召开的消息传到南京后，正在筹备南京妇女问题研究会的陈君起感到非常振奋，她加紧步伐，尽快建立起南京自己的妇女组织。

但是随着党组织的发展，南京国民会议促成会筹备委员会的成立，国民党内部开始分化为左派和右派。后来的南京市党部筹备成立，但最终流产。甚至到了后期，出现了两个国民党南京市党部。这让陈君起内心感到不安，她已经预感到有点不妙。

第二节　居安里 20 号

居安里 20 号。 这是一所普普通通的居住地，普通到不是一处正式的安居之所，而是一处别院，旧时官吏建造的正房外的房子。 想必当初这位朱姓官员家建造这样的屋子，是用来给那些丫鬟、保姆以及佣人们住的。 这个别院也是独门独院，显然当时的主人与下人有着森严的等级区别。 别院与主人的房子之间有条过道，也是分界线，不可逾越。 院子与外界三面隔绝，陈设也很简单，只有厨房、餐厅和用来收藏旧物的储藏室，还有一处是用来堆放柴草的。 取水处在院子的隔壁，当然那时与这位主人是共用的，至于取水的时间，是由主人限制的。 房子日常时间都处于关闭状态。

陈君起就在这院子里租住。 院子内有三间正房，中间是堂屋，相当于今天所说的会客厅，西边一间是曾谦、曾鼎乾等人的卧室，东面一间则是陈君起的卧室。

这个地址对于普通人来说，只是平凡的居住场所。 但是到了革命者陈君起这里，就是南京革命的小圣地、小摇篮。 在这里，经常出现中国早期革命党人忙碌奔走的身影，他们在这里谈论革命形势，出谋划策；他们在这里探讨妇女解放、妇女罢工运动情况；他们在这里举行重要会议、学习进步报刊；他们在这里商讨示威游行和宣传活动等等事宜。 白天，居安里是革命召集地，晚上，依旧是革命会议场所。多少新党员的发展、多少新团员的申请，都是在这里研究、决定，革命的队伍在扩大着，蓬勃发展着。 中共南京地委负责人谢远定、宛希俨、王觉新、严绍彭等人，是居安里 20 号的常客。

居安里 20 号这座房子的优势是，西邻北门桥的是人来人往的街道，而连接居安里的一条小巷，则是大纱帽巷，该巷和居安里 20 号一样，隐在深山人不知。 正是这个隐蔽的大纱帽巷 10 号，成为后来革命党人互相联系的另一个秘密据点。 更为有利的是，这里离东南大学非常近，这里居住着许多青年学生和革命的同志。

这也是陈君起要把租地从张府园搬迁到这里的原因之一。

此时的陈君起，已经不再是新国民女性了，而是一个怀着满腔热血、为了追求女性独立自由幸福而奋斗的革命者，她正走在一条崭新的人生道路上。在这条路上，她充满着对获得女性解放的灼热期待，也充满着对社会变革的无限信心。她已经很清晰地看到前方的目标，就是实现全国妇女的解放，推翻封建主义和帝国主义的压迫，才能获得真正的幸福。没有社会的变革，怎会有个人的幸福？一滴水只有到大海里才会有波澜壮阔的可能，否则只会在沙漠里干涸、风化。对于封建主义的压迫，不管是资产阶级的维新派还是后来的中资产阶级，都无法实现妇女彻底的解放，只有无产阶级才能实现广大妇女真正的解放。所以，陈君起已经在革命的道路上加速追赶，她要加入革命的洪流中去，她要成为一名真正为无产阶级妇女解放、实现女性独立自由而奋斗的革命者和战士。

是的，革命者或战士，就要走到战场上来。陈君起的内心终于有了明确的信仰，她清醒地明白自己该做什么了。所以，陈君起毅然从张府园附近的租地搬迁到了靠近东南大学的居安里 20 号。

这是一个革命的地址，也是革命战士的栖身之所，更是燃起革命之火的地方。

这样一来，不仅接送曾鼎乾上下学方便，更主要的是，靠近东南大学的先进知识分子，靠近党内的革命同志，更有利于自己的革命工作。

现在，陈君起想的不再是个人的问题，她个人的问题早就融入了中国女性解放的问题之中。小溪流汇入了江河。她整个身心都扑在革命工作上。正是因为她的成熟、忠诚以及稳重，对革命工作的无比热忱，党组织就把居安里 20 号——陈君起的租地，作为革命同志聚会或联络的地方，作为中共南京地委的联络处和秘密机关。她是革命的人，这个家就是革命的家。陈君起要把一切献给妇女解放事业，献给革命献给党。她不光自己积极加入到革命队伍中，还经常深入东南大学、河海工程专门学校中去，发现进步青年，与他们沟通交流，努力发展到青年团内和党内来，为革命她忘我地工作着。有时候她的家成了最热闹的剧场。堂屋、厨房、餐厅等挤满了革命同志，人数多的时候，会议和谈话地点都搬到了她的卧室。在她看来，没有什么不可以为革命付出的，包括她的儿子曾鼎乾。

为了做好组织保密和安全工作，陈君起加强了对儿子曾鼎乾的教育和培养。每次组织在居安里开会，或者党内同志来这里办事，陈君起首先做好安全保密工作，确保万无一失。陈君起这种高度警惕的精神，得到了组织的肯定和赞扬，组织十分信任她。陈君起经常对儿子曾鼎乾等人进行组织保密工作和爱国主义教育。陈君起讲祖国地理的知识、爱国女侠秋瑾的故事和汉奸卖国贼的故事等，这些故事都深深地影响着曾鼎乾，使他从小就明白了一个人要爱自己的祖国，要敢为自己的祖国强大而奋斗。

陈君起还给他讲述波兰剧作家廖抗夫的剧本《夜未央》里的故事。在军阀混战、国家四分五裂、经济萧条时期，从事革命是充满风险的。有风险就会有死亡。陈君起不怕死，为革命而死是光荣的。陈君起倒是担心孩子们，她必须要从小培养曾鼎乾不怕牺牲的精神。孩子还小，如何给他进行这样的思想教育呢？陈君起就把自己熟读的《夜未央》推荐给儿子曾鼎乾阅读，儿子看不懂的地方，陈君起就讲给儿子听。

陈君起为什么选择《夜未央》给儿子看？这部剧本意义非凡。三幕剧《夜未央》的作者是廖抗夫，它的翻译者是李石曾，这也是李石曾翻译的第一个剧本，写的是俄国虚无党著名的女英雄苏菲亚暗杀沙皇的事。李石曾与廖抗夫两人都觉得这部戏可以激发民众反抗黑暗专制的热情和战斗精神。结合辛亥革命前的历史情境，更能让人理解李石曾为什么要翻译《夜未央》，为什么这个剧受广大青年欢迎，为什么中译本能在法国和广州革新书局同时出版（1908 年 10 月初版，1928 年 5 月第四版）。这个剧本塑造了三个勇敢的革命者，为了光辉而伟大的事业，三个革命者忍着割舍爱情、亲情以及生命之痛。陈君起正是用这样的故事告诉儿子，从事革命工作，要不怕牺牲，甚至包括自己的亲人，不管在什么情况下，都要保守秘密，不能背叛组织。

陈君起不仅自己积极申请加入了中国共产党，还在家里培养小小的革命者。

曾鼎乾按照母亲的吩咐，认真地读着《夜未央》，仔细倾听母亲的讲解，他被书中的英雄人物感动了。他问母亲，革命者为什么要参加刺杀活动？陈君起回答，为了推翻黑暗的沙皇统治。孩子又问，革命者不怕牺牲吗？怕。陈君起道，为了人类解放的光辉事业，个人的牺牲在所不惜。为人类谋幸福，活得才有意义和价值。

陈君起经常对孩子们做保密教育，并和他们约法三章。

据后来曾鼎乾的文字回忆，约在 1924 年初，母亲陈君起同两位女大学生常到北极阁下竹林里的学生宿舍去开会。参加会议的还有一些男学生。母亲和他们开会时，不允许曾鼎乾进去，安排曾鼎乾在林子里玩，说是玩，其实就是观察和放风。以后，根据客观上的需要，陈君起告诉孩子们，她加入了中国共产党。陈君起对曾鼎乾说，以后有些同志要来家里开会，并对曾鼎乾约法三章：

一、家里来往的人，他们的活动，不准对外乱说；

二、他们在屋里开会时，曾鼎乾在堂屋里看书、写字，有生人来了叫一声；

三、同志们有什么事叫曾鼎乾办，比如送信等，曾鼎乾就要认真地送，千万不能丢失，不能给任何人看，送完立刻回来。

她还不断地对曾鼎乾进行组织纪律和保密教育。

曾鼎乾写道，后来，党的活动中心已转移到他家去了。自此，他家成了党的机关——居安里 20 号，这在当时是一个比较偏僻而离学校又近的地点。孙中山逝世前，经常来他家开会的有五六个人，他们是东南大学的谢远定、宛希俨，还有王觉新，都是湖北人；河海工程专门学校的严绍彭（后来叫严希纯），还有一个大胡子，那个人的名字他忘记了。那时，曾鼎乾对他们都称先生。国民党江苏省党部妇女部部长张应春来南京时，也住在居安里 20 号陈君起的家里。

据曾鼎乾回忆，当时，寄到他家的信也很多，他经常给他们送信。送信非常严格，这是母亲教他的。信件一般都藏在书本里，不要拿在手里，不要弄丢也不要让任何人看到，要像保护自己的生命一样保护它。所有信件都必须交到他本人手中。那段时间，曾鼎乾就是标准的邮递员、通讯员。放学回到家，只要有信件，他就忙碌起来。大纱帽巷 10 号、东南大学里边的梅庵、学生宿舍等地，到处都有他的身影。陈君起还给他看从苏联翻译过来的一些宣传革命、保密的书籍。他现在记得最清楚的是剧本《夜未央》。书中主要描写一对革命夫妇刺杀一个亲王的故事。有一天亲王去剧院看戏，这对革命者隐蔽在剧院对过的一座楼房里。他们约定亲王从剧院出来时，女的点燃蜡烛端到窗口作为信号，男的行刺。当亲王从剧院出来时，妻子的思想斗争十分矛盾，这蜡烛是端还是不端？不端，是党性问题；端，炸弹一响丈夫也就……

曾鼎乾明白母亲的用意，教育他要有革命理想。为了革命，个人的一切都是次要的；同时，让他为党做好保密工作和其他力所能及的工作。这本书对曾鼎乾影响很大。在后来他被军阀逮捕时，他勇敢、机智应对，即使深陷黑屋子里，始终没有说出党的机密。这不能不说明陈君起对革命工作的周密安排和远见。

曾鼎乾就像百灵鸟一样，同志们都很喜欢他。曾鼎乾经常帮助他们散发传单、贴标语；得到他们的夸奖，他非常开心。同志们对曾鼎乾也非常爱护，关心他的学习。有段时间，家里困难，曾鼎乾上不起学，就和姐姐妹妹待在家里，靠母亲的书本学习。有时候母亲讲解，忙的时候，都是他们自学。同志们看到了，就过来拿起课本，手把手地教他们认字、做数学题。到了特殊时期，曾鼎乾还得陪着母亲和同志们去工厂或者其他有危险的地方送情报，或者接头。他就是他们最好的掩护。

“五卅”惨案前，来居安里 20 号的都是党内同志。运动之后，少数非党员也来到陈君起的家。已经年方二十岁的曾谦同志，正值广交朋友的年纪，所以陈君起的家人来人往，各色人等都有，这为日后留下了祸根。

第三节　筹建妇女问题研究会

1924 年 5 月中旬的一天，那是一个特殊的日子。仲春的时光，已经使得季节完全褪去冬天的萧瑟，取而代之的是姹紫嫣红的景象。对于女性来说，这是一个更加靓丽、多姿多彩的日子。

那一天，南京北极阁迎来了南京妇女问题研究会的代表们。作为研究会的负责人，一直在为中国妇女问题奔走呼吁的陈君起，早早地就来到了会场，她短发、白上衣、过膝的黑裙，一个干练而又充满庄重的国民打扮，给会议增添了几分严肃和凝重。在她的内心，广大女同胞就应该如这窗外的百花，姹紫嫣红，争奇斗艳，这才是中国妇女应有的生活。然而，在半封建的社会里，她们难得享受这春天的鲜花和灿烂的阳光。

南京妇女问题研究会，是在中共南京地委负责人谢远定的支持下，由陈君起筹建的。经过陈君起半年来的努力，终于在北极阁正式开花。陈君起任该会负责人，谢远定夫人王文萱任宣传委员，会员三十人，研究会的会刊为《妇女旬刊》，陈君起的家成为活动场所。会员来自南京市各行各业的代表，也有家庭妇女。这是南京地区早期中共组织领导建立的第一个公开的妇女团体。应该说，这是陈君起对自己多年来的回答，也是给自己找到了一条光明大道。正是因为这个研究会的成立，印证了陈君起多年对女性解放的清醒认知和现实行动。所谓的革命道路，就是彻底地革妇女旧命运的道路。

陈君起对姐妹们说，中国妇女长期以来遭受压迫，中国妇女的地位不平等、离婚、贞操、社交等妇女问题，今天终于有了奋斗的组织。

今天她们要向广大妇女们灌输自我解放的思想，为争取自由民主而斗争。

这个社会不是男权的社会，女人也应有一席之地。她们也要有教育权、社会生活权，她们也要婚姻自主，拒绝缠足，等等。

陈君起经过多年的思考与实践，认识到妇女问题是社会问题的重要部分，妇女要得到解放，首先要解决社会政治问题。只有社会得到改造，被压迫的妇女们才能获得真正的解放。

代表们非常赞同。陈君起就趁势给大家讲解早期妇女解放运动和社团组织情况。五四运动和新文化运动以来，国内妇女解放、独立自主以及教育等问题的声音此起彼伏，已经成为社会的核心问题，尤其在康有为、梁启超以及后期的胡适、秋瑾等人的影响下，上层知识分子女性、工厂女工、教会学校女生以及国民学校学生都积极加入了妇女解放的洪流中。妇女解放的运动和思想潮流风起云涌。

1922 年，国内女工的工厂罢工次数达到六十多次，人数三四万人，妇女人数随后逐渐攀升。南京，原本死水微澜的城市，也在这个大背景的影响和推动下，有了明显的松动、复苏和觉醒。妇女运动已经成为运动的主力军，妇女运动团体随之不断涌现。

1922 年，以谋求妇女教育、法律、职业等方面平等权利为目的的南京女权运动同盟会宣告成立。

1923 年，以团结中国少女和妇女、推进德智体群四育、服务祖国为主旨的南京基督教女青年会成立。这种以团体的形式来追求女性解放和权利的组织，已经逐渐成熟起来。只有组织才能使得大家团结起来，只有组织才能形成合力，产生重大的社会影响和变革。

陈君起告诉大家，改变命运，进行革命，只有依靠大家的力量，个人的力量是微不足道的，这也是她多年来婚姻不幸的主要原因。

陈君起为南京的妇女解放运动倾注了全部心血。她和研究会的同志一起，调查研究中国妇女受压迫的原因、辛亥革命以来中国妇女运动的情况以及今后妇女运动的方向等，确定妇女运动的着眼点是“促进妇女的彻底觉悟”，达到“非推翻军阀和国际资本帝国主义不可”。在行动中，她积极向妇女群众宣传灌输反帝反封建思想，发动妇女踊跃参加争取自由民主的斗争。她还注重在女教师、女学生中发展党员、团员，努力壮大南京地区的革命力量。

北极阁会议，是陈君起革命生涯中的重要一卷。北极阁，真是冥冥之中有定数。这个楼阁的名字自然让人想到北极星，指引方向的星辰。这是在暗指陈君起的妇女问题研究会吗？是不是暗喻着这个团体就是南京乃至中国广大妇女的北斗星，指引着她们追求自由解放的明天？正是这个妇女问题研究会，在党的领导下，风风火火地开展革命工作，把南京原本是没有唤醒的妇女解放与自由追求的处女地，犁出了一道春天的涟漪。而北极阁会议，或者说妇女问题研究会，正是这个团体，成为了陈君起踏上革命征途、投身革命的重要转折点。

研究会成立后，这个居安里20号，不再单纯是陈君起为了靠近革命同志、吸收先进革命思想的场所，同时也是为革命者提供交流和学习的地方，此时已经理所当然地成为了研究会的会址。每到开会，陈君起都是一面坐在门槛上听会，一面随时观察路上行人以及异常动静，为其他同志提供安全保证。有时候，会议内容重要，陈君起又是重要骨干成员，所以看门望风的工作陈君起就无法承担。这时陈君起就动员起儿子曾鼎乾，把这重要的任务交给了他。

曾鼎乾先生后来回忆说，母亲自从加入了中国共产党，他们家就成了南京党组织的一个活动中心和秘密机关，恽代英、萧楚女、林育南等人到南京时就来他们家开会。母亲开始向他讲述党内的纪律，明确告诉他这个“家”的任务，要他看好“家”。地委在他家开会时，母亲就叫他在外屋一面玩，一面放哨。再后来，母亲就让他给他们送信、送通知，跟他们出去“玩”。

为了培养儿子曾鼎乾对党的忠诚，陈君起带回来一本苏联小说给他看，小说讲述了革命党人舍身炸死镇压革命的刽子手的故事。看完小说后，曾鼎乾的眼睛模糊了，他懂得了母亲的良苦用心。

有了组织和团体，有了信仰和前进的方向，陈君起愈发积极地投入到革命工作中。遵照党的指示，陈君起参加各种反帝反封建的活动，如游行、演讲、募捐以及救济罢工的女工、帮助遭辞退的学生等等，陈君起把整个人完全献给了妇女解放事业，她在各种运动和活动中接受锻炼、实践，用直接的斗争经验思考中国妇女的命运，也通过运动，对中国妇女阶层有了更深入的思考。

作为南京妇女问题研究会的负责人，陈君起开始从理论上分析妇女问题的症状，因为陈君起本身就是个案例。她自我寻求解放的经历，从教育到婚姻以及最后与两个家庭的决裂，已经证明这条个人之路是行不通的，根本无法彻底实现自身的解放和改变自身的命运。后来一段时间，在妇女各个阶层，产生好多思想上的倾向，如“教育派”“职业派”“解放派”“参政派”，顾名思义，这些派别实则就是她们各自的心理需求，有的主张解放女子的教育，有的主张解放女子的职业问题，有的主张解放女子的婚姻和恋爱自由限制，还有的要求女子要和男子一样，参政议政，登上政治舞台。这些关于妇女问题的观点和思潮流派，都存在着这样的问题，即脱离了中国的政治环境，脱离了广大妇女的根本利益和要求，那些问题只是部分人的需求，很明显存在局限性。

陈君起经常和谢远定等人在一起研究中国妇女的群体情况，找出中国妇女受压迫的根源、妇女解放的出路以及今后妇女运动的方向。陈君起深知，妇女革命只靠知识分子是势单力薄的，难以形成全面开花的局面，必须要把工农妇女鼓动起来，一起加入到运动和革命队伍中来。陈君起已经触摸到了妇女问题的症结，就是要走联合妇女之路，并且把“联合”这一思想作为开展妇女解放工作的指导思想。

1925 年，中国共产党第四次全国代表大会在上海召开，会议通过了《对于妇女运动之决议案》。这一决议案给了陈君起清晰的工作指导思想和方向。内容指出，中国妇女是民族革命运动和解放的重要力量，以工农妇女为骨干，逐步抬高她们的地位，进一步明确了工农劳动妇女在运动中的主体地位。

这给了陈君起强大的信心和自信，作为研究会的负责人，更加坚定自己奋斗的目标和方向。她感到这一决议，像一盏茫茫黑夜里的明灯，指引和照彻着她前行的路。内容里还有关于中国妇女阶层的划分，如贵族妇女、教会妇女、小资产阶级妇女和劳动妇女，她们在运动中表现不一样的。陈君起从运动中得知，只有工厂里走出的无产阶级妇女，才是最彻底最有团结力量的群体。

按照党的指示和决议精神，陈君起开始对女学生、家庭妇女和女工展开宣传和教育，教育她们敢于解放思想，从封建旧制里走出来，唤醒她们自我觉醒的意识，敢于寻找和追求自己的自由。对觉悟高的女性，陈君起希望她们能走到组织里来。

为此，陈君起经常走进东南大学、河海工程专门学校等学校，向她们发送传单，把民主进步的思想送到她们的跟前，或者就在校园的一角，对着来往的女学生，用扩音器在露天地举行演讲。为了唤醒她们内心对新思潮的理解和赞同，陈君起遇上一个女生就向她宣讲。南京城的几所大学，早已留下了陈君起为革命奔波劳碌的身影。

革命工作不是一蹴而就的，陈君起深知其中艰难曲折的过程。改变一个人的传统思想，不是立竿见影的。就拿剪去长发来说，南京校园里，长发短发也是混搭，可是只要拉一个剪短发的问一下，就会发现凡是剪短发的，几乎都是外省人。本土的女孩剪短发的，几乎没有几个。这是由于石头城在封建思想下的冥顽不化，还是对新思潮的不理解？或者是对自身解放缺乏强烈的需求？陈君起认为，应该是由于长期的束缚所造成的自我精神的麻木，失去了自我觉醒的动力。这时候，尤其需要外部力量给她们打开一个天窗。

这更激起了陈君起的斗志。她必须要在南京，这个六朝古都打开缺口，打开唤醒精神和思想的缺口；否则，麻木和沉醉就会一直延续下去。她自身的情形、婚姻的失败以及婆婆的顽固，这些都是封建旧思想的毒瘤。她明白，只要再向前迈一步，也许这些学生就会从那已经沉醉的黑屋子里走出来。

陈君起决定以妇女问题研究会的名义，在大学校园发动组建一个爱群社，用文艺的方式，把女性解放的先进思想传播开来。同时，根据党组织的指示精神，积极吸收学生群体，不断壮大党团组织。

对大学校园里的知识女性进行革命工作宣传，存在着难度，旧有的知识已经固化了她们的思想。对教会中的女学生进行女性解放教育，更具有难度。她们长期在宗教思想的影响下，哪怕一点点新鲜的思想都难以接受。这也是宗教女校的特点，她们的课程基本上是以宣讲西方的宗教主旨为主，其余才是教她们科学文化知识。即使有少数女生得到陈君起的点化，最终又会在教会学校的劝说和逼迫下回去了。当然，也有勇敢者走出教会学校，结果是开除。陈君起经常为这些失学的女生奔波，帮助她们重新上学。

陈君起在《九月份工作报告》中写道："各校都忙着开学，基督教的汇文学校有一部分学生因为暑假参加爱国运动被开除了。我听到了这个消息，去慰问了两次。她们受到了这样的刺激，觉悟了不少，现在转学一女师有十八人之多。"陈君起在活动中接触到一个叫徐锦心的女生，她和这个女生交流过多次，发现其思想很清晰，后来就把她介绍到她们队伍中来。

陈君起夜以继日地为革命奔波，每当夜深人静，她不顾安危，到大街小巷张贴标语，散发传单，经常很晚才返回住处。经常是这样，孩子们在家睡觉，天还没亮，陈君起就外出革命工作了；等到晚上回来，孩子们早就入睡了。陈君起只能依偎在孩子们的身边，抚摸着孩子们熟睡的脸庞。曾丽最小，她在睡梦中喊道"妈妈、妈妈"，陈君起听到十分难过，又深感愧疚。

为了党的工作，陈君起带领着三十多位会员，经常忙得吃不上饭，饿了就买两个烧饼充饥。由于她和同志们的艰苦工作，妇女问题研究会很快成为当时中共南京市地委领导下的最有战斗力的团体之一。在她们锲而不舍的革命宣讲中，革命的火苗逐渐在妇女群体中燃起，一批女教师和女学生陆陆续续走到革命的队伍中来，她们或加入了中国社会主义青年团，或加入了中国共产党，女性在社会上的声音越来越响亮，队伍也越来越壮大。

正在陈君起一心扑在妇女革命工作上时，国内形势突然风云变幻。

1924年，冯玉祥在北京发动政变，推翻了军阀曹锟政府，同时邀请革命先行者孙中山共商和平一统大业。从袁世凯篡夺革命政权到曹锟政府，军阀政府是注定成不了气候的。这也是孙中山在中山舰事件后颓废与失望的原因。用一个军阀代替另一个军阀统治，革命是没有出路的。这时，冯玉祥邀请孙中山出来主持工作。孙中山提出召开国民会议，结束军阀统治，尤其是废除那些不平等的条约。这与中国共产党的想法是不谋而合的。

要想真正让国家走上正常的道路，最终的力量，不是靠军阀，也不是个别英雄，而是国民主体。中国共产党发表的第四次对时局的主张中提到，挽救目前危机的方法就是，接受中国共产党和国民党在北京政变时提出的主张，团结人民，召开国民议会。中国共产党专门向国民会议提出“妇女在政治上、法律上、经济上和社会地位上，均应该享有与男子同等地位的权利”等最低要求在内的十三项主张，中国共产党和国民党都认识到妇女解放对革命的重要性。这也给了陈君起更加强烈的定心针。她从妇女问题研究会的团体组织开展工作，掀起了全体妇女的革命思潮。

中国共产党积极响应孙中山等人召开会议的主张，为筹备召开国民会议而努力。按照党组织的指示，要求南京的中国社会主义青年团和中国共产党响应两党号召，以国共合作的方式全部加入中国国民党，支持孙中山提出的主张。这时，陈君起立即把工作目标转向为召开国民会议而努力。

1925年1月，她在东南大学出席了南京学生联合会、青年学会、社会科学研究会等十三个团体召开的联席会议，为全体国民会议奔走呼号。同月，团南京地委改组，陈君起任妇女委员兼第三支部（鼓楼支部）书记。后来，团南京地委两次改组，陈君起均任妇女委员；第三次改组，陈君起任妇女委员会书记。

1925年3月1日，国民会议促成会全国代表大会在北京召开，会议通过了国民会议的方针和组织大纲选出执行委员会。这次会议突出的是，内政委员会专设了妇女问题小组，成员有邓颖超等十一名妇女代表。她们向大会提交了妇女问题列为大会报告的申请，后得到大会研究同意。这是第一次将妇女问题提到了全国性的人民代表的集会上进行讨论，表明妇女问题已经纳入国民革命的议事日程。

此时的陈君起再次感到了妇女问题的严峻性和紧迫性，这已经不是南京地区妇女解放等问题，已经成为全国性的核心问题。陈君起在谢远定的介绍下，已于1924年加入了中国共产党，她深感肩上的责任重大。

陈君起身上的重担一件接着一件，从南京妇女问题研究会到南京团地委的妇女委员，还有共产党员的身份，让她更加不知疲倦地为革命奔走。她的家，完全成为党组织的会议室、接头点，党支部的工作完全是在陈君起家里展开研究讨论，形成各种方案和决议。陈君起因为熟悉和了解的原因，也积极参加南京和浦口的两个支部的工作，她对工人运动，特别是无产阶级工人运动，抱有很大的积极性。她的革命范围已经不再是妇女工作，已经面向全社会的运动内容，从校园走向社会的各个层面，她所面对的已经是整个社会政治生活。

北极阁，在黑夜里闪烁着夺目的亮光，照彻着陈君起坚定的革命道路。而在黎明到来之前，各种风暴正在路上酝酿，等待着陈君起的赴约！

第四节　声援“五卅”惨案

1925年1月，中国共产党第四次全国代表大会以后，党加强了对工农群众运动的领导。陈君起等革命同志在社会各个阶层发动宣传，走上街头，深入校园，深入工厂，通过报纸、油印小册子，把进步思想和民主革命送到他们的面前。全国范围内的革命群众运动，特别是工人阶级反帝斗争得到了蓬勃的发展，这座叫人民的火山，正形成爆发之势，即将喷涌而出。

爆发的导火索是上海一家日资纱厂引起的。1925 年 2 月起，上海二十二家日商纱厂近四万名工人，为反对日本资本家打人和无理开除工人，要求增加工资而爆发了数次罢工，日本资本家不顾工人的利益和死活，以存纱不敷为借口，故意关闭工厂，停发工人工资。江苏工人顾正红带领群众冲进厂内，与资本家理论，要求复工和开工资。日本资本家非但不允许，日本厂长率领打手向工人开枪，打死工人顾正红，打伤多人，激起了上海工人、学生和市民的强烈愤慨。

第二天，中共中央发出第 32 号通告，紧急要求各地党组织号召工会等社会团体一致援助上海工人的罢工斗争。19 日，中共中央又发出第 33 号通告，决定在全国范围发动一场反日大运动。28 日，中共中央召开紧急会议，决定以反对帝国主义屠杀中国工人为中心口号，举行反对帝国主义的游行示威。

5 月 30 日上午，上海工人、学生两千多人，分组在公共租界各马路散发反帝传单，进行讲演，揭露帝国主义枪杀顾正红、抓捕学生的罪行，反对“四提案”。租界当局大肆拘捕爱国学生。当天下午，仅南京路的老闸捕房就拘捕了一百多人。万余名愤怒的群众聚集在老闸捕房门口，高呼“上海是中国人的上海！”“打倒帝国主义！”“收回外国租界！”等口号，要求立即释放被捕学生。英国捕头爱伏生竟调集通班巡捕，公然开枪屠杀手无寸铁的群众，打死十三人，重伤数十人，逮捕一百五十余人。其中捕去学生四十余人，射杀学生四名，击伤学生六名，路人受伤者十七名，死了三名。6 月 1 日，复枪毙三人，伤十八人。南京路上一片腥风血雨，造成震惊世界的“五卅”惨案。

帝国主义的屠杀，点燃了中国人民郁积已久的对帝国主义侵略的仇恨怒火。当天深夜，中共中央再次召开紧急会议，决定由瞿秋白、蔡和森、李立三、刘少奇和刘华等组成行动委员会，组织全上海民众罢工、罢市、罢课，抗议帝国主义屠杀中国人民。

从6月1日起，上海全市开始了声势浩大的反对帝国主义的总罢工、总罢课、总罢市。6月1日到6月10日，相继有二十余万工人罢工，五万多学生罢课，公共租界的商人全体罢市，连租界雇用的中国巡捕也响应号召宣布罢岗。为了加强斗争的力量，1925年6月1日，上海总工会成立，李立三任委员长。这标志着上海工人运动从分散的状态开始转向集中的有组织的行动。6月4日，上海总工会与全国学联、上海学联、各马路商界总联合会共同组成的上海工商学联合会宣告成立，上海各界民众结成了反帝联合战线。

为了打破帝国主义的舆论封锁，推动反帝爱国运动，中共中央于1925年6月4日创办了《热血日报》，由瞿秋白任主编。《热血日报》及时向广大群众传达党指导运动的方针、政策，揭露帝国主义的罪行。6月5日，中共中央发表《中国共产党为反抗帝国主义野蛮残暴的大屠杀告全国民众书》，指出“全上海和全中国的反抗运动之目标，决不止于惩凶、赔偿、道歉等”“应认定废除一切不平等条约，推翻帝国主义在中国的一切特权为其主要目的”。在中国共产党的领导和推动下，“五卅”惨案的狂飙迅速席卷全国，从工人发展到学生、商人、市民、农民等社会各阶层，并从上海发展到全国各地，遍及全国二十五个省区（当时全国为二十九个省区），约七百个县，各地约有一千七百万人直接参加了运动。全国各地到处响起“打倒帝国主义”“废除不平等条约”“撤退外国驻华的海陆空军”“为死难同胞报仇”的怒吼声，形成了全国规模的反帝怒潮。

“五卅”惨案的第二天，即31日消息传到南京后，陈君起参加了中共南京支部召开的紧急会议。会议上，陈君起满腔愤慨，这帝国主义的屠刀，怎么可以在我们自己的国土上对着手无寸铁的学生大胆妄为，屠杀中国人？陈君起呼吁一定要发动群众，一起来声援上海工人运动。当天，南京学生联合会也紧急召开会议，派出代表赶赴上海慰问受难者家属，急电政府以紧急交涉等方式，开展人民救国运动，并随后议定了征求各团体组织永久救援会等行动方案。

最先行动的理所当然是聚集着无数进步青年和革命同志的东南大学等几所学校，最先发动了对上海“五卅”惨案的声援。他们是沉睡的南京最耀眼的一缕曙光，一声春天的哨音。6月1日下午，在共青团的带领下，罢课先从东南大学附属中学开始，接着东南大学全校罢课，并组成了声援上海组织。再接着，全城各大中学校举行罢课，组成声援团。

与此同时，共青团南京地委接到上级指示，陈君起和同志们立即着手组织开展青年群众游行、罢课、罢工等，抗议帝国主义的暴行。深夜，陈君起和同志们一起，根据党中央指示精神，发动英商和记洋行工人罢工，制定了“三日游行在城南，四日游行在下关和城北”的游行路线。陈君起等人连夜撰写文稿、印刷传单、拟制宣传口号。

这些天里，陈君起没日没夜地张罗着，她已经感觉到南京已经像要爆发的火山，她掩饰不住内心的激动，完全忘我地扑在革命工作上。

陈君起把“五卅”惨案的经过简单说了，曾鼎乾义愤填膺，举起两只拳头喊道，怎么可以这样欺负咱们的同胞？他也要参加游行、斗争，支持那些受苦受难的上海工人。曾鼎乾说，他可以散发传单的。陈君起看着懂事的儿子，告诉他，国家兴亡，匹夫有责！没有国家的强大，就没有个人的幸福。曾鼎乾使劲地点了点头。陈君起一把将曾鼎乾搂在怀里，内疚地点点头，她已经好多天没有关心儿子了。

革命的洪流瞬间涌入了南京的大街小巷。南京各界群众三万多人，在宛希俨、曹壮父的带领下，浩浩荡荡地涌上下关和城北街头，到鼓楼日本领事署示威，到下关英国领事署抗议，接着再到英商和记洋行、码头示威。在这股革命的洪流里，陈君起走在革命队伍的前头，手拿着传单，大声呼喊“打倒帝国主义”“收回租界”“严惩‘五卅’惨案凶手”等口号，并把传单分发到普通市民手中。陈君起把曾鼎乾带在身边，一起上街参加游行，发放传单。曾鼎乾在耳濡目染以及母亲陈君起的教育影响下，他早已知道母亲所从事的革命事业是神圣的，也是崇高的，他要和母亲站在一起。他手里也拿着昨夜母亲拿回家的革命传单，一张张把它们传到各个学生和团体之中，甚至过路的行人他也不放过，利用身材矮小，他见缝插针，灵活地传递着。传单发完，曾鼎乾就走到游行队伍的前头，站在母亲身边，用稚嫩的声音呼喊着“打倒帝国主义”“严惩‘五卅’惨案凶手”……几十年后，散发传单的事情一直烙印在曾鼎乾的脑海中。

为了给帝国主义沉重打击，陈君起和儿子随着游行示威队伍来到了英商和记洋行。不料资本家早有应对，不给工人下班的时间，全部堵在工厂内。游行队伍守在英商和记洋行门口，待工人下班时向他们讲述“五卅”惨案真相，高呼“不要替仇人做工”“为上海被杀同胞报仇”等口号。直到下午下班，工人才从厂里走出来，游行示威队伍在宛希俨等人的组织领导下，在陈君起等人的宣传演讲下，得到了英商和记洋行工人的热烈响应。

英商和记洋行，位于南京市鼓楼区下关宝塔桥，由英国商人韦斯特兄弟 1913 年在南京兴建的，定名为南京英商和记有限公司，俗称和记洋行。1922 年，该行已发展为一个大厂，能生产冰蛋、蛋粉，屠宰猪、牛、鸡、鸭、鹅，加工制罐，还能生产油类、皮革、猪鬃、羽毛等系列制品。当时，和记洋行是南京规模较大、工人较多（最多时为四五千人）的几个大型工厂之一。

20 世纪初的和记洋行，雇佣工人有长年工和临时工之分。长年工的数量很少，负责电气、锅炉、机器房、修理间的技工和职员一般是长年工，月工资只有十多元至二十元左右。但英国资本家还要扣发他们薪金的 10%，美其名曰“储蓄保证金”。这种储蓄金平时不能支取，一直要到被裁减或辞职的时候才能提取，实际上到最后还是装入资本家的口袋。在蛋品和禽畜的旺季，英商就大批招用临时工，最多时可达上万人，占工人总数的 90%左右。其中女工、童工占多数。他们每天的工作时间长达十小时以上，可工资极低，遭遇比长年工更悲惨；男临时工的月工资只有七元左右（折合一百三十多斤米钱），除了自己的伙食费和住宿费外，所剩无几，童工和女工的工资就更低了，只能维持自己的生活。临时工除了受资本家的剥削外，还要受工头的剥削。到生产旺季，大工头向工厂承包任务，再包给小工头，小工头再招临时工并随时有被资本家解雇的危险。工人不仅在经济上受剥削，而且没有人身自由，资本家可以随便拘押、吊打工人，出厂门要被搜身，稍不顺工头的意，就被挂牌示众，有的甚至被活活打死。

和记洋行是南京开埠后外国资本家在下关开办的第一家工厂，是当时南京乃至全国最大、最具现代化的食品加工厂，也是一处具有殖民买办性质的工业企业，更是南京工人阶级反帝反封建反剥削反压迫斗争的前沿。

“五卅”惨案后，中共南京支部和团地委为发动和记洋行工人参加反帝爱国斗争，在共产党员宛希俨、曹壮父等人的领导下，和记洋行成立了罢工委员会和各界救济罢工委员会。会上讨论了向资本家提出关于抚恤“五卅”伤亡，惩办凶手以及增加工资、限制工作时间等七项具体要求：（1）厂主应电请上海英国领事，抚恤“五卅”伤亡者及惩办凶手；（2）工资应以十二元为最低限度，以大洋计；（3）罢工期间，工资照发；（4）裁退工人应发三个月薪金；（5）不准雇佣十岁以下的童工；（6）童工每日工作不得过六小时；（7）女工每日工作不得过八小时，工资应与普通工人相等。临时罢工委员会当日下午又将复工条件改为十二条，并决定6月6日举行示威游行。

6月5日，罢工委员会在和记洋行厂门口贴出布告，宣布全厂总罢工。

6月6日，全厂五千多工人编成十个大队举行游行示威，广大市民纷纷从大街小巷涌出来，汇集在马路两旁，对工人的行动给以有力声援。在南京学界沪案后援委员会组织的学生自行车队的引导和护卫下，愤怒的工人队伍首先来到萨家湾英国大使馆，高呼“打倒帝国主义！”“为死难同胞报仇！”的口号；下午，游行队伍到达城南夫子庙。在举行的大会上，和记洋行女工吴兰英和老工人江有荣代表和记工友，对残暴的英商老板及所雇封建把头进行了血泪控诉。学生代表发表了慷慨激昂的演说。现场群情激愤，口号声、鞭炮声、锣鼓声响成一片。

6月10日，和记洋行的罢工委员会召开工人代表会议，会上提出并议决关于组织工会、废除包工制、合理发放工资、职工劳保福利保障等十三条要求，作为向厂主谈判复工的条件，并派出谈判代表。英商不但不接受工人的谈判条件，还用武力相威胁，让停泊在和记洋行码头的英军舰上的水兵进驻工厂，以此威吓工人。但工人并没有被吓倒，仍然继续坚持罢工，并声明，如英商不接受谈判条件，就绝不复工。

在陈君起的组织和带领下，和记洋行的女工也积极行动起来，参与到维护自身权益的斗争中。和记洋行有女工一千四百多人。她们工作环境恶劣，待遇极其微薄。女工高呼“饿死也不给仇人做工”。她们要求改善女工的待遇要求，“女工工作每日不得超过八小时”。

为使和记洋行工人的罢工斗争能坚持下去，南京党、团组织开展了广泛的募捐活动，以捐款形式救济工人。学界方面，演讲团、募捐团有五百余组，公馆商店茶寮酒肆，都有学生之足迹。许多学校还举行游艺会，义演募捐。6月13日，南京学界上海惨案后援会成立救济罢工工人委员会，陈君起协助宛希俨等人，专门负责给罢工工人分发救济款项。她工作极其认真细腻，忙得废寝忘食。陈君起作为妇女问题研究会的负责人，尤其对妇女、女学生悉心关怀。一些女中学生在遇到上学困难时，陈君起就积极想办法，联系学校，帮助她们转入其他学校继续就读。在南京各界的支援下，和记洋行工人罢工斗争得以坚持下去。

6月26日，在中国共产党南京支部和共青团南京地委的帮助下，和记工会召开了成立大会。在工会组织引导下，工人展开了更加深入的斗争。和记洋行工人的罢工斗争，使英国资本家损失惨重。码头、货栈、库房的货物堆积如山，肉蛋腐烂变质；成千上万的活鸡、活鸭、活猪无人喂养，死亡无数。由于无人发电，冷库化冻，上万吨肉蛋霉坏变质。资本家惊呼“本行所办的鲜货，十成坏了八成，损失大洋一百多万”。

南京党、团组织和罢工委员会研究了斗争形势，考虑到长期罢工，救济困难，将会影响工人情绪。在南京警备总司令部、南京商会、下关商会的调停下，洋行买办罗步洲和买办马嘉德只得被迫接受了绝大部分复工要求，并由和记洋行正式签章发文，送交下关商埠会保存。罢工斗争坚持了四十二天并取得了胜利。

南京和记洋行工人大罢工，是江苏工人直接反对帝国主义资本家剥削压迫的斗争。这次罢工坚持了四十二天，其规模之大、时间之长都是空前的。这次罢工也是中国大革命风暴的一部分。中国工人运动早期领袖邓中夏对这次罢工作了高度评价：和记洋行罢工是“南京反对帝国主义运动最壮烈的一举，给予各地影响不小”。刘少奇在第三次全国劳动大会上所作的报告说：“南京方面，在‘五卅’后，也有极热烈的运动，英国和记公司工人罢工而得胜利复工。”

在这场运动中，陈君起除了参与游行、宣传等工作，还负责后勤保障工作，尤其是工人的后勤工作，许多工人在多天的罢工中，面临着生活的困难。陈君起就带头发动募捐援助工作，她负责筹备印刷募捐箱，管理募捐账务，发放给女工生活救济金等。由于陈君起的认真负责细致，使得这次罢工的工人和家庭没有因为罢工饿肚子。

工人复工后，南京“五卅”惨案援助会在宛希俨等人的提议下，把结余下的募捐款，用于购置土地，在下关办了一所工人学校。学校以工人为主，生源有五六十人。后来该校改为工人子弟学校，白天工人子弟上课，晚上工人上课或从事革命活动。学生一般在十岁左右，最大的有二十岁。免费学习，课本均由学校供给。教学内容除了一般的文化知识课程外，还宣传反对帝国主义、封建主义思想，教授阶级斗争和劳动团结等革命道理。根据党组织安排，陈君起也在这所学校中担任教务。陈君起白天负责给他们上课，晚上还针对工友进行个别谈话，进行政治启蒙教育，促进他们在政治觉悟上的提高，着重参加各种政治斗争。虽然路途遥远，陈君起一直坚持给他们上课，直到学校因当局干预终止，陈君起才结束这里的课务。

此时的南京，军阀孙传芳在段祺瑞的任命下，为江苏督办，他亲自为五省联军总司令，南京又在孙传芳的统治之下。

第六章 居安里20号（下）

第一节 志同且道合

“五卅”惨案渐渐止息。大海的波涛澎湃之后，趋向宁静，但是在陈君起的内心，却久久翻腾不止。陈君起在历经“五卅”惨案以及和记洋行罢工后，虽是柔弱之躯，却也似钢铁铸造。在这些革命运动中，她从印发传单、街头演讲到深入大中学校发展进步学生，为革命奔走。在这个过程里，陈君起看到了蕴藏在人民群众中的火焰，还有一群胸怀救国救民理想的革命者。

她以前只是从纸上读到让她仰望的名字，如恽代英、萧楚女、秋瑾、向警予等等，甚至就是读着他们主办的进步刊物，一步步走到今天的。红色的思想隔着油墨的芬芳，影响着陈君起，使她从封建主义和帝国主义中站出来，以一个近现代知识女性的形象，成长为女革命者。而如今，在这“五卅”惨案前后，陈君起竟然荣幸地和这些久仰的名字近距离地挨在一起，和他们一起活跃在这六朝古都南京，她看到了他们为国民革命和解放而秉持的如铁如钢的必胜信念和意志，看到革命者呕心沥血的工作、完全忘我的战斗以及无畏的革命精神。

恽代英、萧楚女等同志的到来，使南京一时间变得如此温暖，陈君起的心被春天的暖意塞得满满的。特别让她激动的是，他们都来到了居安里 20 号，并且在这里相逢，一起讨论和研究革命工作，分析当前运动形势，他们还深入到群众中去，深入到大中学校去，做演讲，做报告，与革命群众交流心得，推荐进步报刊，大力宣传革命思想。

曾鼎乾在回忆录中这样写道：“1925 年‘五卅’运动爆发了，消息传来，母亲义愤填膺。有一天她对我说，英国人在上海杀了我们中国人。这时，母亲就经常参加会议，上海也常有人来。萧楚女、恽代英都来过我家。我清楚地记得，萧楚女高高的个子，脸上有出过天花的痕迹；恽代英个子不高，长得比较清秀。这时，党的活动，已由东南大学、河海工程学校发展到了金陵大学、农学院。”

与萧楚女、恽代英等同志虽然很少谋面，但是他们在陈君起的内心是异常熟悉的。

恽代英，原籍江苏省武进县，生于武昌。武昌中华大学文学系毕业。五四运动时，他就深入湖北黄冈农村，宣传发动农民，还是学生运动的领导者之一。1915 年参加新文化运动，在《东方杂志》《新青年》上撰文，提倡科学与民主，批判封建文化。1919 至 1921 年，他在湖北创办利群书社和共存社，团结进步青年。中国共产党成立后，随即加入共产党。1923 年被选为中国共产主义青年团中央执行委员，任宣传部长兼《中国青年》主编，以其雄辩的才能、生动的文章、热忱的激情，教育了广大革命青年。第一次国共合作建立后，他和毛泽东、邓中夏、向警予等参加了国民党上海执行部的领导工作。

萧楚女，原名树烈，又名萧秋，学名楚汝，乳名朝富，出生于湖北省汉阳县鹦鹉洲。曾与恽代英一起主编《中国青年》，在广州协助毛泽东编辑《政治周报》，曾任广州农民运动讲习所专职教员、黄埔军校政治教官，参加过武昌起义、五四运动。

恽代英在"五卅"惨案前后，在南京到处做演讲。萧楚女到南京后，以全国学联代表身份到南京指导工作，担任《人权日报》主笔，发动群众组织南京国民外交救援会、反帝大同盟等团体，号召各团体联合起来，组织"一条国民革命的坚固的联合战线"。

面对着他们，陈君起内心更加坚定，她从他们身上看到了革命的信念和坚强的意志。陈君起清晰地记得，"五卅"期间，萧楚女戴着旧草帽，身穿黑大褂子，用那浓浓的湖北腔调，在钟英中学慷慨激昂发表演讲，一连五六次的演讲，疲惫的萧楚女，依旧打起革命的精神，坚持用自己的感染力，鼓舞群众斗志，发动学生力量，唤起了人们的爱国热忱。恽代英在东南大学开展演说，他在演说中指出，要想实现个人的自由平等，我们就必须要经过流血革命；要想打倒帝国主义，我们就必须要团结起来形成统一的防御战线。两个半小时的演讲，会堂里挤满了人。他们的演说深深地震撼和打动了在场的人们，也包括在场的陈君起。

陈君起觉得在这一瞬间自己犹如凤凰涅槃，以往模糊的思想，此时此刻都变得那么清晰。她看到了人民群众中蕴藏的巨大革命力量。曾经的革命工作，陈君起似乎还有点势单力薄，因为南京地区的党员、团员力量有限，只有宛希俨、曹壮父、林建城、严绍彭等五六人，没有能够取得广泛的社会影响，同时对革命力量的判断存在不足。这次演说活动和"五卅"惨案发生后，陈君起看到了反帝运动已经成为全国性的了，受到了全民族的积极响应；短短几个月，中国共产党人已经以坚定的信念和不屈的意志，吸引和团结了成千上万名渴望革命的工人和学生。这些促进了陈君起对革命的认识与提高，内心生长出一股强大的力量。她对自己以后的革命工作有了调整，不再是仅仅局限于妇女工作，虽然妇女工作是自己的职责，但一个革命者，要有大局意识，工人、学生都是她可以争取和团结的人群，甚至民族资产阶级，只要拥护革命道理，就可以联合各种可以团结统一的斗争力量，共同推翻帝国主义和封建主义等，为全国人民解放和民族解放事业而奋斗。

陈君起的工作范围越来越大，来往家中的人也越来越复杂，革命工作的节奏也越来越紧张。随着中共南京地委的成立，革命工作加快了推进和发展，小组会议每周一次，支部也是每周一次会议。很多时候，聚会、宣讲共产主义会议和讨论发展组织等都在陈君起家里召开。工作的组织性和纪律性要求也相应提高很多。“五卅”之前，陈君起的家中，来的多是党内同志，“五卅”之后，有少数非党同志也来了，这为保守党组织的秘密增加了难度。为此，陈君起叫上了好帮手曾鼎乾。陈君起常告诉他要注意什么，对谁“亲”，对谁“疏”。

在这次“五卅”惨案期间，儿子曾鼎乾的表现也让她尤为满意。在工作繁忙的情况下，陈君起依然不敢放松对儿子的教育和嘱咐，要时刻留心身边的人，严守党的秘密。

曾鼎乾早就知道母亲陈君起是共产党员了，但他从来没有说。他小小的年纪，已经懂得了一些，知道共产党人都是为国家和人民谋取自由和幸福的。况且，那时的曾鼎乾也参加了一个与少年先锋队相似的组织，一个进步儿童的组织。

陈君起在“五卅”惨案中的出色表现以及坚定的立场，再次得到了组织上的肯定和信任。10 月 21 日，共青团南京地委改组设立妇女委员会，陈君起担任书记。随后，南京成立儿童团。让陈君起开心的是，儿子曾鼎乾在共青团南京地委书记华少峰的介绍下，加入了儿童团。这个组织的成员都是一些少年，团组织把一些十岁到十五岁的孩子组织起来，是个半公开的组织，主要活动是过过组织生活，讲点革命道理。

妇委会成立后，在陈君起的直接领导下，工作成绩卓著，成为当时江苏省较有影响的妇女团体之一。更让陈君起感到温暖的是，因为妇女工作的缘故，她结识了在国民党江苏党部工作的妇女部长、共产党员张应春同志。该党部也是刚成立不久，当时正值国共合作的大背景下。认识张应春，让陈君起欣喜无比，也倍感惊诧。她没想到还有与自己并肩作战的战友。

张应春，又名蓉城、秋石，江苏吴江人。父张鼎斋是当地一位饱学的乡儒，曾任黎里女校教师，南社社员，是柳亚子的好友。张应春从小就读于本村私塾和国民初级小学，后随父进入黎里女子高级小学学习，由于勤奋刻苦，各门功课都颇为出众。民国八年（1919 年）考入上海女子体育专门学校，接受了五四反帝反封建的新思想，孜孜不倦地探索救国真理，誓以秋瑾为楷模，故又名“秋石”。1921 年毕业于上海两红女子体育师范学校，先在福建爱国华侨陈嘉庚创办的华美女子师范任体育教员。

1923 年秋，柳亚子将张应春介绍给了松江景贤女子中学校务主任侯绍裘，成为松江景贤女子中学的一名教师。这所中学是中共党员侯绍裘等人筹资创办的。他们曾邀请柳亚子、沈雁冰、邵力子、恽代英、萧楚女、杨贤江、于右任、杨杏佛、陈望道等各界知名人士到学校演讲，这对张应春的人生道路影响颇深。

1924 年，张应春加入了国民党，开始走上革命道路，她带头剪短发，向封建势力挑战。在追悼孙中山的大会上，她登台演讲，慷慨陈词，阐述孙中山的三大政策，在群众中产生了较大影响，得到了柳亚子的赏识。

在她的竭力倡导下，1925 年，吴江县黎里镇创办了暑期女子学校，她被公推为主任教师，负责教务。张应春少年时代就决心“要争取女权，要以天下为己任”。同年 8 月，她当选为国民党江苏省党部执行委员兼妇女部长，发动、领导妇女反帝反封建，并与国民党右派作坚决的斗争。那年秋天，她加入了中国共产党。在柳亚子、侯绍裘的协助下，她在上海创办了《吴江妇女》(月刊)，并任主编，积极推动妇女解放运动。

张应春曾在《吴江妇女》第四期发表《我们应该怎样纪念“五卅”》。这篇文章回顾了“五卅”惨案以来一年间的时局，她说：“这一年中，帝国主义者直接地间接地，时时刻刻在压迫我民族，摧残我爱国运动，屠杀我爱国同胞，分散我抵抗势力，解散我反抗力量。”接着她指出：“我们今年的纪念‘五卅’，非特追悼已死的诸烈士，同时要唤醒全国的民众，来打倒卖国残民的军阀；非特要打倒卖国残民的军阀，并且要联合各阶级，向帝国主义进攻……”

文章最后写道：“姐妹们！我们要明白，我们要得到解放，非赖国民革命成功不得解放，因为社会制度不改革，宗法思想永不能打破，而重男轻女的现象永久存在的，所以我们纪念‘五卅’，即所以要参加民族解放运动，实际也就要求国民革命的成功……姐妹们！快快热烈地来纪念‘五卅’，参加这革命的阵线，才不负已死的诸烈士，和中国的大耻辱，不负我们纪念‘五卅’的原因。姐妹们！起来！团结起来！来来来！大家来纪念革命的‘五卅’啊！”

认识志同道合的革命战友张应春，陈君起非常兴奋与温暖。让陈君起深深佩服的是，张应春比陈君起小十六岁。十六岁，可想而知差距不算小，然而，张应春却在革命的认知上，成熟得令她无比敬仰。但类似的人生经历，相同的革命追求，把两个人紧紧地拴在一起。鲜明的独立意识，共同的理想抱负，让她们在工作中互相鼓励互相帮助。1926年春，张应春和柳亚子等人在上海景贤女中分校举办妇女干部培训班，陈君起也作为南京市代表参加。后来张应春到南京调查研究工作，总是要住在陈君起家中，她们一起探讨妇女问题、社会问题，探讨中国的未来，探讨党组织的发展，探讨中国妇女将来的出路。后期，两人在周围进步人士的影响下，开始接触马克思主义，最终确定了共产主义信仰，并将之视为妇女解放的思想指引。

她们，就像春天里的两只高飞的小鸟，并肩飞翔在祖国的山河上空。后来，陈君起还和张应春一起并肩战斗，在白色恐怖下，掩护柳亚子和一些代表安全脱险。

第二节　中山陵上空的阴云

冲破黎明前的黑暗之前，往往越发积郁着黑暗和动荡，这也是革命最艰难的时候。陈君起在接下来的一段时间里，直接地感受到中国革命的复杂性和艰巨性，当然还有残酷性。原本“五卅”惨案是帝国列强对中国人民的欺压和剥削，而中山陵事件则是国内党派之间的斗争。谁能想到，中华民国先行者孙中山一手创建的国民党，在自己告别人间一周年的日子里，竟然掀起了狂风与恶浪，这一风暴导致中国革命道路再次陷入泥泞之中，对中国革命造成不可挽回的影响，在史册上留下可悲的一笔。

1925 年 3 月，孙中山与世长辞。这应该是中华民族的哀痛，一生都在为中华民族寻找出路的孙中山不幸长辞人间。他历经千万困难，从资产阶级革命到依靠军阀战争，前期种种救国实践是徒劳的。晚年的孙中山拨去云雾，看到了中国革命的未来，他亲手制定了联俄、联共、扶助农工的三大政策，这应该说是符合当时中国革命现状的不二圭臬。

为了纪念这位伟大的革命先行者，中山陵的纪念活动自然由国民党主办，这是全国人民的集体纪念。1926 年 3 月，南京市民众和社会各方人士也发起纪念活动。

3 月 12 日，陈君起起得要比往常还要早，在家里忙碌不停，从厨房到卧室，总是小心翼翼，唯恐惊醒了尊贵的上海客人，其实也是陈君起的熟人，她就是国民党江苏省党部执行委员兼妇女部长张应春。她和柳亚子等人昨天就来到了南京。张应春自然落脚在居安里 20

号，也就是陈君起的家。比陈君起小十几岁的张应春，在陈君起的心里，是志同道合的姐妹，她们共同致力于妇女解放事业，有着相同的价值观，对妇女解放运动有着一致认识，一见面就惺惺相惜，自然有着谈不完的革命话语。昨天晚上在火车站的一幕，不仅让张应春等人疲劳至极，同时也增加了她们对奠基典礼的复杂思考。

张应春此次来南京，不是一个人，还有与她同行的柳亚子、侯绍裘，他们从上海赶来，是为了参加孙中山陵墓奠基典礼和纪念孙中山逝世一周年大会。3月12日，正好是孙中山逝世一周年。

根据孙中山生前遗嘱，“吾死之后，可葬于紫金山麓，因南京为临时政府所在地，所以不忘辛亥革命也”。国民党中央执行委员会、政治委员会会议决议，遵照孙中山的遗嘱。为了做好孙中山陵墓筹建工作，国民党中央执行委员会建立了总理葬事筹备委员会，汪精卫等人任委员，宋子文、林焕庭等人为常务委员，并决定在上海设孙中山葬事筹备处，杨杏佛为筹备处总干事。

国民党南京市委党部积极筹备追悼会，并成立南京市追悼孙中山筹备会。宛希俨担任主席，陈君起也参与在其中。以秀山公园为会场，南京市党政军商民、知识分子等十万人参加了追悼会。

这原本是盛大庄严的仪式，按道理国共两党应该齐心协力办好，告慰孙中山的在天之灵。然而事情异常复杂，孙中山葬事筹备委员会以及上海葬事筹备处的成员中，国民党内部急剧分裂，形成左右两派，从暗斗到明争。而右派的势力日益猖獗，把持着大权，他们公开打出“反共”的旗号，排挤打压国民党左派以及共产党人，竭力破坏国共合作。

孙中山逝世后，一个由国民党内部某些人士组成的一派势力，趁机而乱，以拒绝与共产党合作的理由，盗用其国民党中央执行委员会的名义，林森、邹鲁、叶楚伧等十人在北京西山召开了国民党一届四中全会，发表反共宣言，并通过了反共、反苏和分裂国民党的决议案。非法决定另立国民党中央于上海，取消共产党员的党籍。这个国民党中央是在上海，与广州的国民党中央相对抗。这个会议称之为西山会议。会议前夕，高岳升等人已经在未经江苏省党部和国民党中央批准的情况下，自行组织成立非法的国民党南京市部（这就是国民党右派），背叛孙中山的三大政策，否认国共合作的国民党南京市各区党部联席会，并公然宣布开除曹壮父等人的国民党党籍，鼓吹戴季陶主义，并组建了“孙文主义学会”，为篡权做准备。

也就是说，国民党内部有人已经公开搞分裂活动，矛头重点指向共产党员。

国民党右派的成立，给国民党整个组织造成混乱和破坏，也是对孙中山三民主义的糟蹋。在陈君起、曹壮父等人号召下，国民党内拥护孙中山三民主义的五百余名党员，在国民党江苏党部的批准下，成立国民党南京市党部，称之为国民党左派。陈君起担任市党部的妇女部长。国民党左派成立后，立即着手党务工作，成立三民主义学会，宣传孙中山的三大政策，反对右派，扩大革命影响。至此，国民党内部分裂为左派和右派两个党派并存的政治局面。这已经很明显，国民党左派以及共产党人在追求的是中国劳苦大众的幸福明天，而国民党右派则是在追求权力，而不是国民革命。

此前，陈君起等南京市党部成员认为，此次活动责任重大，为搞好这次纪念活动和奠基典礼，左派市党部曾几次派人同右派市党部联系，邀请他们共同举办纪念活动，却遭到拒绝。右派市党部为力争在国民党党内的正统地位，抢先成立了孙中山逝世一周年纪念筹备处。这样，左派市党部也不得不邀请一些团体，成立了另一个孙中山逝世一周年纪念筹备处，两个筹备处各自分头准备纪念活动。

3月9日，广州中央党部电令上海孙中山葬事筹备处与江苏省党部及沪宁各级党部联合组织一个孙中山逝世一周年纪念大会，葬事筹备处连夜开会，决定请南京的两个纪念筹备处合并为一，葬事筹备处也加入，共同筹备，但是合并的计划没有成功。于是，葬事筹备处决定参加左派市党部及省党部组织的纪念会。

3 月 10 日，宋庆龄、孙科以及广州国民党中央党部代表邓泽如，葬事筹备委员叶楚伧、林焕廷等抵达南京，左派和右派两个市党部都派人到下关车站迎接，但两派的欢迎口号，却已互相对立。 这为第二天的火车站接人一事再次埋下事端。 按照筹备会决定，11 日下午 5 时，在夫子庙举行预祭祀，陈君起带领着妇女代表团前往参加。 晚上 7 时许，提灯大会正式开始。 左派市党部组织提灯会，游行队伍提着各色灯笼，举着宣传标语，由贡院出发，经三山街、中正街、花牌楼、成贤街至东大附中操场，沿途呼喊口号、散发传单。 右派市党部也聚集多人，高呼反动口号。

中途，陈君起等市党部成员提前离开游行队伍前往南京火车站，迎接前来参加的代表同志们。 满载各地代表的专列抵达南京，代表们在南京人民的欢呼声中走下火车。 谁也没想到，就是在这样严肃的时刻，右派居然拿起砖石、木棍等寻衅滋事，对代表们施以暴力。 一时间现场棍棒乱挥，石子飞舞，左派代表受到了疯狂的围攻和殴打。 这其中，就有柳亚子和张应春以及侯绍裘。 后来的混战中，侯绍裘、陈君起等同志在掩护代表时不幸遭到毒打，身上有多处伤痕。 当晚，张应春在陈君起的接应下，暂住在居安里 20 号。

侯绍裘是江苏省党部常务委员，主持日常工作。 因为在国民党第二次全国代表大会上得罪了一些国民党人，所以遭到了国民党右派的毒打。 国民党右派这一伤天害理的举动，让代表们人心惶惶，也对纪念活动的成功举行蒙上了一层阴影。

可是，事情还没有停下来。 有小道消息传出，右派将再闹中山陵。 为了防止在第二天的奠基典礼上发生冲突，葬事筹备处主任干事杨杏佛当晚与西山会议派的邹鲁商定，保证在奠基典礼上双方不喊口号，不发生冲突。 当时这个约定也反馈到国民党南京市党部。 妇女部陈君起等人认为，在孙中山墓地，有中外人士，还有孙中山家属等人参加，右派总不至于胡闹，甚至打人吧？ 否则，这怎对得起孙中山？ 更何况双方有约定。 大家也都认为有道理。 因此，第二天大家就没有防范，没有携带任何器械上山。

市党部的活动按既定计划行事。

12 日上午，陈君起和张立春、柳亚子等人前往夫子庙。葬事筹备处和左派市党部在夫子庙贡院举行纪念会，追祭孙中山。与此同时，右派市党部在秀山公园举行纪念会。为了避免引起矛盾，这两个纪念会宋庆龄和孙科都没有参加。贡院的纪念会由葬事筹备委员林焕廷主持，宋庆龄、孙科委托葬事筹备处主任干事杨杏佛代表家属答谢；秀山公园的纪念会名义上是由南京市民组织，因此宋庆龄、孙科也委托沈卓吾代表家属答谢。

下午 3 时许，奠基典礼开始，由邓泽如主持典礼，叶楚伧任司仪。虽然天降大雨，各界代表仍然踊跃参加。到会的有广州国民党中央执行委员会、国民政府代表邓泽如；孙中山家属宋庆龄、孙科；葬事筹备委员会、葬事筹备处成员；各省、区国民党党部代表；上海运输工会、洋服工会、纺织工会等工人代表；苏联驻上海总领事林德，英国、日本、美国等国家驻南京领事；江苏省实业厅厅长徐兰墅（代表江苏军政首脑孙传芳、陈陶遗）、第三师第六旅旅长斯烈（代表浙江省省长夏超）以及南京、上海各机关、团体、学校的代表、各地新闻记者等共约三千人。

奏乐、升党旗后，全体到场人员向孙中山遗像行三鞠躬礼，然后，由邓泽如演讲，说明孙中山葬于南京紫金山的原因，因为“南京为临时政府所在地，又为孙公就任临时大总统之地，是南京一隅，与孙公所抱之革命主张有密切关系，故有如是之遗嘱”，所以孙中山葬于南京紫金山。接着，由杨杏佛报告选择墓址的经过以及工程计划。然后，中央代表邓泽如举行奠基典礼，他把奠基石上覆盖的青天白日党旗取下，露出奠基石，上刻“中华民国十五年三月十二日中国国民党为总理孙先生陵墓行奠基礼”。随后，全体再向孙中山遗像三鞠躬，宋庆龄、孙科向全体到场人员答谢，大家高呼口号：“孙先生不死！”“孙先生主义万岁！”

陈君起等人没想到的是，这些右派真是胆大妄为，竟然从社会上雇佣流氓、地痞二百多人，假扮成青年学生的模样，占据着会场的显著位置，而侯绍裘、张应春、陈君起等人只能拥挤在会场的两侧。在他们的中心还有柳亚子。柳亚子，江苏省苏州市吴江区黎里镇人，曾任孙中山总统府秘书、中国国民党中央监察委员等职务。

让陈君起高兴的是与张应春的再次见面，这是在国民党右派祸生事端之中的幸事。只见张应春圆脸宽额，头戴一顶肉红色的西式女呢帽，身穿一件灰色线呢棉旗袍，走路和动作都很利落。柳亚子称赞她"是一个思想健全的进步分子"。陈君起还有没想到的是，儿子曾鼎乾也在纪念会场里，跟着学校组织的队伍。只可惜当时陈君起并不知道，否则，后来的混乱与袭击，陈君起将会心乱如麻，又倍感温暖。

奠基典礼刚刚结束，右派市党部的队伍中突然吹起警笛，高喊"打倒跨党分子！""孙文主义学会万岁！"等口号。陈君起所在的左派市党部的队伍立刻回击，振臂高呼："打倒西山会议派！""打倒孙文主义学会！"这时，右派市党部的暴徒用事先预备好的铁棍、木棒在左派队伍中乱打，双方扭成一团，会场秩序大乱，许多来宾纷纷逃散。右派早就盯上了宣传三民主义的柳亚子等人，他们叫嚣着向这边冲过来。

形势非常危急。陈君起等人已经看出，这些右派暴徒的背后，是有人在组织指挥行动的，而且目的非常明确。在侯绍裘的指挥下，陈君起、张应春等几个女同志，不顾个人的安危，奋不顾身地冲上前去，怒斥国民党右派的卑劣行径，与其他代表一起，用人墙的方式把柳亚子紧紧包围在中央，全力保护柳亚子撤离会场。流氓打手不容分说，紧紧围打左派，撕破、践踏省、市党部旗帜，棍棒乱舞，拳打脚踢。陈君起、张应春、严绍彭、朱汉玺、丁晓峰、赵薪传等人浑身上下挨了不少棍棒，伤痕不少。受伤最重的是国民党江苏省党部常委、共产党员侯绍裘，直接被打昏在地，重伤住院。

事后，陈君起和同志们迅速撤离，紧急召开会议研究。接着顾不上休息，又匆忙赶到医院看望身受重伤的侯绍裘，看着卧病在床但精神抖擞的侯绍裘，陈君起等人心里稍微平静下来。但是刚才的一幕，让陈君起等人还是惴惴不安，局势不是他们想得那么简单。右派已经公然下手行动了。在侯绍裘的要求下，他们立即就地开起会议，研究如何遏制右派的分裂行动。会议一直开到深夜，陈君起也没有发觉。她完全沉浸在革命工作之中，忘记了孩子曾鼎乾也在纪念队伍之中。

在右派手拿铁棍、木棍等武器挥舞乱打之际，曾鼎乾在队伍中看到暴徒向母亲和张应春袭击来时，他从学校队伍中冲过来，利用大人之间的空隙向前穿行，可惜由于身材瘦弱，年纪小，小小力气怎么能穿过混乱的人群？就是这样，曾鼎乾也想方设法救护母亲。他从地上捡起一块石头，用尽力气扔向暴徒。曾鼎乾哪里知道，身边的暴徒发现他时，一根棍棒已经向他挥下去了，他只感觉头脑一昏，人就像根稻草一样昏倒在地。人群如潮水般退去，曾鼎乾昏迷中还感觉到有人踩着他的身子走过。

当曾鼎乾醒来时，暴徒早已不知去向，母亲陈君起也不知道怎么样了。好在细心的革命同志返场时，看到了弱小的曾鼎乾，把他带了回来。陈君起才知道经过，心疼之余，又倍感欣慰。在她内心，希望儿子能经受住锻炼，革命者只有经过千锤百炼，才会成钢。

此次事件中，陈君起再次与张应春并肩战斗，共同去保护柳亚子先生，她心里产生阵阵波澜。这个比她小好多岁的同志，有着较高的政治思想觉悟，为中国妇女解放事业，扛起自己的责任。那天晚上，从医院回来后，陈君起和张应春交谈了好久，一直谈到东方将要露出鱼肚白才分手。

国民党右派分子在奠基典礼上的暴行，引起了广大正直的左派国民党员和共产党员的强烈愤慨，并认为葬事筹备处在奠基典礼事件中负有一定责任，他们要求严惩凶手、改组葬事筹备处。奠基典礼结束后，孙科与邓泽如、杨杏佛、林焕廷等人于当天下午 6 时在南京惠龙饭店紧急磋商，决定立刻致电广州国民党中央及各报馆，说明奠基典礼后发生了冲突，但奠基典礼已安全完成。第二天下午，宋庆龄、孙科、邓泽如、叶楚伧等人同车返回上海。一到上海，孙科、杨杏佛、林焕廷、叶楚伧等人就连夜商讨奠基典礼事件的处理办法，决定以葬事筹备处的名义致电广州中央党部并在各报刊登启事，声明“葬事筹备处专任葬务，葬务以外之事概不预闻”。第二天，孙科又向葬事筹备委员会提出五点建议：

（1）在沪之葬事筹备常务委员，不得兼管党务，如现任党务不能摆脱者，应辞去葬事筹备委员职。

（2）筹备处职员，不准干预党务或职权以外事务，并不得兼任其他职务。

（3）凡用葬事筹备处名义发出之电、函、文件，均须先经委员会议决，否则无效。

（4）筹备处事务所，不得借用为他项事务之会议或办事机关。

（5）凡遇重要事件，须经家属代表同意，方能执行。

同时，他还在报上刊登《孙科启事》，声明“科此次来沪专为举行先君陵墓奠基典礼，事毕即返，一切政治党务皆未暇过问”，以表明奠基典礼冲突事件与己无关。

由于当时西山会议派在国民党内还处于少数、孤立的地位，再加上中山陵兴建的经费还要靠广州国民党中央拨款，因此，葬事筹备委员会一致同意了孙科的五点建议。不久，葬事筹备委员会还做出决议，特地声明“筹备处委员会受广州中央执行委员会与国民政府之指挥”。3月25日，葬事筹备处机关迁往法租界陶尔斐斯路24号，以示与环龙路44号西山会议派的中央党部不发生关系。

陈君起和同志们在研究这次奠基典礼事件中得出这样的结论：党组织在预防突发事件面前不够成熟，对待国民党右派没有看穿他们的真面目；从右派棍棒石子等一系列的周密准备上，看出缺乏足够的警觉和认识，有严重妥协的思想，对革命的严重危害性和残酷性不够重视。陈君起和同志们在一起研究，下一步如何应对国民党右派的公开分裂和卑劣的犯罪行径。

后来国民党江苏省党部、南京市党部通过会议发表声明，此次暴乱与左派无关，要求解除孙文主义学会等。国民党中央纪律监察委员会在柳亚子等人的提议下，向国民党中央执行委员会汇报奠基典礼真相，申明反动派非本党党员，要求与之割裂，严惩凶手、改组葬事筹备委员会等，其实这些都还没有认识到国民党右派的反动本质。

中山陵奠基典礼事件，是国民党右派背叛孙中山三大政策、破坏国共合作的一次尝试。应该说是当时以蒋介石为首的国民党右派篡夺了北伐军的领导权，以清党为名蓄意迫害共产党人和革命左派，破坏孙中山创建的国共合作大好局面的阴谋。这次他们事先精心策划，妄图利用中山陵奠基典礼制造事端，向共产党人和革命左派发难。这场风波还没有来得及平息，一周以后，蒋介石就在广州制造了“中山舰事件”，掀起了又一次反共的逆流，更加露出了反动本性。共产党人的革命道路更加艰险异常。

后来，因工作需要，陈君起到国民党江苏省党部和南京市党部在新街口创办的广州中山大学南京附属中学工作，曹壮父任校长，陈君起在这所学校兼图书馆事务。不久，广州中山大学南京附属中学即遭到当时军阀孙传芳及反动派的阻挠，并勒令停办，企图扑灭革命力量。

中山陵事件后，陈君起已紧迫地感受到，军阀当局加强对革命者的政治压迫，更大的暴风雨即将来临，但革命的形势不是谁都可以阻挡的。

第三节　第一次入狱

“五卅”惨案后，中国共产党人出于培养革命者的目的，相继在南京创办了“五卅”工人学校、广州中山大学南京附属中学等学校。当然，陈君起都参与其中。应该说，陈君起在革命活动中的活跃程度，很大程度上为以后的被捕埋下了祸根。

中国共产党人创办学校，这不是第一所了，之前还有萍乡的安源工人学校，上海的上海工人半日学校。而上海工人半日学校，是中国共产党早期组织创办的第一所工人学校。1920年，中国共产党发起组在上海建立后，为了实践马克思主义必须和工人运动相结合的理论、在工人阶级中传播马克思列宁主义思想、壮大党的力量，发起组成员李启汉奉命到纱厂集中的沪西小沙渡创办工人学校。中国共产党人在教工人识字的同时，也加强他们对政治的关注，进行马列主义思想的引导。通过“工人为什么苦?”“帝国主义怎样压迫我们?”“资本家怎样剥削我们?”等话题，来启发工人的政治觉悟。

工人学校在工人中颇有影响，并培养了一大批工人骨干，这种现象引起了租界当局的注意，工人学校被封闭。同年8月，中国劳动组合书记部成立后，派干事李震瀛来小沙渡，在半日学校基础上恢复办学，改名为“上海第一工人补习学校”。后中国劳动组合书记部被租界当局查封，迁往北京，学校也被迫停办。

尽管学校停办了，但是它向工人阶级传播的火种却掀起了一片燎原之势。这些工人中不少人都是后来革命的中坚力量，不少人后来加入了中国共产党，在“五卅”惨案中发挥了积极作用。工人学员孙良惠，后来还当选为中华全国总工会执行委员。

南京的“五卅”工人学校与上海工人学校类似，工人白天上班，晚上到学校学习文化知识。当然，也会传播革命思想，这也是学校办学的初衷。1926年2月，国民党江苏省党部和南京市党部决定在新街口创立一所中学。这所学校就是后来的广州中山大学南京附属中学，主要是曹壮父、宛希俨等人申办，柳亚子、杨贤江、侯绍裘、宛希俨、严绍彭等人负责筹建，陈君起负责管理学校图书馆事务。实际上这段时间里，陈君起还在“五卅”工人学校担任教职。为了革命工作，陈君起身负重任，日夜操劳，把整个身心都倾注在事业上，很多时候还把儿子曾鼎乾派上场。

陈君起忘我地进行革命工作，完全忽略了清苦的生活和重负荷的工作。长此以往，陈君起的身体出了问题，极度虚弱，以致很多时候需要请假。为了不耽误学生的学习，陈君起就委托儿子曾鼎乾去图书馆，负责看门、锁门，满足学生晚上学习的需要。正是由于学校的创办以及陈君起工作的认真负责，从这里走出了大批爱国学生和骨干，有的学生还被保送到苏联进修学习。

对于中国共产党人创办学校，培养革命力量的举措，南京军阀以及国民党右派是万万不允许的。特别是在“五卅”惨案和中山陵奠基典礼事件发生后，以孙传芳为首的军阀统治，为了维护其政权，加紧了对革命党人的迫害和抓捕，采取各种办法，疯狂取缔各种红色运动和学校。派出的大批军警和便衣如狼似虎般在南京城内活动。军阀当局侦探时刻不离学校的周围，哪些学生，上什么思想政治课，哪些教师任职，这些都是侦探详细关注的内容。当广州大学南京附属中学创办的第二个月，“五卅”工人学校就被迫停办，随后4月份，广州大学南京附属中学也随之被迫停办。

实际上，这两所学校的关停，完全是国民党右派一手造成的，也正是他们向当时的教育厅、警察厅告密的。这些都是有计划有系统地消灭革命分子的手段，只是借军阀之手而已。国民党右派以及当局军阀是不允许有这样一支革命势力存在的。

1926年上半年，革命者以及共产党人创办的多所学校以及两所书店，都被关停，店主被逮捕，学生被解散，集会结社被取缔，紧张形势前所未有。党组织已经看到了这次危机，特别是部分党员干部以及团员的充分暴露，尤其是陈君起、宛希俨等人。这个时候已经不适合再从事高强度的革命工作，需要避避风头，保存实力。党组织已经分头安排，把一些同志调至北伐军，能安插的尽量安插，以备时机成熟。

但是陈君起等部分同志拒绝离开，陈君起说，越是革命紧张的时候，就越是需要人去坚守，去给民众一份力量和希望，让他们看到光亮。陈君起完全没有意识到局势的危险性，尤其是自己，已经被国民党反动派盯上了。从“五卅”运动的演讲、散发传单，到中山陵奠基典礼事件的掩护柳亚子安全撤离，再到两所学校的任职，还有平时家里来来往往的革命同志，这一切早就被反动当局看在眼里、记在心里，早就把陈君起等人列入名册，只等证据出现。陈君起隐约感觉到危险迫近，她做好了万全的准备，一有空就把党内的文件、信函以及革命宣传的传单等做了妥善处理，确保严守党的机密。曾鼎乾每晚看着母亲坐在火炉边焚烧资料，问，为什么要烧掉信件？重要吗？陈君起严肃地告诉儿子，小孩家别多问，更不要乱说，大人的事小孩别管。

意料之中的事发生了。陈君起与党内革命同志通信的一份署有“国民革命军党代表办公室”字样的信封，引起了反动军阀的高度重视，随后，在一份搜查来的名册里，发现了一个叫“陈墨云”的名字，这频频出现的名字，更加引起了军阀当局的怀疑。他们深入调查后，发现这个陈墨云，正是陈君起，反动当局大喜过望。他们开始计划逮捕陈君起。

陈君起的家成为党组织的秘密联系点，这是公开的秘密。陈君起后来发现了异常，她所租住的居安里 20 号，虽然住处比较偏僻，但是陡然间人员增多，家里的陌生人来来往往，想必邻居们心中早已知晓。对于反动当局来说，在发现陈君起与革命分子有密切交往后，已经在暗中监视，随时等待逮捕她。陈君起被捕只是时间问题，当然，她也深知，但是她暂时离不开这里，手里的革命工作正在日夜忙碌。而且陈君起也猜测到，这里的居住地已经暴露了，因为她看到居安里附近的便衣也越来越多。居安里 20 号，紧邻的就是大纱帽巷。她心里隐隐担心，不敢想象。正是如此，她不能一走了之，至少目前不能因为自我的暴露把大纱帽巷带出来。

这正是陈君起知道自己将要被捕而迟迟不走的原因。

那天终于来了，陈君起正在家忙碌，好在没有召开什么秘密会议。一群武装警察突然撞开了门，直冲着堂屋而来。儿子曾鼎乾也吓了一跳，依偎在母亲身边。警察四处打量一圈，然后盯着陈君起喝道，谁是陈君起？

这一瞬间，陈君起就明白了。知道自己名字的不多，她真名叫陈墨云，看来他们是从其他途径查到了一个叫陈墨云的人，真人他们是不认识的。由此可见，自己掌握在他们手里的证据也是不足的。陈君起镇定地回道，我就是陈君起。警察看了看她，有点不相信的态度，因为陈君起外表朴素，就像寒冬里的梅花，倔强、朴实，但是这些表面之下，裹藏着革命的幽香，这只有革命者或者志同道合的人才可以感应到。警察盯住陈君起打量了好久才问，你的房间在哪儿？陈君起用手指了指自己的房间，说就是那间。那间就是同志们经常聚会、研究各种革命问题、学习进步报刊的地方，只是这一切陈君起早已未雨绸缪。

警察闯入房间，野蛮而又粗暴地搜查起来，翻箱倒柜，爬上翻下，把床、衣柜以及各种被软都翻了个底朝天，他们在寻找可疑的东西。陈君起知道这一切不会有什么结果的。因为这样的事情她早就预料到了，会有这么一天的。谢远定曾经告诉过她，做革命就会有牺牲。他还引用谭嗣同的话，变法自古以来就是要流血牺牲的。所以陈君起胸有成竹，不慌不忙地应对着警察。她倒是担心由于自己处理得过于完美，不留一丝破绽，而遭到警察的怀疑。如果深入查下去，也许那不远处的大纱帽巷就会暴露了。陈君起立刻担心起来，自己倒是不怕，要是把同志们的地点暴露了，那怎么得了？保护其他同志，这是刻不容缓的事情。她用手抵了抵依偎在身边的儿子曾鼎乾，儿子望着母亲陈君起，读懂了母亲眼里的神色，说，母亲，我饿了，想买东西吃。说完低下头，装作不敢看母亲的神情，防止挨批。其实，此时警察正在盯着她们母子俩。

陈君起就看着警察，不说话，等待他们的决定。其实这时曾鼎乾也是忐忑不安，担心警察识破他们的计谋。他就故意缠着母亲撒娇，以一个不懂事的孩子的样子呈现在警察的面前。真是难为曾鼎乾了，好在母亲陈君起多年的教导下，他早已学会了镇定、遇事不慌，学会了动脑筋。再说，曾鼎乾经常到大纱帽巷 10 号送信，此情此景，他也读懂了母亲眼睛里的全部信息。

警察没有呵斥。曾鼎乾就继续从母亲的衣兜里掏出了一点钱，攥在手心，然后在警察细心搜查的关口，装作若无其事的样子，很平常地走出了家门。先是像正常情况下走着，等到警察看不到了，就甩开腿向着大纱帽巷奔去，越跑越远。但是在曾鼎乾的内心，母亲陈君起却离得越来越近，他惴惴不安，也许自己这么一跑，给其他同志带来了生的机会，他可能再也看不到母亲了。但是在那些凶狠的警察面前，他所能做的就是给其他同志报信。他读过《夜未央》，剧本中的故事依旧深深印在脑海里，革命者为了祖国，为了营救其他同志，不惜牺牲自己。母亲是能理解他的，一个革命者为了做大事，难免要流血牺牲，如果换作是他自己，也只能如此。

他一口气跑到大纱帽巷 10 号，来不及敲门，就一下子瘫倒在门前，泪水模糊了他的双眼。门开了，熟悉的同志走了出来，把他扶了起来。曾鼎乾大口大口地喘息着，用断断续续的口吻告诉他，“现在敌人正在我家搜查，我妈妈可能被捕，你们不要去我家了。”屋内的几个同志也一起走了过来，马上分工，分头通知大家做好准备，并把秘密的资料等一概收拾好，特别是住在大纱帽巷和居安里附近的同志们，早做好准备，以防万一。同时，同志们又把警察搜查的信息传递给其他同志以及上级。

一切化险为夷。

当曾鼎乾从大纱帽巷 10 号回到家的时候，迎接他的是空荡荡的院子，一地的乱衣服，家具也横七竖八地斜倒着，完全是一副遭到强盗掠夺的痕迹。母亲陈君起不在。警察们在家里没有找到一丝证据，没有一丁点的发现，非常失望，恼羞成怒，叫嚣着，还是把陈君起押走了，关在了警察厅。

陈君起被捕后，虽然其工作一度瘫痪，但是由于她的资料偏少，她在警察厅的沉着应对，加上反动派对她的了解也仅是限于名单而已，这都给党组织对她的营救提供了有利的条件。

曾鼎乾等候姐姐和妹妹回来，告知了母亲的情况，就外出了。他要打听母亲到底被关在哪里，他要去看看母亲。后来打听到情况的同志们告诉了曾鼎乾，母亲陈君起被关在当时的警察厅（地点内桥）。因为孙传芳逮捕的革命党只有她一个女的，母亲被单独关在一间小牢房里。母亲作为一位革命党人，罪名就是“革命党”。曾鼎乾也模糊地懂得了，毕竟他也是参加过“五卅”惨案游行的，也是历经中山陵奠基典礼事件的，在广场上被反动势力打昏在地的情景依然烙印在心。母亲在混乱的人群中，和其他几个同志掩护着某个人安全脱险，棍棒和石子打在母亲和其他几个同志身上，但是他们毫无畏惧。这一场景曾鼎乾都记在心里，他被深深地震撼了。

一夜无眠。天亮后，曾鼎乾和姐姐曾谦和妹妹曾丽早早起来，整理了母亲的衣柜，收拾一些母亲的衣物和生活用品，准备去探望母亲。由于反动势力对陈君起只是出于怀疑，暂无其他证据，所以对陈君起的看管只是限于关押，所以曾鼎乾很容易就见到了母亲，他激动而又惊怕。

陈君起见到儿子，真是又惊喜又担心。她没想到，儿子曾鼎乾竟然可以想办法见到自己，一时间陈君起内疚起来。说实话，这么多年来，她基本上没怎么好好照顾好儿子，更多的时候她都在外奔波、忙碌，心思基本上都在妇女解放和革命事业上。她以为一切都还有时间，来得及，可是现在当她陷入牢狱之时，愧疚之情从心底弥漫上来，她多想把儿子搂在怀里，好好地亲一亲，弥补她多年的欠缺。而现在，不仅不能给儿子温暖的母爱，还得要他独自面对生活，自己洗衣服，自己做饭，自己去面对接下来的一切。姐姐曾谦和妹妹曾丽也帮不上什么忙。陈君起想告诉儿子受苦了，谁知道话到嘴边，就变成了“你要照顾好姐姐和妹妹啊……”

曾鼎乾朝着母亲点了点头，并安慰母亲，在里面要照顾好自己，随后把带来的衣服和生活用品递给了她。陈君起的泪水立即涌出来了。十多岁的孩子懂得照顾母亲了。

曾鼎乾经常来看母亲。只要有机会，曾鼎乾是不会放过的。受母亲的教育，曾鼎乾知道母亲的大概情况，从事革命事业，身陷牢狱。按照母亲经常讲的革命道理，一个革命者一定要有坚强的意志和信念。曾鼎乾希望通过自己经常来探望母亲，让母亲可以坚强地同军阀反动做斗争，给她鼓励给她力量。而陈君起每次见到曾鼎乾，总是要问儿子，吃得怎样？会做饭吗？冷吗？衣服够穿的吗？有没有遇到什么委屈的事？学习上还在坚持吗？你要学会照顾好自己，还有姐姐和妹妹呢……曾鼎乾总是回答道，嗯，好的，我会的，您放心吧，我们不用您操心的，一切都好之类的话。

陈君起一次次见到曾鼎乾，一次次问儿子，以致看守们都受不了，老生常谈，重复得让人厌烦。但是看着这么小的孩子如此关心母亲，又纷纷举手赞扬，真是个孝顺又让人心疼的孩子。每次来，他都把陈君起的脏衣服带回去洗。看守们渐渐对孩子有了好感，进而转移到陈君起身上，觉得这样一个女同志，独立工作，带领几个孩子生活，实在是让人佩服。说这样的人是革命者，也实在是超出看守们的理解范围。渐渐地，看守们不再把陈君起当作犯人了，也就放松了警惕。当然，陈君起是不能回家的，因为这不是看守们所能拥有的权利。再加上外面的形势有了变化，国民革命军势如破竹，反动军阀是兵败如山倒，这些看守们也在开始考虑自己的后路了。

陈君起一看到有空当，革命工作的激情又迸发出来了。她每次给儿子曾鼎乾脏衣服的时候，就手指着衣服的一角，送到儿子的手里，然后悄悄地吩咐儿子，一定要把这儿好好洗洗，好好地洗洗。陈君起意味深长地重复着，早就轻车熟路的曾鼎乾马上明白了母亲的用意，他知道那衣角的地方，有母亲塞进去的纸条，上面有革命的信息。虽然曾鼎乾不知道写了些什么，但是他还会按照母亲的吩咐，把纸条送到指定的地方，完成母亲交给的任务。曾鼎乾又做起小小的交通员，陈君起又联系上了党组织，继续在狱中坚持为革命工作着。

曾鼎乾有时为了担心母亲监狱生活枯燥，还要面对每天狱警的审问、拷打，就不时地带些外面的新消息给母亲。新鲜的空气让陈君起更加意志坚强，不管军警如何审问，她始终坚持说自己就是个家庭妇女，一名独立工作的妇女，哪里是什么革命者，她还有三个孩子。狱警反反复复不知道审了多少次，每次陈君起都能挺着牙关，从刑拘下坚持过来，她知道狱警没有什么直接的证据，只是怀疑。时间长了，他们对自己都失去信心，也渐渐作罢。不再过问陈君起，但是也不能放了她。

陈君起就这样一天天地熬着，有任务就通过曾鼎乾来时传递出去，闲时就面对着冰冷阴暗的牢房，读书看报或者作画，继续学习，丰富自己的学识，磨砺革命的精神。

陈君起在狱中画了两幅画，一幅是一株梅花，枝干遒劲而粗壮，上面有星星点点的红色花瓣。这枝干是象征陈君起坚韧不拔的革命意志。任凭军阀当局的酷刑与迫害，她内心的信念犹如这梅花的枝条，九死不悔，忠贞不屈，表示出一位革命者的玉洁与坚贞。题词曰："老梅虽瘦，尤鲜艳耐寒。"是的，那枝条上的红色梅花，若寒冬里的暖意，黑暗中的灯光，生命里的希望。即使在严寒或者恶劣的白色恐怖下，都无法阻止陈君起对新生活的向往和追求，无法阻止一个革命者对造福广大人民幸福未来的奋斗，这朵朵红意，是燃烧的信念，也是不熄的革命之火，无论现在深陷牢笼，还是在居安里20号，始终不改她对春天的期盼，对未来的祝福。同时这朵朵红意，也是陈君起忠于革命忠于党、决心同帝国主义、反动军阀势力斗争到底的革命意志的象征。这是陈君起在监狱里的自我心迹表白，也是自我激励的支撑。以梅自喻，人比梅花还要红艳。诗人雪莱说，冬天来了，春天还会远吗？梅花还有报春不争春的传统，尤其让人敬佩。此时，陈君起已过了不惑之年，与青年相比算是老大姐了。人虽老了，但革命意志一样坚定，与年轻人一样充满激情。

另一幅画面上画的是一座朴素的平房，砖石结构的房子，四围是土墙。从远处看，只能看到房子的顶角。院子里有几株高大的树木，穿过土墙，向着天空，树枝上还有稀疏的叶子。土墙上还有一丛丛藤蔓，横卧着，似乎掩藏着岁月的痕迹。墙头外面，几丛野草成为最后的绿意。几只小燕子正在屋子的上空向着南方飞去。陈君起还在这幅画的空白处题诗："秋风秋雨近重阳，滴滴秋声知夜长。斗室来回三五步，绕梁小燕补巢忙。"如果说前一幅画是陈君起自身的写照，充满隐喻和象征，那么这一幅画则是她对日常岁月的抒怀，也就是对曾鼎乾的怜爱。陈君起选择寻常人家，分明是对日常的回忆、反思，尤其是选择在秋天，充满忧愁和离愁的思绪。季节已经是秋天，而她自己深陷牢狱，平常的人间烟火，自己这四十多年，似乎这样的日子成为奢望，现在自己只能在这监狱斗室里徘徊，没有自由，无法回到孩子们的身边，儿子曾鼎乾却像窗外的燕子，在外忙着，和组织上联系沟通。其实，曾鼎乾还不如天空中离去的燕子，它们有南方的家，有自己的窝巢，而他似乎是流浪孤单的燕子，无枝可栖。陈君起在狱中思念儿子曾鼎乾，感叹儿子为自己跑来跑去。

这两幅画，被曾鼎乾从监狱里带出来后，一直珍藏在自己的身边。

第四节　小革命党

陈君起在警察厅监狱里关了三个月，在党组织的营救和陈君起邻居华美书店王佳英的担保下，1926 年底，军阀当局以"妇女无知"的理由释放了陈君起。党组织怕反动军阀反复无常，陈君起一出狱即派她去了南昌，在国民革命军第三军某部从事政治工作。她把儿子交给了同志们。没想到陈君起一离开南京，她的儿子曾鼎乾就陷入了牢狱之灾。

陈君起出狱后立即从南京离开，这引起了南京反动军警的警觉。他们恍然觉得，自己上了陈君起和曾鼎乾的当了。陈君起看起来肯定是有问题的，不然不会一出狱就赶紧逃走。军警立即再次来到居安里搜查曾鼎乾的家，明知道一无所获，但是他们仍然不放过。一怒之下，孙传芳当局就把曾鼎乾以“小革命党”的罪名逮捕了他，虽然当时的曾鼎乾只有十四岁。也就是说，军警怀疑曾鼎乾与陈君起是串通好了的，或者说在革命工作上曾鼎乾是有重大嫌疑的。既然陈君起走了，那么曾鼎乾就要留下来偿还。只要撬开曾鼎乾的嘴巴，那么陈君起的秘密就一定会说出来。军警想，这么个小孩还不好对付吗？

这个消息后来传到了南昌陈君起那里，陈君起当即昏了过去。她一方面因为工作需要，让孩子曾鼎乾受苦了，深感自责；另一方面是日夜担忧，寝食难挨，作为一个母亲，竟然让儿子去顶罪，陈君起心痛不已。当然，这些事曾鼎乾后来是从北京严绍彭那里知道的。严绍彭向曾鼎乾致歉，深为当年派陈君起再回南京的事后悔不已。

军警把曾鼎乾关在警察厅刑房里，面对着诸多的刑具，还有隔壁传来的革命者被残酷拷打的哀号声，军警厉声问他，说吧，老实交代，免得受到皮肉之苦。

曾鼎乾看着刑具，镇定地回答，说什么啊？我一个小孩子哪里知道？

军警们问了曾鼎乾一连串问题：“你母亲到哪里去了？”“哪些人同你母亲来往？他们都叫什么名字？住在哪里？”“你母亲为什么到南昌去？”曾鼎乾说：“我母亲是到南昌去了，这是她告诉我的。至于她为什么去南昌，她没有告诉我，我也不知道。”关于母亲同哪些人来往的问题，曾鼎乾说：“我就知道我的老师有时来我家，再就是我爸爸的朋友，他们住在哪儿，我也不知道。”敌人逼紧了，曾鼎乾就说：“大人的事我怎么知道，我一个小孩嘛！”在警察厅，曾鼎乾被关了十二天，他们没有得到什么，就说曾鼎乾不老实。

军警已经没有耐心了，马上撕去了温情的面具，露出了凶相的本质，把曾鼎乾带到刑具前，一顿鞭子的抽打，接着烧红的火钳就拿过来了。不见棺材不掉泪，军警不相信曾鼎乾的话，觉得他在耍滑头，以为年纪小，就不会动刑。

一个十四岁的孩子，当行刑的那个矮个子军警走到曾鼎乾跟前时，矮个子都有点惊恐和颤抖。这可不是闹着玩的，是要出人命的。谁知道，曾鼎乾在这样的情况下，依然没有松口。《夜未央》的故事就在他的脑海中上演了，为了革命，牺牲生命也是值得的。还有母亲平时的教导，不能出卖同志们的秘密，要保护好他们的安全。因为母亲是中国共产党员，自己也已经是共青团员了。曾鼎乾怎么能忘记，他在华少峰叔叔的介绍下，加入了共青团，那铮铮铁骨的誓言，是无论如何不能背叛的。曾鼎乾咬紧牙关，始终以三个字回答道，不知道。任凭军警给他上刑，也坚持什么都不说。军警一看实在没有办法，觉得真的要打死孩子，于心不忍，就只好把曾鼎乾继续关押起来。后来曾鼎乾在警察厅关了十二天后，就把他转押到军法处去了。到了军法处，可不简单了。军法处关押的都是重刑犯，一到军法处，曾鼎乾就被戴上了手铐、脚镣。曾鼎乾气愤至极，我有什么罪？当时，他只有十四岁。

在军法处，曾鼎乾被关押了十二天。“小囚犯”，这是监狱里的人给他的称呼。当他们听说曾鼎乾因为母亲而进来的时候，纷纷为他竖起大拇指。在他们心中，曾鼎乾就是小革命党，名副其实的革命党，虽然他还是个孩子。所以曾鼎乾在坐牢期间，得到了狱中同志们的细心照顾。时值寒冬腊月，曾鼎乾只身一人，没带行李，晚上他就睡在其他难友的被窝里。每次曾鼎乾受刑回来，同志们都会把好吃的留给他。冬天到了，他们就留个温暖的被窝给他，有的狱友还把他拉到自己的被窝里一起睡。曾鼎乾的坚强表现，连看守他们的士兵都感动了，经常明里或暗里帮着他。人心都是肉做的，一个孩子，不管怎样，能做什么错事？有时候，看守士兵自己都犯迷糊。

在狱中，每餐都是一大桶饭，一大盆汤，汤里有几根豆芽，早晚放两次风。在狱中，曾鼎乾生了一身虱子。曾鼎乾想起了母亲平时说的“一个人要有志气，有气节，不要屈服黑暗势力，宁肯牺牲自己，也要保卫组织、保卫同志，不能向敌人屈服”等话语，还有《夜未央》中那对革命夫妇的形象，以及母亲可敬、熟悉的面孔。特别是经过同警察厅的斗争，他的胆子更大了，立场也更坚定了，宁肯牺牲自己，也不能出卖革命。在这里，他被审问过三次，还是警察厅曾经问过的那几个问题。每次审问，他装不懂事，一概推说不知道。曾鼎乾对他们说："大人的事我怎么能知道！"他们像哄小孩子一样哄他，有时打别的犯人，打得惨叫，他横下一条心，装傻。问急了，他就说："大人的事我确实不知道，我要知道早就告诉你们了。"

军法处规定，不准给犯人送东西，但可以送钱，犯人拿钱可以托看守买东西，他们在购买东西时就从中获利。到被关押的第八天，看守说："曾鼎乾，你家给你送钱来了。"党组织通过外围同志给他送来了五元钱，叫他买吃的。党组织知道他在狱中的表现，知道他什么都没有说，是对他的鼓励。曾鼎乾把钱拿在手上，激动万分，心里感到一阵温暖。看守看他嘴边挂着笑容，对他说："小把戏！家里给你送钱买吃的，高兴了！"曾鼎乾心想，你懂什么？这是党对他的关怀、慰问，也说明了党对他的信任。这更增强了他斗争的信心：军法处即使一辈子不放我，杀了我，我也不会说一句真话，一定要对得起母亲、对得起革命同志。

党组织知道曾鼎乾后来被反动军警抓走后，也积极从多个方面关照他。托人带钱给曾鼎乾，或者麻烦其他人送衣服或者吃的给他，这些都给了曾鼎乾巨大的温暖。他觉得在身后，有无数的人在帮助他。他第二次感受到了组织上给予他的温暖。第一次那是在"五卅"期间，他被一个军警打昏在地，后来是一位返场的同志救了他。

北伐军节节胜利，军阀爪牙人心惶惶，加之党的营救，在阴历年三十，曾鼎乾以"年幼无知"的理由被释放出狱。军警对曾鼎乾无可奈何，心里很怀疑，但就是手上没有任何证据，再说他又是个孩子。原以为这会促进陈君起回来看望孩子，以便顺藤摸瓜，但是愿望落空。那时的陈君起不知道儿子曾鼎乾被抓，还遭到了严刑拷打，当她知道的时候，曾鼎乾已经回到了家中。

曾鼎乾回到家的时候，家里空荡荡的，凌乱不堪。姐姐曾谦和妹妹曾丽在家。别人家欢欢喜喜热热闹闹地过年，他们姐弟三人，默默无声，对着一盏煤油灯凄凄惨惨地过了个没有母亲在的春节。想到往年春节，母亲总要给他们做点好吃的，饭后总要给他们讲故事时，曾鼎乾心里就更难受、更思念他的母亲了。他想，千里之外的母亲此时也一定在想他们吧!

曾谦高小毕业，就再也没有去上学，尤其是曾谦后来知道陈君起不是她的生母后，性情大变，对这个家庭冷漠起来。趁着陈君起不在家，她结交了社会上三教九流的人，还有党组织内部的一些人，可谓鱼龙混杂。曾谦的这些变化，陈君起早有预感，之前还吩咐过曾丽和曾鼎乾，不要和姐姐混在一起。当然，曾谦与一些不三不四的人混在一起，也给这个党组织的联系点带来了巨大的风险，好在后来党组织基本上都转移了，曾谦对革命的事知之甚少。据说，长大后的曾谦嫁人后就远走他乡了。

曾鼎乾回到家后，时间长了才发现了异样。姐姐曾谦和两个男子关系不对劲。一个叫谷逢春，一个叫钮玉书，两人都是金陵大学的学生。曾鼎乾和姐姐曾谦大吵了一架，曾鼎乾不愿意家里来些不三不四的人，这也许是出于对母亲安全的保护吧。

曾谦后来不知道是为了方便自己的交友，还是其他原因，她给弟弟曾鼎乾找了个学校，也就是钟英中学，校址在户部街。学校从1923年就有地下革命工作在活动了，曹壮父、严绍彭等人经常来这里指导学生革命活动。妹妹曾丽也在姐姐的唆使下去了干妈家。曾鼎乾有点纳闷，不知道妹妹曾丽什么时候有了干妈。

南京革命形势变化之快，超出人的预料。陈君起在南昌北伐军里工作才不久，出于革命的需要，她又匆匆调到了湖北武汉，不久，南京形势发生了变化，陈君起工作又有了新的变动。

第五节　相见即为永恒

南京在军阀孙传芳的统治下，局势有了新变化。一方面，中共南京地委加强了军事工作，在一些兵工厂、码头等单位秘密建立了工人纠察队，发展党、工会组织，配合北伐军早日攻占南京。另一方面，北伐军从武汉挥师东下，国共两党合作比较密切，虽然有左右两派之争，但是大敌当前。军阀孙传芳在杭州惨败后，与张宗昌在南京建立了七省联军总司令部。在军阀统治下，南京城里岗哨林立，暗探密布，百姓生活笼罩在白色恐怖之中。

1927 年 3 月 15 日，江右军的三个纵队，同时从各自驻地向南京进击。3 月 23 日上午，江右军将南京城重重包围，兵分三路进攻南京。不到一天，北伐军就开进了南京城。天明时，南京到处是国民革命军的旗帜，大街小巷张贴着欢迎北伐军的标语。

南京市党部负责人刘少猷率陈君起等市党部成员以及南京市民赴总指挥门前欢迎北伐军。江右军政治部进城宣布刘少猷为首的南京市党部为正式的市党部，封闭了右派市党部。以刘少猷为首的国民党南京市党部及其所属的八个区党部、六十四个区分部，随即由秘密转为公开，在没有建立市政府的情况下，起到临时政权的作用。

与此同时，随着北伐军的进城，在南京城北下关发生了一起被称为“南京事件”的惨案。江右军进城那天，城北爆发了大规模针对外国人的抢劫风暴，南京城内和下关的外国领事馆、教堂、医院等均遭到射击和洗劫，造成了人员伤亡和财产损失。其中，金陵大学副校长文怀恩、震旦大学预科校长遇害，此外，还有英国侨民、日本侨民、法国侨民皆有伤亡。据悉，此乃溃败的军阀所造成的。

此事英美两国不肯善罢甘休，两国停在下关的军舰，以保护侨民为由，对南京城进行了七十分钟的大轰炸，一时间城内硝烟弥漫、火光冲天，致使百余人伤亡，毁坏房屋无数。这起惨案被称为“南京事件”。

作为国民革命军总司令的蒋介石赶到南京，下令追查抢劫者，但是他把罪行安在了军队内不良分子和南京共产党人身上。实际上这是蒋介石的阴谋，是在借机削弱或分离共产党。

这期间，作为国民党南京市党部工人部部长的文化震，领导工人成立了工人纠察队和市总工会，接着南京市农民协会、教育协会、商民协会也组织起来了。

这一切，中共党组织已经看到，在北伐军胜利的消息一个接着一个，全国工农革命运动逐渐走向高潮的背后，蒋介石的反革命政变迹象越来越明显。党组织已经开始预留后手，不少党员开始从一些国民党员集中的队伍中撤出。为了加强南京的革命工作，考虑到陈君起熟悉南京，工作开展起来轻车熟路，党组织又把陈君起派回了南京。为了革命工作，陈君起再次回到南京。

1927 年 4 月，陈君起调回南京，任中共南京地委妇女委员兼国民党南京市党部妇女部长。由她在党组织的领导下，组织广大妇女参加南京人民打倒孙传芳、光复南京庆祝活动，抗议英美帝国主义军舰炮击南京。

这样，陈君起在时隔几个月后，见到了出狱后的儿子曾鼎乾，不过地点是在南京钟英中学，她心潮澎湃。这是因为曾鼎乾出狱后，还想读书。姐姐曾谦就想方设法凑了点钱，把弟弟送到了当时南京为数不多的私立贵族学校做插班生就读，妹妹曾丽也被她送到了干妈家生活。曾鼎乾到贵族学校读书，是个谜团，家境窘迫的姐姐从哪里搞来一笔昂贵的开支？曾鼎乾没有问清楚，陈君起后来在狱中也没有细说。曾鼎乾与曾谦明显的不同是，曾谦爱交际，曾鼎乾爱读书。因为陈君起一再叮嘱曾鼎乾，到哪里都不能荒废读书，这也是后来曾鼎乾到北京去读书的原因。

南京钟英中学是旧日南京的名校之一，是南京历史上第一所由南京人筹资开办，而不受任何外国势力扶持的私立中学。清代末年两江总督曾国荃的祠堂就在这所校园内。之所以定名为“钟英”，据说是取南朝孔稚珪《北山移文》一文首句“钟山之英，草堂之灵”中的“钟英”二字，表示钟山脚下，哺育英才之意。学堂设在中正街（今白下路）蒋氏经营的孟渊旅馆。1904年，钟英学堂按新颁的《大清学堂章程》改称钟英高等小学堂，迁回中正街，渐渐初具规模。民国元年（1912年），江苏督军都督府指拨南捕厅衙门旧址（今府西街小学）给“钟英”改建校舍，次年，钟英高等小学堂改名为私立钟英中学。民国学者名流如卢前、唐圭璋、赵元任等人都曾经在“钟英”任教。1923年前，“钟英”就有了地下青年团的活动，进步学生甚多，与当时南京的革命活动中心之一的河海工程专门学校遥相呼应。“河海”的学生领导人曹壮父经常介绍“钟英”的学生阅读鲁迅先生的早期著作，循循善诱，给他们讲解革命道理。恽代英、萧楚女等人还曾在钟英学校演讲过。

陈君起一下军舰，就带着随行的革命小同志谢曦，怀着忐忑又沉重的心情赶往钟英学校。谢曦是革命军人，是陈君起在上海组织培训时认识的，曾鼎乾也熟悉谢曦。她没有提前告诉儿子曾鼎乾。她一到南京就立即赶来了，她多么迫切地希望早点见到从狱中回来的儿子。儿子在狱中的事情后来同志们给她说起过，她为儿子骄傲又深感难过。他才十四五岁啊，初中生的年纪，是如何受得了反动军警对他的严刑拷打的？

北伐军攻克南京后的一天晚上，曾鼎乾正在教室里温习功课，有人突然对他说，“你家来人了。”曾鼎乾立刻扔下笔，急匆匆地向着学校的大门口赶去。曾鼎乾远远看到一个熟悉而模糊的身影，以为是妹妹曾丽，他大步迎了上去，大声叫道，阿丽！在灰黄的灯光下，隔着一个大院子看不清，曾鼎乾以为是妹妹有事找他，就喊妹妹。奇怪的是她却背转身，当他走近时，她突然转过身来，满含泪水地注视着他，脸上挂着微笑。“你看我是谁？”曾鼎乾一看是母亲，高兴极了，大喊了一声，妈妈！曾鼎乾紧紧地和母亲拥抱在一起，顾不得一旁在场的陪母亲而来的革命同志谢曦。陈君起紧紧地把儿子抱在怀里，不时地抚摸着儿子身上的每一道伤痕，心痛如刀绞。

过了一会儿，陈君起擦干眼泪，把儿子从头看到脚，又从脚看到头，然后不停地问儿子，说：“阿宝，他们有没有打你啊？ 有没有打伤你啊？ 在里面吃了不少苦吧？ 妈妈已经知道你在狱中的表现了，妈妈为你高兴，同志们都夸奖你呢！”曾鼎乾说：“没挨打。”她告诉曾鼎乾，她是奉组织的命令随军回南京的，今天下午刚到，特地赶来学校看他，马上还要赶回家有事。 陈君起细细地叮嘱着儿子，在学校要好好读书，在生活上要学会照顾好自己，不要贪玩。

曾鼎乾也简单地跟母亲说了一下狱中的情况，又说了一下家中的变故，曾谦的变化以及自己和她吵架的事情。 曾鼎乾已经感受到家中的异样，他说这些就是提醒母亲要注意，因为这些年来，曾鼎乾跟着母亲，已经深知其工作的谨慎性。 陈君起再次抚摸着儿子的头，连连点头，她对自己儿子的成长特别满意。

由于革命任务紧张而又繁忙，许多重要的会议和任务正等待着陈君起去忙，她只能跟儿子说上几句话就匆匆离开了。 陈君起本想告诉曾鼎乾星期天回家再聊，一看时间来不及也就作罢。 她一边往回走，一边不住地回头，催儿子回教室去。 只见曾鼎乾站在原地，目光注视着好久不见的母亲，一动不动，直到母亲的背影从眼前越来越小，逐渐消失，他才迈动脚步转身。 他甚至都没有来得及跟母亲身边的同志谢曦问候一句，两人就匆匆赶赴革命工作了。

谁曾想到，母子这次短暂的相见，却成了永远的告别，也成了曾鼎乾和母亲陈君起相见的最后一面。

多年后，曾鼎乾重返解放后的南京，在追忆母子在钟英中学最后一次的相见时，已是白发苍苍的曾鼎乾老先生，哽咽得说不下去。

第七章 秦淮河畔

第一节 “四一〇”反革命事件

北伐军取得节节胜利时，陈君起的忧虑也增加了几倍，她日夜担忧着中国革命的未来。她的担忧不是来自外部诸如英、美等炮轰南京而制造的“南京事件”，而是来自内部的力量。随着蒋介石的权力不断膨胀，以及他采取的一系列举措，如迁都之争、军队的调防等，陈君起凭着女人的敏感，感觉局势将会发生大变化。尤其是后期工会的解散、工人领袖的遇害等，这一切不正常的背后，都隐藏着巨大的阴谋。这个阴谋甚至还可以追溯到“五卅”惨案以及中山陵事件，种种迹象背后，陈君起感到有人在预谋着什么，这一定是对党组织不利的。实际上，党组织在中山陵事件后，已经看到了蒋介石夺权和对共产党的迫害，但是由于在北伐军推翻军阀孙传芳的统治后，被胜利的喜悦冲昏了头脑，丧失了对革命的判断和警觉，否则，就不会再派陈君起重返南京了。

陈君起接到组织要求回南京的任务，踌躇满志。对于南京妇女工作，她再熟悉不过了，当前南京的局势，对中共地委来说是严峻的，国民党南京市党部力量薄弱，眼下正是需要人的时刻。再说，儿子曾鼎乾刚出狱，于公于私陈君起都必须回到南京，这是一个革命者的重担，必须要担当起。可她还是隐约地感觉到局势的凶险，国共两党已经险象环生，不祥的预兆越来越明显。在南昌时，陈君起就跟严绍彭说过，她的身份已经暴露，不适合在南京工作了。

好友严绍彭说，南京都光复了，局势已经在掌控之中，没什么可担心的。陈君起欲言又止。后来曾鼎乾到北京见严绍彭时，严绍彭痛苦不堪，对曾鼎乾说，如不是自己一意孤行，你母亲就不会那么早牺牲了，为此，他万分愧疚，自责了一辈子。其实这与严绍彭无关。因为在陈君起看来，一个真正的革命者，必须要勇于牺牲，为了千千万万的妇女同胞，陈君起没有什么不可以牺牲的。谭嗣同、秋瑾可以做到，她一样可以做到。

时隔几个月后，陈君起再次赶到工作生活多年的南京。几个月前，南京还在孙传芳的白色统治之下，压抑至极。现在南京已经换了主人。陈君起朝着南京城，大声地喊了一句，我又回来了。看似轻松，实则是对自己的抚慰。她希望自己的预感是错的。此时，陈君起已经是一个有知识的成熟的革命者了。

国共两党自第一次合作实现后，为了打倒帝国主义，推翻军阀统治，统一中国，1926 年 7 月，国民政府决定出师北伐。北伐的主要对象是吴佩孚、孙传芳、张作霖三个军阀。由于北伐战争是一场正义战争，它以打倒列强和军阀为目标，因此得到了广大工农群众的大力支持。经过半年的斗争，进行了汀泗桥战役、贺胜桥战役、武昌战役等一系列战役，北伐军从长江流域打到珠江流域，基本上消灭了吴佩孚、孙传芳的主力（基本上推翻了北洋军阀的统治）。1927年初，国民政府从广州迁到武汉。

蒋介石对共产党在国民党内力量的日益强大深感不安。在北伐开始之前，他就在广州借“中山舰事件”驱逐共产党。蒋介石在北伐军中进行大清洗，将共产党员干部统统驱逐。周恩来等人此时被迫离开了黄埔军校。在蒋介石的压力下，苏联顾问鲍罗廷软了，同意国民党中央通过《整理党务决议案》，规定：“共产党应将国民党内之共产党员全部名册，交国民党中央执行委员会主席保管。”“中央党部各部长须不跨党者方得充任。”

1927年2月21日，蒋介石所在的南昌方面即相应召开会议。蒋介石手下陈果夫、陈立夫、温建刚等少壮派，在蒋介石的默许下做出决定，一面全力夺取其军力所及之各地的党政权力，一面加紧准备与武汉破裂的种种条件。随着这次南昌会议召开后，即相继发生了原本共产党和国民党左派占据优势的江西各地国民党部均被人捣毁的系列事件。这股夺权的风潮，由江西，而安徽，而福建，而浙江，随着蒋介石指挥的军队向北向东推进，迅速扩展开来。

1927年3月，北伐军到达上海前夕，共产党配合北伐，发动第三次工人武装起义，不料此举成为蒋介石等决心清党的借口。“清党”运动，名为清除国民党内的共产分子，实则是蒋介石意图掌控党权和政权，夺取上海和南京，以便利用江浙和上海的资源，另起炉灶，与武汉国民革命政府分庭抗礼。

蒋介石从上海抵达南京后，策划在南京召开国民党中央执委监委会议，筹备拟议中的国民党中央二届四中全会。蒋介石选择此时赴宁，在他的心中，重中之重是抓国民党实际大权并抢先宣布建都南京，迫使武汉左派和反蒋派就范。

一到南京，蒋介石做的第一件事是制造定都南京舆论。他借江苏省十六县公民代表的名义通电全国建都南京。当然，事先工作是温建刚等人做的，蒋介石不过是出场接见接见而已。第二件事是宣布进南京原总统府（旧督署）办公并扶植南京右派势力。他给汉口汪兆铭、谭延闿，南京程潜、何应钦，上海胡汉民、宋子文，南昌朱培德、李烈钧（按：事实上，此时李烈钧已避浙江），广州李济深、甘乃光等人发通电：

中正已于本日进驻南京（驻旧督署）。东南虽已底定，北伐尚未成功，各项进行事宜，亟待解决，务请诸同志于本月十四日以前，驾莅南京，筹商一切，不胜盼祷，并请示复。

这是蒋介石打的心理战，是公开宣告他坐镇南京，而非完全虚心地静候各地党国诸领导的筹商。因为，在蒋介石离开上海之前，支持他的各路诸侯，已经把清党之事商量好了。此时正各就各位，只等蒋介石发动手的信号，按既定方针办事了。而武汉方面除叶楚伧外，其余基本是不来的。所以能来南京的，只有上海、杭州和广东那班不掌握地方军警大权的“长衫党”们：上海的吴稚晖、钮永建、李石曾，杭州的蔡元培、张人杰、马叙伦、蒋梦麟、邵元冲，广东的胡汉民、王宠惠、邓泽如和古应芬，武汉的叶楚伧等。

4 月 2 日，国民党江苏省党部从上海迁回了南京。随党部一起前来的还有省党部的中共党团书记侯绍裘、工人部部长兼秘书长刘重民、省党部机关工作人员等。这是经过上级组织批准而迁至南京的，由侯绍裘主持江苏省党部的工作。他们的到来，受到了南京市党部以及市民的热烈欢迎，为此还举行了隆重的庆祝与欢迎仪式。

这个江苏省党部是倾向于共产党的国民党左派，由共产党人控制的。侯绍裘将省党部迁至南京时，上海英帝国主义工部局的《警务日报》曾有过这样的报道，说侯绍裘此行是预备在南京宣传反蒋介石的，这种报道是火上加油，使得本来就紧张的局势更加严峻。

4月初，蒋介石的北伐军总司令部迁到了南京。南京成了国民革命军的统帅中心。陈君起更加担忧，她还提醒同志们，一切都得小心谨慎从事。

中国共产党和国民党左派与蒋介石针锋相对，侯绍裘和原东路军政治部主任江董琴已经实现“战略转移”，在4月初他们率国民党江苏省党部从上海迁至南京，与在南京的第二、第六军政治部代表李富春、李世璋等一道，积极从事成立江苏省政府的筹备工作。

也就是那段时间里，蒋介石安排亲信温建刚为南京市公安局局长，任命杨虎为津浦路南段特务处处长，一贯反对国共合作的陈葆元为津浦路南段总队长等。蒋介石任命完后，陈葆元就成立了南京市劳工总会，与南京市总工会相对抗，同时建立武装纠察队，其武器多为竹棍，当然也有枪支。

共产党人的危险正一步步逼近，但是，南京大多数共产党人并没有闻到血腥的气息。

此时，中共中央宣传部部长彭述之从上海赶到南京，他在会上说，革命形势不错，帝国主义还在联合，想从内部分化他们，估计蒋介石会叛变。党中央在上海采取了一些措施，组织了工人武装，力量很强大，他们有信心控制局势。但对于南京市党部以及江右军是否采取应对措施，他没有提及。4月5日，中共中央总书记陈独秀还与国民党中央常委汪精卫在上海发表了联合宣言，要求党内同志不要听信国民党驱逐共产党的谣言。这让南京党组织一些同志对两党合作很有信心，认为局势良好。但陈君起依旧认为情况不容乐观，还是谨慎点好。

实际上，几天后汪精卫在上海《民国日报》发布了一则《国民党连日会议党务之要点》的报道，戳破了合作的希望。

汪精卫主张：第一，共产党员停止一切活动；第二，不受迁鄂后的中央党部及国民政府的各项命令；第三，各党政军负责人有权取缔和制裁捣乱分子；第四，凡工会纠察队等武装团体，除归总司令部指挥者外，一律取缔。

这则报道，实际就是国民党之所谓“清党”，即由此而逐渐展开。

遗憾的是，南京市党组织还沉浸在合作的光环中，沉浸在国民党左右派的斗争中。同一天，汪精卫从上海不辞而别跑到武汉宣布复职。江苏省和南京市国民党党部负责人侯绍裘、刘少猷准备响应，计划在4月9日下午2时，在公共体育场召开群众大会，“欢迎汪精卫复职”。目的自然是出于壮声势，向右派示威。

实际上在几天前，蒋介石的亲信温建刚已经以南京市公安局长的名义颁布通告，禁止群众集会，即使集会必须经过市公安局的批准，否则予以取缔。这则通告的意思，就是禁止共产党人召开集会。当时通告的颁布，遭到了农民协会和市总工会的抵抗，他们到公安局请愿，但遭到温建刚的野蛮拒绝。

国民党江苏省党部还是没有认识到局势的重重危险，或者说他们没有意识到事态的严重性，他们还计划在4月8日召开军民联欢会，9日召开汪精卫复职大会，10日召开市民大会，11日召开省政府筹备会议。

8日，陈君起早早地起床，带领妇女们前往会场参加联欢会。然而会场冷清得很，她感到不对劲，就等了等，可是等到会议将要开始，会场的人还是寥寥无几。军民联欢会，只见群众，不见军人，这到底是怎么回事？原来，倾向于共产党的国民革命第二军和第六军，已经被蒋介石调防，远离了南京，南京卫戍部队已经换成蒋介石的人马了。这是中共南京市党组织没想到的事情。

他们哪里知道，随着蒋介石的不期而至，这一切将戛然而止，噩梦还在后面。

4月9日11时左右，蒋介石抵达南京。大街上彩旗飘舞，站满了军警。随着蒋介石的到来，省、市党部和中共南京地下党组织的噩梦开始了。

下午2时，省市党部在公共体育场召开“欢迎汪精卫复职大会”，会场上贴满了标语，有人还在会场上写“欢迎蒋介石总司令到南京”。党组织负责人以为这样就可以缓和局势，但这只是一厢情愿的事情。实际上在这表面的背后，黑手已经举起了屠刀。

大会还没结束，大会的组织者就被告知，省、市党部出事了。国民党右派在那边大打出手，许多人被逮捕。国民党右派利用第六军的卫戍部队失去战斗力、中国共产党和国民党左派全部力量都去公共体育场开会而后方空虚的机会，安清帮头子陈葆元和国民党右派的南京市党部头子达剑峰，发动对国民党左派机构的袭击。他们给劳工总会的百余名匪徒每人发了四元钱，并指挥他们搞“打砸抢抓”。他们趁虚冲进了国民党省、市党部和南京总工会，将文件、财物抢劫一空，并捆绑了那里的工作人员黄竞西、高尔柏、范志超等三十余人，其中包括省农民部和商人部的负责人、宣传部和妇女部的干事、书记处的职员，这些人被移交到温建刚的公安局。抓过人之后，他们还在省、市党部和总工会等地方都刷上了标语：

总理的三大政策就是联奉、联段和三角同盟！

这曾是孙中山 1924 年用于对付直系军阀吴佩孚的统一战线，此处是右派故意进行歪曲，用来激怒中国共产党。留守国民党江苏省党部的张曙时在暴徒搜查时躲了起来，但后来还是被捕去关了一夜。显然，这是国民党右派的党部利用国民党左派丧失军队支持的机会，进行的一次大规模报复行动。右派的国民党党部和工会乘机“复活”。

与会者得到消息，群情激愤，一致决定赴蒋介石的总司令部请愿。陈君起率领广大妇女与南京人民一起前去请愿，要求蒋介石严惩凶手，保护省、市党部和市总工会。组织大会的侯绍裘、刘少猷听说省、市党部被捣毁，也与众人立即赴总司令部请愿。总司令部先派温建刚出面答复，但群众不满意，要求蒋介石出来直接答复。等了很久，蒋介石才出来应付几句，但没有解决任何问题。显然，蒋介石和温建刚乐得看右派出山反攻倒算。

当晚，中共南京地委书记谢文锦和省市党部侯绍裘、陈君起等人鉴于形势严峻，召开各团体负责人的紧急会议。陈君起不顾一天的疲惫，前往参加会议。会议决定，10日召开南京市民“肃清反革命派”大会，也就是谴责和声讨国民党右派的罪行。侯绍裘、刘少猷毕竟年轻，头脑太简单了。他们不知道，蒋介石在上海制定的清党计划，正是要拿他们开第一刀。在南京这个地方，此时的政治气候已经发生了根本的变化，支持国民党左派的第二、第六军已不再有了。相反，原来的右派团体正重振旗鼓，气焰嚣张，要反攻倒算。忠于蒋介石的军警正在找机会试刀，血腥的镇压就在后面。

这一夜，陈君起第一次辗转难眠，几次都是从梦中惊醒。她哪里知道，此刻在自己的家乡南翔，陈家已经被抄家了，父亲被枪决，母亲和姐姐、弟弟等人哭得昏天暗地。陈君起更不知道，明天也许就是她最后一次参加革命工作了。

蒋介石到南京还做了件事，这也是省、市党团组织不曾了解到的，就是他的第一军解除林伯渠布置的南京卫戍部队三个团的武装。由于此前已将第二军及第六军主要部队解决，担任警戒的南京卫戍部队六军十八师的三个团已陷入蒋介石嫡系军队的重重包围，行动已经遭到严格限制，缴械已是迟早的事。

也就在当晚，何应钦下令切断南京对外的一切交通，林伯渠指挥的南京卫戍部队陷于绝境。何应钦调一、二两师，加上贺耀祖、谷正伦的第四十军，突然包围了南京卫戍部队，强行将第六军三个团全部缴械，李世璋、江董琴转到邓寅达总政办事处，逃往武汉，后随邓寅达搞第三党。林伯渠一人幸而逃到九江而安然脱险。就这样，程潜的第六军全军到此被全部解决。后来，谷正伦继冯铁裴之后，长期任蒋的南京卫戍司令。

在这种情况下，侯绍裘、刘少猷的南京市民“肃清反革命派”大会还是按期举行。

4月10日，这一天是星期日，住在学校的曾鼎乾一早就从学校跑回来了。他要见到母亲，他有一肚子的话要仔仔细细地讲给她听。当儿子赶到家中时，陈君起还在伏案工作。她停下手中的笔，把儿子揽在怀里，仔细地端详着。他已经是一个十四五岁的少年，已经成熟了，尽管这样的成熟充满着辛酸和残酷。

陈君起听了一会儿子的叙述，就打断了他的话，说，阿宝，家里的事你就别操心，安心读你的书。等我忙完手里的事，妈妈再听你的故事。说完，陈君起又伏案工作了。

一会儿，陈君起站起身来，转身要离开家。曾鼎乾看着妈妈，眼含着泪说，早点回来，我等你。陈君起再次看了看儿子，只好转身离去。

10日上午，南京市召开有十万民众参加的声势浩大的"肃清反革命派"大会。陈君起率领的妇女团也在其中。会场乱糟糟的，似乎会出事。而且有人已经在传言，今天的会，有人会遭到暗杀。工人纠察队也赶来了，建议带上武器前来保护，省、市党部认为不妥。大会负责人侯绍裘、刘少猷指责9日发生的冲突是反革命罪行；接下来是党团组织演讲，最后是组织游行示威队伍再次去总司令部请愿，并一致通过了向蒋介石请愿的七项条件：

一、切实保护省、市党部和南京总工会；

二、将反动分子交人民审判委员会审判；

三、查办公安局；

四、武装工人纠察队；

五、省、市党部组织武装自卫队；

六、释放被捕同志；

七、封闭劳工总会。

总司令大门军警荷枪实弹，如临天敌。游行队伍高呼口号，口号在司令部的上空回荡。近一个小时，大门开了，先后有三批代表进入总司令官邸，但是都有去无回，没有传出任何消息。这其中就包括国民党江苏省党部执行委员、工人部部长兼秘书长刘重民。直到第四批代表被阻拦在外，群众被激怒了，要求放代表回来汇报交涉结果。很快代表们都回来了，这显然又是一起与虎谋皮的计划，蒋介石拒绝理睬。群众再一次被激怒了，喊出了“不达目标誓死不离开总司令部”的口号。人群中，一天没有吃饭的陈君起和张应春两人也在用尽力气高呼着。

下午5时左右，公安局长温建刚带着早已集结的数百名流氓打手，从西辕门冲进群众队伍，不分男女老少一阵乱打，接着枪声响了，人们一下子惊呆了。人群中有几十人倒下，场面更加混乱。哭喊声、叫骂声惊天动地，伤者无数，血肉横飞，惨不忍睹。请愿群众被迫向东辕门拥去，彼此之间挤压踩踏又造成许多人受伤。混乱中，有人喊着大家不要拥挤，然后指挥着队伍撤离。陈君起和张应春也随着队伍离开了司令部。

陈君起和南京地委、国民党省、市党部的负责人都没有回家，他们已经明白了，血腥的战斗已经拉开了帷幕，不能束手就擒、坐以待毙。他们要开会研究下一步如何开展针锋相对的斗争。

谁也没有料到，遭到打压的中共南京地委、国民党省、市党部和南京总工会一时复仇心切，没有冷静分析形势的突然变化，在没有加强安全防护的情况下，南京地委书记谢文锦与省党部负责人侯绍裘商讨后决定，于当晚夜深人静时召开紧急会议。

当晚11时，残月升空，大地上明明暗暗。中共南京地委在大纱帽巷10号一处住宅里召开紧急扩大会议，中共南京地委委员、国民党省、市党部和南京总工会的负责人都到了会场，着重研究应变措施、反蒋宣传等问题。陈君起和张应春也按时到了会场。会场群情激愤，纷纷谴责蒋介石的反革命，要求将“欢迎革命的蒋介石”，改为“反对反革命的蒋介石”。

由于机事不密，会场被密探获悉。次日凌晨2时，随着一阵纷乱的脚步声，有人惊呼一声：不好，有人来了。话音刚落，侦缉队队长赵翁臣带领便衣武装五十余人突然闯入，将会场包围。除坐在窗边的刘少猷越墙脱险外，参加会议的侯绍裘、谢文锦、刘重民、张应春（省党部妇女部长）、许金元（省党部青年部长）、文化震、陈君起（中共南京地委委员、市党部妇女部长）、钟天樾（市总工会执行委员、共产党员）、梁永（市总工会执行委员、共产党员）等九位领导人全部被捕。除此之外，还有一起跟随陈君起回南京的谢曦同志以及其他工作人员。

这就是南京"四一〇"事件，也是南京党组织遭受的第一次大破坏。

南京"四一〇"事件，是蒋介石在江苏"清党"、残杀革命者的序幕，此后，苏南各大城市都发生了类似的惨案。

刘少猷逃脱后，国民党右派继续对他展开追捕，并发出了通缉令。然而，刘少猷并没有被他们的白色恐怖所吓倒，"四一二"反革命政变后，刘少猷在上海区委的领导下，继续潜伏于南京任地委书记，恢复了党的工作，顽强地与敌人做斗争，秘密联系党员，发展党组织，破坏反动派军火生产等等。5 月，迫于形式，组织上让他赴东北任满洲省委代理书记，重建满洲省委。后又赴云南，任省委常委分管组织工作、代理省委书记。半年后被捕，后被秘密杀害于云南狱中。

也就在陈君起被捕的当天，即 11 日，英、美、法、意、日本等国以"南京事件"向蒋介石提出"抗议"的照会，这是在变相地逼迫蒋介石公开反共。也就是这一天，蒋介石终于撕下伪装的外衣，正式下令光复各省，实施"清党"。第二天，震惊世人的"四一二"反革命政变开始了。

南京"四一〇"反革命事件的发生，凸显了中国民主革命的复杂性和艰巨性，反映了共产国际对中国革命的僵化认识，彰显了年轻的中国共产党人对中国民主革命的艰难探索和不懈努力，客观上也说明了中外反动势力的强大。面对敌人的屠杀政策，南京的党组织和共产党员坚守理想和信念，仍然义无反顾、执着前行。

第二节　第二次入狱

这是陈君起第二次被捕了，但是她很坦然，她知道反革命分子这次是不会放过她的。另一方面，她也知道一个真正的革命者应该如何面对，即使牺牲。从前段时间儿子曾鼎乾的被捕一事中，陈君起已经彻底看清楚了混入革命中的反动分子，他们要的不是革命和人民的幸福，而是权力。

陈君起在狱中虽然只有短短两天，但是每时每刻都被谢文锦、刘重民等同志的不屈斗争所震撼，这是她近距离地面对自己的战友，他们的大义凛然以及不屈的信仰，是陈君起一生所感受到的巨大财富，为这即将到来的牺牲，她激动着、振奋着，因为从同志们的无畏里，她看到了中国革命光明的未来。

谢文锦，作为南京地区的负责人，走在革命的前沿，带领着广大民众与反动派做斗争。这个出生于浙江省永嘉县潘坑村农民家庭的青年，在五四运动期间，在上海结识了翟秋白等革命知识分子后，就跨入了革命的洪流中，1921 年在上海加入了中国共产党。1923 年冬，他担任了共产国际代表、苏联军事政治顾问鲍罗廷的翻译，随同鲍罗廷一起到广州，并任中共中央秘书。时值孙中山决定实行三大政策，改组国民党，谢文锦积极参与了国共合作的工作。

1927 年 4 月，当蒋介石磨刀霍霍，凶相毕露时，谢文锦和侯绍裘等立即动员和组织力量，号召大家抛弃幻想，准备与敌人决一死战。“暴风雨就要来了，有些人（指蒋）的面目越来越清楚，我们不能再坐着不动了。在座的都是党团员积极分子，是革命的中坚力量，革命总是要付出代价的，总是有牺牲的。我们不怕牺牲，我们要组织力量，和敌人对抗！”从他的身上，陈君起看到了谭嗣同、陈天华等人的高大背影。

当时审问谢文锦的是南京市公安局侦缉队长赵笏臣，此人凶残贪婪到连他的主子温建刚都一边用他，一边时刻提防着他。这也让陈君起清醒地看到，这个伪革命分子，追求的只是投机，是利己分子，哪里是真正的革命?

赵笏臣凶狠地问谢文锦:“姓名?”

谢文锦答:“胡文从。”

“胡说!”赵笏臣暴跳如雷,大声呵斥,他以为谢文锦故意调戏他,“你叫谢文近,谢师酒的谢,文人的文,远近的近,你以为老子不知道?”

“谢师酒? 你还知道这个?”谢文锦想笑,假装诧异,“这样说来,你上过学,拜过师?”

赵笏臣一脸的不屑,哈哈大笑:“那当然,你当我是二糊?”

谢文锦一本正经地问他:“你既然拜过师,识得字,怎么开口就说脏话? 老师要是知道,你身为官家人,却如此不懂礼,岂不是很生气?”

赵笏臣火了,说道:“你是不是皮肉痒? 急着逼我给你上刑?”

谢文锦说:“你不会急着给我上刑。”

老虎也有好奇心,赵笏臣问:“为什么?”

“如果你是个急性子,早该把我送到温建刚那里,签字拿钱,一手交人一手领钱,岂不更爽快?”

阴险狡诈的赵笏臣,居然被对手抢了先机,这使他一时转不过神来:“依你说,我留着你干什么用?”

谢文锦问:“你是警察吗?”

“废话!”赵笏臣脖子一梗,大声呵斥。

“那么,你有孩子吗?”谢文锦的语气却是平和自然的。

赵笏臣再次愣住了,这个对手所提的问题,总是那么出人意料:“有,怎么了?”

谢文锦再次发问:“如果你的孩子问你,这个人,也就是我,犯了什么罪。面对你的孩子,摸着你的良心,你怎么回答? 孩子都知道,警察抓坏人,那么我问你,我是坏人吗? 如果是,做过什么坏事?”

赵笏臣的回答,多少有些勉强:“你是共匪,要干,就干天大的坏事。”

谢文锦说："天大的坏事，莫过于推翻国家政权。孙中山葬送了清政府，你能说，孙先生是坏人，干天大的坏事吗？"

赵笏臣气急败坏，忙吩咐打手，把他拖开。

陈君起看到这一幕，深深为谢文锦喝彩。一个革命者，即使深陷牢狱，依然可以和反动派做斗争，从精神上击溃他们内心的肮脏。她也看到了一个真正的革命者是如何在面对生死的，在生死面前，始终不改的是革命的信仰和斗志。

而刘重民的英勇又让陈君起领略到革命者在狱中的另一面光辉形象。刘重民，原名刘盛宝，1923 年 10 月，经南京第一中学黄伦秋介绍，参加了中国社会主义青年团。1923 年底，刘重民在恽代英、杨贤江的鼓励支持下，在南京一枝园积极参与筹办钟山中学。1925 年，刘重民出任共青团上海地委委员。刘重民耳闻目睹，十分钦佩孙中山大公无私的革命精神，决心继承孙中山的遗志，把革命进行到底。"五卅"惨案发生后，中共上海地委根据党中央指示，建立了上海反帝运动的公开指挥机关——上海工商学联合会。刘重民代表上海学生联合会参加工商学联合会，在总务部工作。刘重民工作十分繁忙，每天总是从黎明忙到子夜，有时甚至彻夜不眠。

刘重民的一句经典的话，始终回荡在陈君起的耳边："要救中国，要救我们自己，只有革命，只有打倒帝国主义。"

在狱中，刘重民与敌人斗争的表现，让陈君起看到了一个英勇共产党员的光辉形象。

面对敌人无耻行径，刘重民当着敌人的面，痛斥蒋介石无耻背叛革命、屠杀人民的罪行，痛骂蒋介石是混进革命阵营中的伪革命，是中国革命的极大耻辱。

敌人恶狠狠地说，你再骂，就割掉你的舌头。

刘重民大声怒吼，混蛋，来吧，革命者的命都不在乎，还在乎舌头？还像尔等这些鼠辈贪生怕死？

敌人被刘重民的浩然正气吓倒了，浑身瑟瑟缩缩，犹如筛糠一般。敌人拿了把锋利的剪刀，在三四个打手的帮助下，才把刘重民压在刑具上，用颤抖的刀，残忍地割去了他的舌头。

刘重民忍着剧痛，猛地从口中吐出一口鲜血，溅在敌人的身上，吓得敌人惊慌失措，屁滚尿流地逃开了。

有人说，革命者是钢铁做的。陈君起觉得革命者哪里有钢铁之身，只不过是因为有钢铁般的意志、钢铁般的信仰，才会有钢铁般的肉身与反动派作殊死斗争。这个钢铁的成分，就是源自心中装着数万万劳苦大众。

陈君起崇敬地看着侯绍裘，不仅仅是因为他为革命的劳碌，而是作为党的江苏负责人之一，前不久刚刚经历几次反动暴徒的殴打而严重受伤，现在要再一次地面对着敌人的严刑拷打。侯绍裘，1896 年出生于上海松江。1924 年，在邓中夏的介绍下，加入了中国共产党，走上了中共领导的反帝反封建的革命道路，成为坚定的共产主义战士。

这个大无畏的共产党人、革命战士，在前不久南京市民“肃清反革命派”大会召开前，接到好心人给他的密报，暴徒要暗杀他，但他无所畏惧。大会的当天晚上，已经遭到暴徒暴打的侯绍裘坚持要去参加中共南京市委地下会议。临行前，他安慰忧心忡忡的妻子和九岁的儿子：“别害怕，革命一定会胜利，我会回来的！”

这是侯绍裘留给家人的最后一句话。

侯绍裘被捕后，敌人先行诱骗，后施酷刑，蒋介石还以“江苏省主席”为诱饵招降他。侯绍裘志坚如钢，毫不动摇。反动派无计可施，残忍地用刺刀将他活活捅死。侯绍裘的牺牲践行了他的诺言：“以最多数人之最大幸福为人生的最终目的。”

这些胜过亲人的革命者、钢铁战士，用他们的大义展示了一个共产党人的担当。陈君起激情难抑，她看到了党的曙光，胜利一定属于共产党，因为有他们的存在，人民一定能过上幸福的生活。

面对张应春，陈君起尤其心碎。这个比她小好多岁的张应春，其革命志向深深地令陈君起敬佩。她可以作为张应春的姐姐，但是她却没有张应春加入中国革命早。在狱中，敌人对张应春软硬兼施，威逼利诱，严刑逼供，她英勇顽强，坚贞不屈，坚持斗争，只答一句“我是共产党员”。

“革命的事业，没有流血是不会成功的，但是只流男子的血，不流女子的血还是不够的……我们誓死要从红色的血泊里边，找着光明的途路，建设起光华灿烂的社会来。”张应春的英勇牺牲，实践了她的铮铮誓言！

张应春殉难南京时，虚龄才二十七岁。

陈君起在敌人面前，和张应春一样，当反动派问及其他同志的情况时，她斩钉截铁地说：“不知道！”她们公开承认信仰共产主义，告诉敌人，她们是共产党员。结果自然是少不了敌人的严刑拷打，她们被吊打一天一夜，几度昏死又被冷水泼醒。醒来后，还是那句话，她们是共产党员。最后，两人和其他烈士一样，被捆绑着装入盛有石灰的麻袋，被刺刀活活捅死。

陈君起被捕后，在狱中给儿子曾鼎乾写了一封信，辗转多次，陈君起的信终于送到了钟英中学曾鼎乾的手中。

当曾鼎乾课后回到宿舍，看到书桌上母亲的这份绝笔信时，犹如晴空霹雳，眼前一片黑暗。母亲的这片天空将要坍塌了，他知道母亲不会像上次那样轻松地走出监狱。从敌人曾经对自己的抓捕中，他已经感到母亲这次凶多吉少了。他忍不住内心的悲伤，想要号啕大哭，为母亲哭，也为自己哭。他想起母亲陈君起短暂的一生，两次对家庭的逃离，生活与人生的困境，还要抚养自己和曾谦、曾丽。曾鼎乾痛哭中，还有一份自豪，他知道，母亲正在从事着最神圣最伟大的革命事业。

他一边流泪一边读着母亲写给他的每一个字，陈君起在信中告诉曾鼎乾：“我和张应春（共产党员，国民党江苏省党部妇女部长，从上海来宁后住在我家）被关在一间屋子里，这间屋子就是去年关过我的那间牢房，我们两个人住得非常挤，但是我们很相安。这次上面的很凶，但下面对我们很同情。我和张应春偷偷地去看过侯绍裘、谢曦他们，男同志的处境更苦。”

“这次的失败，主要是我们还很幼稚，没有经验。”

“你接到信后，赶快回家去，把我住的那间屋子的门锁好，不准任何人进去住。”

曾鼎乾把信又看了看，按照母亲缜密心思的惯例，信中一定是藏着许多不便于直接表露的信息。他仔细地读着信，信中的内容他已经明白了个大概。

陈君起首先是从自己的处境说起，其实暗中提示的是家中的资料和党内文件，这是她极力要曾鼎乾重视的，从“把我的门锁好，谁都不要进去住”，看出她对党的事业的忠诚与牵挂。她在吩咐儿子赶快回家把一些紧要的党的机密文件烧毁，而对生死，她已经抱定了牺牲的决心。

陈君起的绝笔信中，耐人寻味的是，“我死之后，你向曾谦要人”这句话。曾谦到底怎么样？在可查到的各种资料中，关于曾谦的资料很少，偶有零星斑点写曾谦的少女时代，爱交际，圈子广泛，各种革命和假革命的人她都交往，曾为了玩，把曾鼎乾送到私立学校，把妹妹曾丽送到干妈家。陈君起是在暗示他们的被捕与曾谦有关系？叫曾鼎乾小心姐姐？会不会还有一种情况，就是曾谦有办法救出他们？另外一个事情是，曾谦在参与母亲陈君起的革命工作中，与钮玉书等人认识。这其中，钮玉书还引荐给曾谦另外一个人，就是谷逢春，此人的叔父是国民党右派，在部队任副师长。

钮玉书，字祥麟，化名许行君。1902 年出生在安徽省怀远县龙亢西钮湾的一个中农家庭。第一次国共合作期间，经金大农学科同学胡华西（怀远县马城人，共产党员）介绍，参加了当时在南京尚处在地下状态的国民党组织，任国民党南京市党部执行委员兼青年部部长。1926 秋，又经胡华西同志介绍参加了中国共产党。他的直接领导人是中共南京地委成员刘少猷。那时，钮玉书经常到中共南京地委妇女委员会、国民党南京市党部妇女部长陈君起同志家开展活动和印刷宣传品。1927 年 3 月，北伐军光复南京前夕，钮玉书带领金大部分学生到陈君起家，和陈君起的女儿曾谦一起整理和印刷宣传品、缝制旗帜，为迎接北伐军做准备。在互相来往中，钮玉书和曾谦建立了深厚的感情。1928 年，与曾谦结婚。

后来，由于钮玉书支持和参加宋庆龄、邓演达等国民党左派人士组织的“中国国民党临时行动委员会”，反对蒋介石，被捕入狱。曾谦因生活所迫，只得将一儿一女两个孩子，写信托人送回安徽老家，她本人至此也下落不明。

最后，陈君起写道：“我再也见不着你了，你自己要慎重，不多嘱。”信是通过某一渠道付邮的。由于环境的限制，母亲不可能写得那么具体，但曾鼎乾懂得这一颗伟大母爱的心，就是对他寄予无限的希望：让他自力更生，好好读书，将来做一个对祖国有用的人。

曾鼎乾回家后，立即打开母亲的房门，将母亲所有的来往信件和资料集中整理了一遍，全部付之一炬，埋在院子的土坑里。唯一保留的是母亲的工作笔记本，粗略翻了一下，笔记本中记载了母亲在南昌时与苏共代表鲍罗延的谈话等内容。曾鼎乾觉得这些内容是母亲的工作成果，十分重要，所以就小心翼翼地将笔记本包裹好，置于玻璃瓶内，埋到地下保存。收拾完毕后，曾鼎乾按照母亲的吩咐，在家里找了一些母亲穿的衣服，前往看守所探监。此时的看守所已然被国民党新军阀占领，军警林立，戒备森严，一堵高墙隔断了曾鼎乾，未能如上次一样见到母亲。

回家的路上，曾鼎乾就把疑问告知妹妹曾丽，为什么母亲要说“我死之后，你向曾谦要人”的话？曾丽默不作声，几次张口但欲言又止。曾鼎乾问，姐姐曾谦有问题吗？曾丽摇头说，我不知道，家里经常来些陌生人，我也分不清。回到家后，曾鼎乾立即责问曾谦，你知道母亲为什么会被捕？到底是谁出卖的？曾谦看出了曾鼎乾的疑惑，就一连说了几个不知道，还说了一些狡辩的话，这让曾鼎乾很生气，真是没良心啊，当初母亲就不该把你带出曾家养大。姐姐变了，却又无从得知哪里变了，这也成为曾鼎乾一生中颇为费解的谜团。但是曾鼎乾还是觉得姐姐曾谦嫌疑最大，否则母亲不会说出这样指向明确的话。作为一个经验丰富的革命者，她是不会随便乱说的。当然，也有可能是母亲在告诉他，要远离姐姐，远离那些不三不四的人。

据有关资料说，曾谦除了认识钮玉书外，还认识一位叫谷逢春的人，也是金陵大学圣经学院的，这个人的叔父就是现代中国宪兵之父的谷正伦，独立二师的副师长。有人推测，很多有关革命的消息就是谷逢春从曾谦的口中盗取的，然后由谷逢春透露给其叔父，从而泄露了党组织的机密。

陈君起的心中还是留有希冀的，就是再看儿子一眼。她知道自己这次出不去了，可是放心不下的是曾鼎乾。儿子在南京无依无靠，但是她已经无能为力了。她唯一的愿望就是再见儿子一面，这也是陈君起在信中说“有可能的话给我几件换洗衣服来”的原因。在陈君起的心里，藏着万分的愧疚，为了革命，她几乎没有做到一个母亲的责任。

从此，曾鼎乾再也没有看到亲爱的母亲。后来听说，她同侯绍裘、刘重民、张应春、谢文锦、文化震、谢曦等十位同志一起，惨遭秘密杀害。

陈君起的这份绝笔信，曾鼎乾视若珍宝，带在身上藏了好多年，无论曾鼎乾到北京，去上海，还是去青海、西藏，他始终带在身边。有次实在不好带在身上，就把它藏在地下的陶罐里。谁知道由于地下潮湿，密封不严，造成绝笔信受潮腐烂，最终无法保存，只好焚烧之。后来几十年里，只要曾鼎乾想起这封被烧的信，就心痛不已，怪自己太不成熟，那是母亲留给他最后的珍贵纪念，是用生命做代价的。这也是曾鼎乾一生中最大的憾事，一辈子都觉得自己愧对母亲。

当他知道母亲被秘密杀害，遗体被抛入南京通济门外九龙桥下秦淮河时，就一个人多次跑到秦淮河畔，日日呼喊，夜夜祈祷，为母亲叫魂。多少次，他带着采摘来的鲜花和纸钱，跪倒在秦淮河畔，祭奠母亲陈君起烈士。

长歌当哭！ 秦淮河啊，一个流浪少年的哭喊，让人不禁为之动容。

第三节　呜咽的秦淮河

时间定格在1927年4月13日，春的夜。

这个时间也显得别有意味。 春天的时刻，万物萌动，一切都等待生长，只待那黎明后的朝阳，融化坚冰，温暖大地，然后带来春雷滚动。

春的夜，夜色依旧是墨汁般的黑。

黑漆漆的夜晚，一辆在夜色里穿行的卡车，成为这个夜晚里黑色的动点，像个妖怪、魔鬼，车灯没有开，也许这车辆根本就不敢开灯。此时此刻，十位革命烈士，十位投身革命、追求光明、自由、民族独立人民解放的革命者，正横七竖八地横躺在车内，他们被沉重的麻袋裹着，没有一丝声响。 褐色的麻袋，早已被鲜红的血染成带血的胞衣。革命者已经闭上了双眼，停止了呼吸。 他们还没有看到春天的五彩斑斓，就牺牲在敌人的屠刀之下。

卡车像个幽灵，抵达南京通济门外的九龙桥旁，几个便衣敌人，从车上拖下十个麻袋，血腥的气息在这个黑夜里弥漫开来。 他们把这十个麻袋拉下来。 十个麻袋，就是十个伟大的革命者的灵魂。 他们聚集在这座九龙桥上，即将被一双双刽子手扔进这条秦淮河里，革命者的血和革命者的梦想，将由大河引领，汇入人民战争的海洋。

他们，两天前，带领着人民群众，在上百名流氓打手的暴力清场里，完成了对革命的呐喊和对光明的向往。

他们，刚要结束子夜的回忆，五十多名打手和军警就破门而入，在大纱帽巷10号，造成了中国历史上悲惨的一幕。

他们，是侯绍裘、谢文锦、陈君起、梁永、刘重民、文化震、许金元、张应春、钟天樾、谢曦等十人。

“四一〇”事件，拉开了包括上海“四一二”反革命政变、武汉“七一五”反革命政变在内的一系列清党反共事件的序幕。第一次大革命宣告失败。

侯绍裘，男，1896 年生，1924 年加入共产党，时任国民党江苏省党部中共党团书记；

谢文锦，男，1894 年生，1921 年加入共产党，时任中央南京地委书记；

陈君起，女，1885 年生，1924 年加入共产党，时任中共南京地委妇女委员；

梁永，男，1904 年生，1926 年加入共产党，时任南京市总工会委员；

刘重民，男，1902 年生，1924 年加入共产党，时任中共南京地委委员；

文化震，男，1902 年生，1925 年加入共产党，时任南京市总工会总务主任兼秘书主任；

许金元，男，1906 年生，1925 年加入共产党，时任国民党江苏省党部委员兼青年部长；

张应春，女，1901 年生，1925 年加入共产党，时任国民党江苏省党部执行委员兼妇女部长；

钟天樾，男，1905 年生，1926 年加入共产党，时任南京市总工会委员；

谢曦，男，1904 年生，1924 年加入中国共产党，时任国民党天津市党部书记委员，国民革命军第六军军官。

这些革命烈士，4 月 11 日凌晨被捕，13 日就被反动派秘密杀害。这见不得人的残暴屠杀，将永远被历史铭记。他们当中，年龄最大的是陈君起，时年四十二岁，年龄最小的是许金元，只有二十一岁。

谁能想到，这些万恶的敌人，对待这些手无寸铁的革命者，居然不是用子弹结束他们短暂而壮丽的一生，而是用冰冷的刺刀，让人心生胆寒的刺刀，朝着捆扎好的麻袋，一刀刀，一刀刀，屠戮，屠戮；血，热的血，从麻袋的刀口处喷涌出来，一丈多高。滚烫的热血，唤不醒那些罪恶滔天的敌人，也无法刷亮敌人残暴暗淡的目光。

好在有九龙桥在，那个春寒料峭的夜晚，它始终醒着，革命者的夜晚，也始终是醒着的，因为它要迎接黎明，迎接蓬勃而起的朝阳！

位于通济门旁的九龙桥，跨通济门外的秦淮河，和东水关紧邻。该桥建于明代初年（1330 年），为五拱石桥，是连接七里街的交通要道。桥下秦淮河，水波沉寂，在白雪的映衬下，显得更加深邃、肃穆。九龙桥历经三百多年，历经人世沧桑，但革命烈士被扔下秦淮河的那晚，还始终历历在目。

当年，明太祖朱元璋为了巩固他的王朝和繁荣明朝的经济，在从通济门进入南京城的要道上建造了一座桥，秦淮河流过此桥后，一分为二，为内、外秦淮河。朱元璋为“锁”住大明朝的“风水”，给此桥起名为“九龙桥”，而东水关，曾是十里秦淮的“龙头”。朱元璋希望借助龙的神奇力量“镇住南京的风水”，以永葆大明朝宏伟基业的代代相传。一座明代的五孔石桥，吸引了无数游人驻足。历史总是在黑暗中完成对烈士的抚慰。九龙桥，不正是几位革命烈士？而他们的化身，不正是通济门这儿的石孔桥，他们，正是中华民族的桥梁！

时光荏苒，距离那个血腥的夜晚已经过去了整整九十一年，南京通济门外的九龙桥上的血迹早已无痕。来往的人们，不会忘记曾经在这里烙下血迹的烈士。秦淮河水依旧悠悠流淌，诉说着对陈君起等十位烈士的不尽哀思。每年清明，南京九龙桥附近的孩子们，总爱到这里来，听老师或者革命前辈给他们讲解十位烈士英勇牺牲的故事。

回溯革命烈士陈君起的一生，着实慷慨悲壮。陈君起的孙女曾见成在一则记述中写道：“奶奶在南京待了二十年，最后又牺牲在南京，两只箱子是奶奶留下的仅有的东西，它们回到南京，也就相当于奶奶回家了。”

我们的革命烈士，一生的家当，遗物只有这两只陪嫁箱。这箱子还是陈君起离家时带在身边的，至今已有一百一十年。这是两只革命的陪嫁箱子，是陈君起所追求自由的全部、妇女解放事业的全部……

陈君起，清末民初成长起来的女性，她从封建的豪门走出，抛弃荣华富贵，抛弃可以安分守己的那份幸福，也抛弃了可以完全享受的贵族公主般的生活，然而，这一切对于陈君起来说，都不如心中的那朵梅花芬芳。

她庆幸没有缠足，但这不代表封建的思想就不在陈家根深蒂固；她没有留长发，但这不代表她不会剪掉那黑黝黝的长发。她要把封建思想的每一丝都剪掉，她要冲破家庭和社会的厚厚墙壁，把“包办婚姻”打倒在地。

陈君起，一位了不起的近现代知识女性，从旧时代的沼泽里毅然走了出来，从独立自由、婚姻民主里开始抗争，作为嘉定南翔镇的第一人，顶着整个镇上人的冷眼和误解，走出了南翔，走向了更为广阔的天地。

她读女校，打破女子不识字的枷锁；她参加工作，打破女子足不出户的封建礼制。女性，完全可以工作的；女性，完全可以脱离男人而生存的。她有过迷惘，在上海街头，父亲陈巽倩就在隔壁，却无法相认；她有过痛苦，丈夫半封建半新潮，自由婚姻失败的打击，让陈君起领悟到，这不是一个人的错，也不是命运的错，是社会的错。只有妇女独立、自尊、自强，才能实现妇女的解放。她要做妇女自由和解放的引路人。

陈君起，彻底的革命者，当她安居在张府园以及后期的东南大学附小附近后，除了工作和照顾孩子，她把自己的所有时间都投入革命之中，阅读进步报刊，接触进步青年，成立革命团体，上街游行示威，发展党团员，发放印刷的传单。除了工作就是革命，革命也是工作。陈君起，一个坚定的女性革命者。

她是无私的，没有为生活考虑过多，整个人都扑在了革命工作上。居安里20号，是住处也是革命的联系点，甚至到了会议紧张频繁的时候，她的卧室也是会议室、座谈室。她的一生，四十二个春秋，一个大家闺秀，生命在1927年的那个九龙桥定格为永恒。

沿着陈君起革命的足迹，从南翔镇到南京，从嘉定的革命博物馆到南京雨花台的烈士博物馆，在两只装满简朴贫寒、革命忠诚和坚贞的箱子之外，她还给世人留下了永久怀念的线索，一张上海女校的师范毕业证书，还有一幅在狱中绘画的“梅花图”，“瘦梅虽老，犹鲜艳耐寒”。

那张毕业证，记载着女子读书受教育的烙印，记载着女子也可以和男子一样读书看世界的权利；而梅花呢，则是陈君起革命心迹的誓言，像耐寒的梅花，不管风雪，不管风云，“我是共产党员”永不更改。是的，在中国革命的初期，陈君起不正是严寒季节里报春的梅花?

陈君起烈士走后，梅庵的梅花，年年怒放；秦淮河的水，日夜奔流!

尾　声

陈君起牺牲后，曾鼎乾基本上处于一种流浪的状态，一种孤儿才有的生活状态。

陈君起两次坐牢前后，姐姐曾谦已经成为社会青年了，有着自己独特的交际圈了。记得在第一次陈君起被捕期间，曾谦就把弟弟曾鼎乾送到了钟英中学读书，把妹妹曾丽送到了干妈家去，自己在外逍遥。这次母亲牺牲后，曾谦之前已有了男朋友，就是钮玉书，也是一位革命进步青年，因为曾谦经常和他在一起油印革命传单而认识的。后来曾谦就嫁人了。妹妹曾丽呢，还在干妈家寄养，只剩下孤独的曾鼎乾。

这段时间，对于十几岁的曾鼎乾来说异常煎熬。唯一的亲人走了，现在陪伴他的只有燥热的夏季和苍凉的秋季。那一年的中秋节，曾鼎乾带着一颗创伤的心买回几块月饼，在院子里放了一张桌子，摆上母亲的照片和月饼，流着眼泪凝视着母亲陈君起的遗像，他不相信母亲真的离开了他。

这几个月来，为不饿肚子，曾鼎乾到处奔走，已尝到了人间的辛酸苦难，一肚子委屈却无法向任何人倾诉。他自己还没有完全独立的能力，前途一片暗淡与悲惨。他一个人先后流浪到扬州、镇江、常州还有徐州，哪里有吃的就奔向哪里，漫无目的地走着，像个失去灵魂的人，沉沦至极。

有一天夜里，他突然梦到母亲，母亲对他说，阿宝，你怎么忘了我当初怎么教育你的啊？母亲的话从遥远的黑夜里传来，惊醒了曾鼎乾。曾鼎乾马上爬起来，对着梦中的母亲惭愧地说，他错了，他不能这样颓丧下去，要有志气、有勇气，要坚强地成长下去，做一个有用的人。以后，当曾鼎乾遇到困难的时候，就会想到母亲陈君起的这句话，“做一个有用的人”。

这是曾鼎乾失去亲爱的母亲后第一个孤苦而难忘的中秋之夜。他想念母亲，默默地将母亲的遗嘱刻印在脑海里。母亲没有给他留下什么遗产，但给他留下了最宝贵的东西，让他明白了该怎么做人，这是他一辈子难以忘怀的。

1928 年初夏，曾鼎乾搬到了姑母曾琮家中。作为陈君起的闺中密友，曾琮承担起照顾曾鼎乾的责任，爱鼎乾如亲子。在姑母的抚养下，曾鼎乾按照烈士母亲的遗言“珍惜时间”“用功读书”“将来成为一个对国家有用的人”，在艰苦的岁月里锻炼成长。

1930 年，曾鼎乾在北京上了初中，那时候还叫北平。曾鼎乾自小就受到母亲陈君起的地理知识的影响，母亲的启蒙对他产生深远的影响，以致他在一次参观北京猿人头盖骨化石时，引发了他对地质学的兴趣。后来，叔父送给他一本翁文灏先生撰写的《锥指集》，让曾鼎乾真是如获至宝，手不释卷，对地质学产生了难以割舍的兴趣。尤其翁先生两次回信详尽地回答了他询问的有关煤的问题，更极大地吸引着曾鼎乾，提高了他对地质学的兴趣。

1933年，曾鼎乾高中毕业后，为了生存，他没有去上大学。虽然在他的心中有着多少的取舍艰难，但是生活总得继续。他靠着自己的爱好，在学校的帮助下，到实业部地质调查所沁园燃料研究室当了一名练习生。从那时起，他就立志以地质工作为终身事业，一边养活自己，一边省吃俭用，积攒学费，积极准备报考地质系。

为了筹备上大学的钱，曾鼎乾工作起来非常拼命，他很爱这份工作。由于曾鼎乾工作出色，工资也在不断地增加。曾鼎乾一分钱也不乱花。他的姑母，也就是曾琮，鼓励他将工资攒起来，为了以后继续深造。曾鼎乾从姑母的身上，看到了母亲陈君起的身影，下决心把书读下去。所以，工作和读书，成为曾鼎乾后期的两件大事。曾鼎乾要像母亲学习，独立、自强、不放弃读书。他还记得在南京时，母亲生病，无法去学校上课，而他们几个孩子，也因为学费的事辍学，母亲就在家里给他们单独上课。

几年后，曾鼎乾考上了大学——唐山工学院的采治系。按道理这应该是高兴的事，但是曾鼎乾没有过多的激动，因为他的心中只有北京大学。他决定在唐山工学院学习之余复习旧功课打算来年继续再战。皇天不负有心人，曾鼎乾终于如愿以偿地考入了北京大学地质系。

毕业后，曾鼎乾由学校推荐并经层层考试，又以第一名的优异成绩考入了中央地质调查所。由于他的毕业论文指出昆明附近的黄龙石灰岩与较老地层是不整合关系，扩大了原栖霞石灰岩和黄龙石灰岩存在不整合（即由李四光命名的昆明运动）的涵义，著名地质家黄汲清对他的发现很是赞赏，遂请他当自己的助手。他先后随黄汲清教授参加了四川威远构造细测及构造外围石油地质路线调查，以及河西走廊窑街湟水一带石油普查，担任四川大渡河下游水力发电工程地质和一些煤田调查工作。这些都是对曾鼎乾的充分肯定和赞赏，让他更加对地质学充满了信心。

1944年，曾鼎乾汇编了《西藏地质调查简史》与有关文献目录。同时他自己也在进行二叠纪和珊瑚化石的研究。研究取得了丰硕的成果，为我国首次发现并命名了三个珊瑚化石的新属和一个新亚属，并且进一步肯定四川二叠纪茅口石灰岩产天然气。这在地质学上是个了不起的成就。

地质学一时也离不开人才，曾鼎乾就这样钻在地质学里，用尽毕生的功力。他奉命调任西南石油勘探处总地质师，短短不到一年，曾鼎乾就指出了裂缝性气藏是四川二叠、三叠系主要气藏类型，一时激起了地质学的涟漪。1957年，他调往北京石油科学研究院任总地质师。到了那里后，曾去山东东营分工负责华北石油勘探，一直到胜利油田的发现井东营华八井喷油。曾鼎乾总是一头扎进工作中，不讲任何条件，他只要能工作，而且工作一干就非常出色。他给中国石油部写信，建议到南方古生界找油，得到中国石油部的批准，并由他负责筹建。于是，他马不停蹄地奔走于湖南湘西、湖北鄂东等县山区、丘陵地区指导和调研工作。

20世纪70年代，曾鼎乾调到南海石油勘探指挥部筹备处，临时负责综合研究队的筹建工作。凭着海洋资源的兴趣，曾鼎乾参加了西沙群岛地质调查。经过他的深入研究，第二年，曾鼎乾对南海地质情况提出了北部大陆架的目的层将是第三系，断块是主要圈闭类型和蕴藏着丰富的礁油气藏等颇有预见性的建议。

即使曾鼎乾工作遭遇到变动，依然还在为中国地质学服务，奔赴在研究第一线，为开创南海北部大陆架勘探礁油气藏新领域，他不顾年近七十的高龄，攀越于鄂西、黔南、桂西崇山峻岭之间，亲临现场考察生物礁露头，并数下海南调查现代珊瑚礁生态。综合国内外丰富的资料，建立了生物礁地质理论体系。

曾鼎乾退休后，老骥伏枥，继续从事生物礁研究，提出了勘探礁油气藏的建议。1996 年至 1998 年，他虽多次胃出血，但病愈后又立即回到岗位上继续默默工作。他以坚强的毅力、高度的事业心和热爱祖国的深情，为开拓生物礁找油气的新领域做出了卓越的贡献。曾鼎乾完全继承着母亲陈君起的意愿，没有辜负母亲的嘱托，为国家建设做出了不朽的贡献。

南京解放的时候，曾鼎乾在第二天赶到南京，回到了他和母亲陈君起租住过的地方，也就是居安里 20 号，这个充满着革命之火的住址。当年，他和母亲还有姐姐曾谦和妹妹曾丽，在这里生活了好多年。曾鼎乾还去了距离居安里不远的大纱帽巷 10 号，那里就是他冒着生命危险给革命者传递情报的地址。南京的一切，曾鼎乾都异常熟悉，仿佛就发生在昨天。他更不能忘掉母亲遇难的地点——九龙桥。

他一个人伤心地来到九龙桥，靠着栏杆，双眼含泪，注视着远方。河水清澈，波光粼粼。那悲惨的一幕幕又涌现在曾鼎乾的脑海，他哽咽着对着河水，激动地说道：母亲，南京解放了，中国共产党胜利了！我们胜利了！

回顾往事，曾鼎乾曾说过，他之所以有今天，是党和人民，还有他的母亲陈君起共同培养教育的结果。列宁同志说，忘记过去就意味着背叛。是的！没有过去，就没有现在，没有革命先辈的流血牺牲，就没有今天的幸福生活。过去的一代为我们创造了今天，那么，我们这一代又为子孙后代创造什么呢？过去一代青年把青春献给了祖国的独立、自由、民主和人民的解放，今天的青年应当把青春献给谁？唯有在党中央的领导下，继承先烈遗志，把青春献给祖国，把祖国尽快地建设成为一个繁荣昌盛的现代化的社会主义强国。只有这样，才能对得起为革命而死的英烈，对得起子孙万代！

20 世纪 80 年代初期，曾鼎乾再次回到了南京居安里 20 号。故地重游，往事的一幕幕涌上来，曾鼎乾再一次地泪流满面。恍惚中，他看到母亲站在熟悉的门口，面带着慈祥的微笑，注视着他，那么亲切，那么幸福……

后　记

书稿接近尾声，革命烈士陈君起的高大形象矗立在我的世界里，她是一个坚定如梅花的革命者，把自己毫无保留地献给了革命事业。在中国革命的早期，陈君起是觉醒者、实践者、探索者。她是一个敢于挑战封建主义的革命者，她出身豪门，但为了革命，她抛开所有富有的物质，带着两只皮箱，以梅花为志，化身为中国自我解放独立自主的新时期女性。在革命洪流的荡涤下，在马克思主义的影响下，逐渐把追求个人解放上升为追求中国所有沉睡妇女的解放。

为了写好这本烈士事迹之书，在查阅相当丰富的资料的基础上，我特地从上海到南京，沿着烈士的足迹走了一走，希望感受一下烈士当年热血革命的激情。

我对水乡江南是熟悉的，因为嘉定的南翔镇，与苏州的水乡古镇应该是大致相同，这源于水乡古镇的相同气质。一方水土养一方人。江南的婉约、细腻以及风情，古镇的深邃、幽深和丰富，加上人文历史的浓墨重彩，造就了这一方神奇的土地。然而，就在细腻和温婉的古镇里，却走出了这样一位让人敬佩的中国女革命者，尤其是作东风第一枝，倍加可贵。我了解到南翔镇原本是习武风气浓，后转为习文。即使居于太史府里，依然遮蔽不了陈君起内心的侠心义胆。

我把大部分时间留在了南京，走过梅庵、九龙桥、大纱帽巷等地方，触摸和感受着烈士留给世间的温度。我在南京的时间里，正赶上隆冬季节，大雪飘过不久。凛冽的寒风，咯吱咯吱的雪声，以及道路两旁林立的水杉树，这种情景，总是让我感觉到烈士就在身边，像一棵高大的树，笔直地挺着身子，向着天空。

我坐在梅庵的藤蔓长廊里，注视着那块镌刻着“梅庵”两个黄色大字的巨石。它居于东南大学的一角，此时的梅庵已经处于一种静默之中，是回忆过去还是在怀念曾经的背影？在巨石的旁边，我看到了几株梅花，正含苞待放。我知道，梅庵是醒着的，它始终在春秋的记忆中，铭记着中国早期革命者奔走的身影，那些开启思想之门的话语，那些火热滚烫的救国之道，都在这里与志同道合的战友汇流成河，流入了中国革命的洪流中。

陈君起从南翔出发，到九龙桥结束了她的革命生涯。从地理上讲，两者距离是不远的，但是这两者之间，蕴藏着中国革命的几多风云？整个南京城里，没有陈君起没去过的地方，大街小巷，各个大学校园，她把革命的每一张传单，把革命的每一声呼吁，都传递到那些沉睡的心灵里。她把居安里20号，作为一个革命的地址，在这里夜以继日地奋斗着。

九龙桥。陈君起就是从这里，在麻袋的束缚中，随着河水成为永恒。鲜血染红了河水。历史竟然惊人的相似，十位烈士，从此与九龙桥合二为一。陈君起和他们，就是中国革命的十座丰碑。我在九龙桥上来回走了几次，从桥的这一端，到那一端，历史的惨景始终浮现在眼前。

桥很雄伟，五座桥孔，横卧在秦淮河两岸。桥的左岸是东水关遗址公园，右岸是城市的居民小区。桥面上车来车往，人来人往。彼时，正是下班的高峰期，工作了一天的人们开始赶回家中，在黄昏的光彩里，生活变得如此温馨而又惬意。但是，在每一个匆匆经过大桥的身影里，相信都会被河岸边的一块石碑所吸引，石碑上刻着三个红色的大字：“九龙桥”。

我们怎能忘记，在中国早期革命里，无数革命烈士在为国家、民族和全体同胞的未来艰苦卓绝地奔走与呼喊，直到献出宝贵的生命！

最后，感谢为本书撰写提供大量参考资料的各地档案史馆、陈君起烈士纪念馆、雨花台烈士纪念馆以及所有提供有关陈君起历史资料的朋友们。愿粗陋的文字，在历史的回声里，传达出我们对烈士的敬仰和怀念！

金鸡湖畔

2018 年 3 月

附:部分参考书目

1. 《千年古镇银南翔》，王其兴主编，上海辞书出版社，2004 年 10 月版。

2. 《江苏妇女运动史（1919—1949）》，江苏省妇女联合会编，中国妇女出版社，1995 年 2 月版。

3. 《女界钟》，金天翮著，上海古籍出版社，2003 年 11 月版。

4. 《大同书》，康有为著，华夏出版社，2002 年 10 月版。

5. 《女学乃教育之基本——开创中国女学的务本女塾时代》，赵玉成撰，《上海教育》，2012 年第 3 期。

6. 《吴馨与国人第一女校》，邵明祥撰，《寻根》，2000 年第 3 期。

7. 《中山陵奠基礼上的一场冲突》，范方镇撰，《纵横》，1994 年第 4 期。

8. 《中国共产党历史 第一卷(1921—1949)》，中共中央党史研究室著，中共党史出版社，2011 年 1 月版。

9. 《南京“四一○”反革命事件始末》，张国强撰，《南京史志》，1997 年第 S1 期。

10. 《江水精神——记共产党员、石油地质科学家曾鼎乾》，王铁撰，《中国石油企业》，2005 年第 4 期。

11. 《回忆母亲陈君起对我的教育》，曾鼎乾撰，《群众》，1982 年第 5 期。

12. 《“做一个有用的人”——回忆母亲的教育》，曾鼎乾撰，《雨花》，2016 年第 17 期。

13. 《雨花台烈士传丛书：陈君起传》，赵瑱著，江苏人民出版社，2016 年 6 月版。

14. 《墨云惊鸿》，孙月红著，上海文化出版社，2016 年 9 月版。